東京セブンローズ（下）

Hisashi Inoue

井上ひさし

P+D BOOKS
小学館

目次

十二月

午後一時を少し過ぎたころ、ＣＩＳ（民間諜報局）の第四四一ＣＩＣ（對敵防諜部隊）のジェームス本田少尉がバランタインのライトビールの罐を二本持つて獨房へやつてきた。

「メリークリスマス」

米軍用品であることを示す色、例の淡綠褐色《オリーブ・ドラッブ》の罐に罐切りで二つ穴を空けると、ジェームスはこつちへ勢ひよく差し出した。

「クリスマス・プレゼントがあります」

ジェームスはもう一つの罐にも穴を空けてこつちの罐にがちんと打ちつけた。

「ほんたうにおめでたうネ」

釋放されるのぢやあるまいかと自分は直感した。

十月十九日の午前、警視廳官房文書課分室でガリ版を切つてゐるところを對敵防諜支部隊の隊員五名に逮捕され、本館地下の倉庫を改造した獨房（もつとも最初のころは數名の同居者がゐた）に叩き込まれて以來、十月から十一月にかけてきびしい取調べが續いたが、十二月に入つてからは呼び出しのない日の方が多くなつてゐた。「原子爆彈をはじめとしてさまざまな嗜虐性無差別爆擊を行つた米國に對し損失補償を請求する會」といふ集りが、名稱こそはものものしいけれどもその實體ときたらまことに貧弱、家族を空襲で失つた中年男が十人ばかり一回だけ城東區の小さな神社に集つて氣弱に氣焰を吐いたにすぎないことがGHQにもやつとわかつてきたらしい。さういふ手應へが感じられてきてゐたところへ、ジェームスの今の言葉、それでぴんときたのである。

「クリスマス・プレゼントといふのは、サイパン島かグアム島へ行くB29に乘せてくれるつていふことですか」

ラヂオ東京ビル（日本放送協會東京放送會館）五階の對敵課報部隊の尋問室へ初めて連行されたときに、この日本語の達者な二世が、「噓をいつたらサイパンかグアム送り。そこで一生、强制勞働よ。いいね」と机を叩いたのを憶えてゐたので、そのお返しをしてやつた。

「あなたは小鳥です。もう自由です。どうぞお家へお歸りください」

やはり直感が當つた。ビールが胃の腑にしみわたつた。

「婆婆への手土産にマッカーサー元帥のお答へを聞きたいものだな。私の主張に元帥閣下はどう回答なさつてくださつたんですか」

「また、それをいふ」

ジェームスは苦い顔になつて手の甲で口のまはりの泡を拭つた。

「最高司令官《スキャップ》があなたに答へるはずはないでせうが」

自分は尋問當初から捨鉢になつてゐた。長女とその夫を、そして兄の命を奪つたのはアメリカの無差別爆撃だつた。さらに次女と三女を、そして自分と近しい五人の女を賣春婦のやうに扱つてゐるのもアメリカである。そのアメリカにいひたいことはすべてぶつけて死んでやらうと心を決めてゐた。そこで自分は呼び出されるたびに、

「アメリカは重大な國際法違反を犯してゐる。勝つたのをよいことにその責任に頬被りしようとしてゐるのは遺憾である、斷じて不公平である」

とまくしたてた。もとよりこれは例の廣島高師國文科教授の請け賣りではあつたが、二度三度と口にしてゐるうちに自分の血肉から出た言葉となつて行つたのもたしかである。一方、對敵諜報部隊の審問官も(後で知つたところでは八百八十人の隊員のうち上から三番目に偉いといふことだつたが)、毎回同じ質問を繰り返した。

「きみは右翼か、それとも共産主義者か。背後にどんな大物がゐるのかね」

これもまた後で知つたことだが、第四四一對敵諜報部隊の任務は、超國家主義者や右翼の動向を探り、共産主義者や組合指導者、在日朝鮮人や大學教授などの思想を調べることにあつて、いつもの癖が出たといふべきか、われわれの會のうしろに右翼の巨魁か左翼の首魁を當然のやうに豫想したらしい。こつちはそんなことにはお構ひなしに、

「空襲は軍事目標だけを攻撃し、非戰闘員を殺害してはならないといふのが國際法の大原則ではないか。それに違反して自分の肉親の命を奪つたのは許せない。また原子爆彈は非人道な兵器であるから、戰爭に際し不必要な苦痛を與へてはならないといふ國際法の基本原則に違反する。自分はこれらについてのマッカーサー元帥の御高見をうかがひたい。できればこれらの不法行爲をしかるべき裁判所に提訴したい」

と言ひ立てた。

いま思へば恐ろしいことを口に上《のぼ》せてゐたものだが、うちの七人の女たちがアメリカ軍將校の前に身體を開いてゐるといふ事實を知つて暴れ捲《まく》つた晩、その自分を取り押へながら清が絶叫してゐたあの科白、「大法螺吹いて戰さを始めて、戰さに敗けるとマッカーサーに尻尾を振つて、なんだい、とうさんたち大人のやつてゐることは。とうさんたちはいい加減なんだ、安直で弱蟲なんだよ」、あの科白がマッカーサー元帥に回答を求めるなどといふ蠻勇を振ひ起させたのかもしれない。

「最高司令官《スキヤツプ》の同答はないけれども、LS《エルエス》の局長カーペンター大佐の意見は聞いてきました」

「LS……？」

「GHQの法務局のこと。戰爭犯罪を專門に調べてゐるセクション。東條英機や近衞文麿を戰爭犯罪容疑者として指名したのもこの法務局です」

ジェームスは軍服の胸ポケットから小さく折つた紙を取り出してひろげた。ぱりぱりと小氣味のいい音、白ペンキに漬け込んだやうな白さ、あんな紙に日記が書けたらどんなにいいだらう。

「難しい日本語が出てきます。わたし、正しく發音できるかどうか自信がない。ですからよく聞いてください。第一……」

ジェームスは指を一本ぴんと立てた。

「國際法上の權利を持つのは、とくに條約で認められた場合を除き、國家に限られます。個人には國際法上の權利はないのです。そこで第二、山中さん、あなたは國內法上の權利救濟を、日本政府に求めるしかありません。第三、山中さんのやうな空襲で家族を亡くされた方や原爆の被害者たちの訴へを、假に、假にですよ、日本政府が採り上げて、日本の裁判所でアメリカを裁くことができるか。これ、できません。日本の主權は、たとへいまその主權があつたとしても、アメリカにおよばないから、日本の裁判所の判決はなんの役にも立ちません。第四、それならば山中さんたちがアメリカの裁判所へ訴へ出て、慰藉料や損害賠償の請求をしてはどうか……」

「そんなことが可能ですか」

「理論上はできます。けれども結果はきまりきつてゐて、二つの結果しかありません。まづ、日本政府があなたがたにそれをさせない。つぎに日本政府が見て見ないふりをして、あなたがたの訴へがアメリカの裁判所を動かし、めでたく裁判になつたとしても、あなたがたの負け……」

「なぜ」

「アメリカ法では、國家は、その公務員が職務を遂行するにあたつてたとへどのやうな不法行爲を犯しても、一切の賠償責任は負《お》はないといふのが基本原則だからです」

「つまり、泣き寝入りをしろつてことですか」

「法務局長はさうはいつてゐませんね。あなたがたは自分たちの政府に向つて根氣よく權利救濟を求め續けるべきだと忠告してゐますよ」

そりやまた御親切なことだと、胸の裡で答へておいて支度にかかつた。ジェームスは小机に尻を乗つけて口笛を吹いてゐる。支度といつても大した荷物があるわけではない。文子が差し入れてくれたアメリカ製のコンビネーションといふ繫ぎの下着が一着に、軍用の淡緑褐色の純毛の靴下一足、それからこれも文子からの齒磨粉と齒刷子、それぐらゐなものだ。長い間、娘が身體で稼いできたものなぞ身に着けてたまるかと獨房の隅に放つて置いたが、十二月初めに面會に來てくれた本郷バーのおやぢさんから、「十一月の上野驛の行き倒れは一日平均二・五人。寒い日は六人も死ぬ。空ツ腹よりも寒さの方が人間の大敵かもしれないね」と聞き、その晩から着用した。溫かいのなんの、白金懷爐《はつきんかいろ》を五つも六つも抱いたやうで、やはり人間はつまらぬ我を張ると損をする。ジェームスの目があるので、哀之極《かなしみのきはみ》を羽目板の破れ目からズボンのポケットに移すのには苦勞した。

——本館地下の倉庫に放り込まれたとき、すでにそこには四名の先住者がゐた。そのうちの三人は、いづれも坊主刈と七三の分髮《わけがみ》の中間。八月十五日の正午までは坊主頭も勇しく「本土決戰、一人十殺」と唱へ、その後は「平和」の風になびかせるための髮を伸ばしはじめた役所關係者だらうと見てゐたら案の定で、三人とも足立區の吏員だつた。それも只の吏員ではない。むやみに威張り散らしてゐるチヨビ髭は區長、暇さへあれば區長の肩を叩いてゐる馬面が總務課長、床を敷き、食器の上げ下げをして二人にかしづいてゐる才槌頭《さいづちあたま》が總務係長だつたのだ。なんでも三人は區內に住む戰災者たちに放出された軍需用の良質木綿服地をごつそり横領して捕まつたらしい。三人の就寢時の儀式がおもしろかつた。チヨビ髭が馬面に、

「わしらだけかよ、配給品の細工をしたのは。江戸川區も向島區もみんなやつてゐるんだぜ」

と愚痴る。それを馬面は、

「見せしめですよ、區長。わたしどもは見せしめにされたんです」

と受けて、じろッと才槌頭を睨む。すると才槌頭は上役たちに向つて兩手をついて、

「わたしの段取りに手ぬかりがあつたんでございます。どうかお許しください」

と詫びる。それを見て區長と課長が頷き合ひ、區長、それから課長の順に横になる。係長は數分間そのままでゐて、やがてこつそりと横になる。以上を三人は毎晩のやうに繰り返した。一番最初に安らかな寢息を立てるのが係長だつたのもおもしろい。

もう一人は陶貨《たうくわ》泥棒だつた。資源不足のため、政府は今年の七月から全國の窯場で五錢の陶貨をつくらせた。このことは新聞にも大きく載つたが、圖柄は表が菊花で裏が桃の實だつたと思ふ。彼は有田まで出向き、ある窯場から、リュックに一杯、五千枚の陶貨を盗み出すと、それを神田猿樂町の自宅（といつてもそれは當然防空壕であるが）に隱し、通貨制定の日を待つた。五錢貨が五千枚だから二百五十圓。ところがいくら待つても陶貨が出回らない。何喰はぬ顏で郵便局へ行きそれとなく探つたところ、局長が事情通で、

「戰さに負けたので使はないことになつたらしいですよ」

と教へてくれた。

「千五百萬枚つくつたさうだが、八月中に一枚殘らず破碎處分になつたとか」

彼はその晩、水道橋の闇市の屋臺でメチールを痛飮、防空壕へ歸ると陶貨を掘り出し、「なんで負けちまひやがつたんだよ」とか、「だいたい勝たうが負けやうが通用させりやいいぢやないか」とか喚きながら、幻の五錢貨を摑んでは投げ、摑んでは叩きつけた。そこへ猿樂町二丁目交番の巡査が通りかかつた……。

陶貨泥棒は、最初の日、自己紹介を兼ねて右のやうな話をしてくれた。おしまひに彼は頭を下げて胡麻鹽《ごましお》坊主刈のてつぺんを見せて、

「通用してゐないとはいつてもやはり錢ですなあ。錢を投げた罰が當つて、あれから錢田蟲《たむし》にかかりつぱなしですよ」

と苦が笑ひをした。たしかに頭のてつぺんに錢形の白癬《はくせん》が一つ、くつきりと載つてゐた。

これら四人の先輩を立てて自分は倉庫の奥の屑の山のすぐ傍に煎餅布團《の》を展べたのだが、翌朝、目を覺して驚いた。屑の山と見えたのはじつは樂譜だつたのだ。一寸ぐらゐの厚さに束ねた樂譜を紐で束ねたものが數千、積み上げてあつたのだ『水師營の會見』があり、『拔刀隊』がある。『愛國行進曲』があり、『國の鎭《しづ》め』があり、『陣中髭くらべ』がある。どれにも、「陸軍戸山學校軍樂隊」といふゴム印が捺されてゐた。中に「近衞軍樂隊」といふのもあつて、こつちは例外なく墨で書かれてゐる。敗戰によつてあらゆる軍樂隊が解散になつたが、軍歌の樂譜だけは警視廳が引き取つたのだらうか。

四人の隙を窺つて自分はもつとも手近な束の一番上の樂譜の半分をそつと破り取つた。備忘のための紙がどうしても必要だつた。長い間の習慣で、日錄を記さないとその日が眞實、訪れてきたものやらさうでないものやらわからなくなつてしまふのである。今年の六月八日から九月二十七日までの百十二日間、自分は九十九里濱の八日市場刑務所にゐた。本土決戰に備へての陣地構築作業も辛かつた。砂地に掘つたタコツボ陣地は翌日にはもう崩れてしまつてゐたからだ。また掘る、また崩れるで、なんだか妙に揶揄されてゐるやうな氣がした。鰯づくめも辛かつた。鰯團子に鰯羊羹、鰯煎餅に鰯ゆべし、毎食、鰯が主食だつた。しまひには鰯と聞くだけで下痢をした。家族の消息が皆目知れないのも辛かつた。がしかし何が辛いといつて紙と鉛筆を持たせられなかつたのが一等辛かつた。一行の記録も記すことができずにその日を送つてしまふと、なんだかその日一日、死んでゐたやうに思へてくる。そしてさういふ日が百十二日も續いて氣が狂ひさうになつた。この經驗が樂譜を破らせたのである。

破つた樂譜の上部に、寫譜用のペンを使つたのだらう、縦棒のいやに太い字で「哀之極」と横に書いてあつた。その下に小さく「明治三十年一月　エフ・エッケルト作曲」とこれも横書き、自分はこの裏に、小林事務官から差し入れてもらつた短い鉛筆で一日一行の日錄を記してきた。これをジェームスに見つかつたりしては死んでも死に切れない。

ポケットの上からそつと抑へて哀之極がちやんとそこに収まつてゐることをたしかめると、

風呂敷包を小脇にはさんで獨房を出た。足立區吏員の三人組や陶貨泥棒たちのことがふつと頭を掠めた。倉庫が三つに仕切られ互ひに隔離されてからは一度も顏を合せてゐないが、あひかはらずあの就寢儀式を續けてゐるだらうか、頭の錢田蟲は消えただらうか。

「……仲間はどうしてゐます?」

「仲間?」

「城東區の愛宕神社の神前に願文《ぐわんもん》を供へた十人のことです。みんな、無罪放免になつたんですな」

「許されたのは山中さんだけよ」

裏の通用口に出る階段を登りながらジェームスがいつた。

「あとの九人はここで一つづつ年をとることになつてゐます。自由の身の上になるのは、たぶん二月の末か三月の初め。とにかく寒いうちは出られないでせうね」

「するとまだ、なにか調べが殘つてゐるんですか」

「いいえ、あなたたちのことはなにもかも調べ終つた。ほら、難しい言ひ方があつたでせう。タイザンがなにかしてサムシング、ネズミが出てきてナッシング……」

「大山鳴動して鼠一匹、ですか」

「それです。あなたたちがドラゴンやタイガーではなくて十匹の小さなネズミだつたことはよくわかつた。子どもの遊びのやうな事件でした。けれどもすぐここから出すことはよくない。今度甘くすると二度三度と同じことがおこります。寒いところで冬を過ごさせて懲《こ》りてもらひませうといふことになつた。わかりますか。難しい言ひ方で、キウですか、ほら、なんといひましたか……」

「お灸をすゑる？」

「さう、それです」

「それぢやわたしだけがなぜ……」

「コネクションズ」

「はあ？」

「これも難しいネ。あなたはサム・コネクションズを持つてゐる。わかりますか」

「わかりませんな」

ジェームスは右の人さし指を軽く唇にあてがひながら階段を登り切つた。小聲でなにか呟いて言葉を探してゐる風だつた。そのうちに彼はひよいと通用口の外へ目をやつて、

「あの人です」

と叫んだ。

「あの人があなたのコネクションズです」

ジェームスの視線を辿つて行くと、黒塗りのダットサンが見えた。ボンネットに毛皮の襟つきのコートを着た外國人が寄りかかつて、助手臺の女となにか話をしてゐる。女は文子だつた。

「彼が對敵諜報部隊のカーペンター大佐を動かしました。あなたを早く自由にするやうにとカーペンター隊長を說得しました」

自分は反射的に階段を五、六段、驅けおりた。腹が立つといふよりなんだか恥かしかつたのである。顏が火を吹いてゐた。

「ロバート・キング・ホール海軍少佐。彼、あなたのお孃さんの戀人のやうだ」

「コネクションズの意味がわかつた」

こつちへ引き返したジェームスにいつた。

「たぶん緣故のことだ。傳手《つて》といふ言ひ方もある。しかし、彼は想像してゐたよりも若い」

GHQの民間情報教育局の課長といふから自分は四十近い男を想像してゐた。また帝國ホテル支配人のなんとかいふ陸軍中尉に鐵拳を振つたと聞いて白熊のやうな圖體をも想像してゐたのである。ところが實際は三十前後の、ひよろひよろした男だつた。

「カリフォルニアのCASA《カサ》で彼と一緒に教員をしてゐたことがある」

ジェームスがひゆつと短く口笛を吹いて、

「たいへんな秀才」

肩をすくめてみせた。

「CASAといふのは軍政官の養成學校のことですね。ボブはそこの日本占領企畫本部の教育部長をしてゐました。わたしは日本語の教官でした。ボブの……、あ、ボブはロバートのペット・ネーム、愛稱です。とにかくボブの學歴がすごい。まづハーバードですね、次にシカゴ大學、そしてコロンビア大學ですね、それからミシガン大學で哲學の博士號を取りましたね。けれどもボブの頭は固いですね。頭はいい。けれども固い。わかりますか」

自分は首を横に振つた。

「日本を占領したら、日本人に漢字を使ふのを禁止すべきだと、ボブは主張した。どんな反對意見があつても、ボブは聞かうとしない。日本人にはカタカナを使はせるのだと言ひ張つて後へ引かない」

「つまり頑固なんだな」

「さう、その頑固」

「しかしなぜカタカナなんです？」

「カタカナはすばらしい發明である。ボブの漢字禁止の考へ方はここからスタートしますね。ところが日本人はこのすぐれた發明を電報そのほかでほんの少ししか使つてゐない。とくに子どもたちは授業時間のほとんどをあの毛蟲のやうに氣味の惡い漢字の勉強にあててゐる。これはたいへんなロスである」

傾聴すべきところもありさうだ、と思つた。

「次に、過去の日本では重要なことはすべて漢字で書かれてきた。もちろん軍國主義の思想もみんな漢字で書かれてゐる。そこで漢字を禁じてカタカナだけにすれば、やがて日本人は漢字が讀めなくなり、自然に軍國主義とも緣が切れる」

案外單純なところもありさうなやつだ、と思つた。

「それから、日本人がカタカナだけを使ふやうになれば檢閲がとても樂になる。いまのところ漢字を讀みこなすことのできるアメリカ人檢閲官は少い。けれども新聞や雜誌や本がすべてカタカナになればどうでせうか。日本語そのものはとてもやさしい。カタカナはもつとやさしい。もし漢字が禁止されてカタカナだけになれば、アメリカ人はみんなすぐ檢閲官になることができる」

なるほど、考えやがつたね、と思つた。

「ここまではついて行くことができます。けれどもここから先がいつも喧嘩になりました。ボブはかういふのですね。……日本人がカタカナに慣れたところを見はからつて、ローマ字化を實行する」

なにも思はなかつた。ただ腹が立つただけである。

「日本語には、同じ音なのに意味のちがふ言葉がたくさんある。たとへば同じセウセツといふ音でも、樂譜で縱線で區切られたセウセツか、目で讀むセウセツか、漢字で書かないとよくわからない。だから漢字禁止でさへ亂暴な話なのにローマ字化など飛んでもない。わたしはいつもさう反對しました。するとボブは、『ジムの身體には日本人の血が流れてゐる。だから漢字禁止などと聞くと血が騷いで反對せずにはゐられない。つまりジムには冷靜に日本語改革を論じる資格がないんだよ』ときめつけるのですよ」

階段の上り口とは幅二米の廊下をへだてて眞向ひの、守衞室のドアに寄りかかつて、ジェームスのかつての同僚が煙草を吹かしてゐる。

「やあ、ボブ」

ジェームスが右手を差し出しながらホールに歩み寄つた。

「きみの惡口をいつてたのではない。きみの說を批判してゐたんだ」

「それにしては大事なことを拔かしてゐたね」

ホールはジェームスの手を輕く握つてすぐ振り拂ふやうにして離した。完璧な日本語である。

「カタカナに慣れればローマ字などすぐ使ひこなせるやうになる、なぜなら日本人は器用だから、ここが大事なところなんだ」

「ローマ字になればタイプライターが使へる、と續くんだね」

「さう、タイプライターを使ふやうになれば日本はあらゆる面で進歩する」

「けれども……、まあいい、議論はこの次、會ふときまでとつておかう。ボブ、山中さんだよ」

ジェームスが脇へ一歩さがつたので、自分はホールとまともに向き合ふことになつた。

「はじめまして、ホールです。ロバート・キング・ホール。お會ひしたかつたです」

今度はホールが右手を差し出しながらこつちへやつてきた。一瞬迷つた。しかし結局、手を握つてしまつた。白い手袋のやうなぶかぶかした掌だつた。

「すぐそこ、日比谷三信ビルでステーキでもたべませんか。アメリカ赤十字のサービス・ルームのステーキはいま日本で一番おいしいでせう。さう思ひます」

こいつが嫁入り前のうちの文子を、と思つたら震へが來た。

「喫茶室もある。ケーキやアイスクリームもたべられます」

「なにかいつてあげなさいよ」

文子が守衛室の横に立つてゐた。赤地に緑の格子縞のネッカチーフを被つて、茶色の、厚手のコートを羽織つてゐる。足もとは爪先立ちのハイヒール。唇はネッカチーフの赤が褪せて見えるほどあざやかに赤い。まるで苺をくはへてゐるみたいだ。

「ボブがいろいろ骨を折つてくれたの。だからこんなに早く出られたのよ」

自分はホールの横をすり抜け、文子の前で止まつて、

「恥を知りなさい」

横面を張つた。そしてそのまま通用口を早足で抜けると、裏を回つてアメリカ騎兵第一師團憲兵隊宿舍の前に出た。二階の食堂で蓄音機が鳴つてゐた。ジェームスがしきりに口笛で吹いてゐた曲をいやに艶々《つやつや》した聲がなめらかに歌つてゐる。なんとかのかんとかでホワイトクリスマスといふところだけは聞き取れた。蓄音機に合せて歌ふやつが四、五人、のべつ笑つてゐるのが二、三人ゐてにぎやかである。文子を打《ぶ》つ前にあのホールとかいふローマ字男をひつぱたくべきではなかつたか、九十九里濱のタコツボ陣地で一人十殺して死ぬ決心をしたことがあるにしては弱蟲だ、と自分を責めながらきたのだが、憲兵たちの明るさに乘せられて、少し元氣が湧いてきた。もう一度、會ふ機會があれば、そのときにびんたを取ればいい。

「御苦勞さん」

一階の厨房のドアが開いて、本郷バーのおやぢさんが顏を出した。

「小林事務官から分室の鍵を預かつてるよ」

「何度も面會に來てくださつてどうも……」

「なに、同じ廳内なんだもの、便所へ行くやうなものさ。コーヒーもある。入んなさい」

調理臺の前の丸椅子に腰をおろし、六十八日ぶりのコーヒーがのどを愛撫するやうにすうー

ツと通つて行く感じをしみじみ味はつてゐると、二階でまたどつと笑ひ聲があがつた。

「にぎやかですな」

「昂奮してるのさ。なにしろ連中には寒いクリスマスはひさしぶりだからね」

「なるほどね。南方を轉戰してきてゐるから、ここのところ暑いクリスマスばかりだつたわけだ」

「さういふこと。クリスマスはやはり寒くないと感じが出ないらしいね」

「ところで、わたしのゐない間、だれがガリ版を切つてたんですか」

「小林事務官。仕事はのろいし、字は汚いし、われながらどうにもならん、それが口癖だつたねえ」

「今日の分はもうすんだのかな」

「正午《ひる》前に引き揚げた。今日の午後あたり、山中さんが出てくるはずだといつて、鍵を預けて行つた」

おやぢさんは割烹衣のポケットから鍵を出して調理臺に置いた。

「今日、出てくると、なぜ知つてゐたんだらう。不思議ですな」

「蛇《じや》の道は蛇《へび》つてやつさ。小林事務官はもと特高の刑事だつたさうだし、きつと鼻がよく利くんぢやないのかね」

頭の上で雷が鳴つた。だれかが床を踏み鳴してゐるらしい。すぐに大勢が階段を驅け降りてくる。何事だらうとおやぢさんと顏を見合せてゐると、前の小庭《こには》から、例のなんとかのかんとかでホワイトクリスマスと、てんでに勝手な音程で歌ふ聲があがつた。釣られておやぢさんと外へ出てみると、上半身裸の若い憲兵たちが十人ばかり、歌ひながら兩手を差し上げ、灰色の空から散つてくる白い粉末のやうに貧弱な雪を摑まうとして躍起になつてゐた。

（二十四日）

十月十九日から昨十二月二十四日まで六十七日間、占領目的阻害行爲の疑ひで警視廳本館地下の獨房に叩き込まれてゐた自分がガリ版切りの仕事を馘にならずにすんだのは、口惜しいけれども、文子の旦那といふべきか、戀人といふべきか、あるひは情人といつた方が正確か、とにかくあのローマ字野郎のホール海軍少佐の口添へのお蔭らしい。昨日、久し振りに歸宅すると、妻がはつきりさういつたのだ。

「文子を毆つたさうね」

妻は自分の顏を見るや、大嫌ひな蛞蝓《なめくぢ》と出會つたときのやうに眉間に深い皺を拵へた。

「いつまで子どもなんですか。本當なら文子に最敬禮しなきやならないところなのよ。いや、土下座したつてまだ足りないぐらゐね」

ぷいと臺所に立つて七輪に火をおこしはじめた。

「さうやつて無事に歸れたのも、警視廳のお仕事が續けられるのも、みんな、文子が走り回つてくれたからぢやないの。ホールさんを文子が動かしたのよ」

しばらく振りで歸つて來た夫に向つてかういふ言ひ草はないと思ふ。小言をいふ前に、ほんのちよつと微笑むとか、できればひとこと「たいへんでしたね」とねぎらふとか、さういふことがなにかあつてもいいと思ふ。「こいつ小癪な。おれに勇氣があれば殺してやるのに」と腹が煮えてゐても、見合せた顔に一片の微笑が含まれてゐれば、その微笑が互ひに掘つた溝に和解の橋を架けるのは、夫婦の間ではよくあること。だからこそ夫婦ではないか。

「……だれが頼んだ？　文子が勝手にやつたことぢやないか」

「すぐそれだもの」

妻は團扇で大袈裟に七輪の口へ風を送り込んだ。

「文子には可哀相なことをしたと、さうひとことおつしやいな。さうすればあたしだつて、あなたの氣持もわかりますよぐらゐいつてあげられるぢやないですか。おなか空《す》いてるんでしよ」

「ばかなことをいふ奴だ。この節、おなかを空かせてゐない人間なぞゐるものか」

「だつたら角《かど》の家に行つて文子に謝つてきてください。その間にお肉をバター焼にしておきますよ。お肉もバターもホールさんがくださつたんですよ。文子にありがたうをいはないと罰が當りますからね」

「そんなものはいらん」

腹の蟲が聞いたらがつかりして引つくり返つてしまひさうなことをいつてゐた。

「恩着せがましい御馳走なぞ願ひ下げだ。だいたいそのわざとらしい團扇の使ひ方はなんだ」

「だつたらどうぞ御勝手に」

妻は泥行火《どろあんくわ》の火箱に七輪の炭火を移した。

「鹽汁に兎の糞《ふん》を二、三粒浮かべたやうな外食券食堂の水團《すいとん》でもたべていらつしやればいい。でなかつたらアメリカ煙草の空箱が浮いた進駐軍拂下げの殘飯シチューでおなかをくちくなされればいい」

茶の間の炬燵に火箱を收めると、妻は炬燵布團がはりの上等のクリーム色の毛布に腰から下をすつぽり潛り込ませてゴムマリのやうに背中を丸くした。顏を近づけるとミルクの匂ひのしさうな厚い毛布である。これもホールから文子がせしめたお手當《てあ》てのひとつか。

「年寄りや清やあたしたちにさういふ情けないものをたべさせまいとして、あの娘《こ》たちは身を粉にして苦勞してゐるんですよ。子の心を親は知らず、だ。一年のうちに二度も警察の御厄介になるなんてどうかしてますよ」

「二度とも思想犯だ。人を殺《あや》めたり盗みをしたりしたわけぢやない」

「なにが思想犯ですか。學者や共產黨でもないのに偉さうに。あなたは團扇屋なんです。三人の子どもの父親で、二人のお嬢さんの父親がはりで、おまけに二人のお年寄りを守つてさしあげる立場にある人なんです。アメリカさんに抗議するだなんて笑はせちやいけませんよ。言葉で力んでゐるだけぢやないか。本氣だといふのなら、どうしてマッカーサーと刺し違へないの」

「默れ」

「思想や言葉では、團扇はつくれませんよ。ぐづぐづしてゐると仲間に先を越されてしまふといふのに、あなたときたらすつかりぼけちやつて……」

「貴様の指圖は受けない」

自分は防空鞄を三和土《たたき》に叩きつけ、

「いつておくが、おれは自分から思想犯を志望したのではないぞ。一所懸命に生きてゐるうちに自然と思想犯になつてしまつただけだ」

防空鞄をまた拾ひ上げて、雪が白い蠅のやうに飛び交つてゐる中へ勢ひをつけて出て行つた。

たしかに自分は思想などとは關係なく生きてきた。神田鈴蘭通りの第一東光社で見習筆耕者をしてゐたころ、社長のお供で消費組合の講習會に行つたことがある。「傳票や報告書を刷ってくれてゐた印刷所が活字を根こそぎ徴發されてしまつたので、これからは自前でつくる他はない。そこで孔版技術を習得したいと思ふのでよろしく指導していただきたい。三日間で初歩技術を會得できるだらうか」といふ問ひ合せに、社長は「一日で充分である」と返答した。社長は日清事變に謄寫版兵として參戰したといふ古强者であつた。ガリ版やインクや木枠やローラーや高知產雁皮《がんぴ》紙の原紙を入れた背嚢を背負ひ、鐵砲がはりに鐵筆を構へて戰場を驅け廻り、上への報告書、下への命令書き、そして毎日のやうに部隊通信を刷つてゐたさうだ。安くて、簡單で、輕くて、動力もいらない。しかも原紙を焼き捨てれば完璧に軍機を保つことができる。戰場に缺くべからざる移動印刷所として大いに重寶されたらしい。社長は、初めのうちこそ謄寫版兵などといふわけのわからないものに任命されたことを不滿に思つたが、やがてこの新發明の印刷術に夢中になつた。そして除隊するとすぐ神田に孔版印刷所をつくつたのである。以來五十年近く社長は鐵筆を握り續けてきた。X《エックス》目ヤスリでのゴシック書體はいはずもがな、沿溝ゴシック書體も楷書體もじつに見事で、この上、孔版畫の名手でもあつた。さらに教師としてもすぐれた人物で、「一日で充分である」といふのは決して法螺ではなかつた。講習會から十日ほどして社長と自分は警察に呼びつけられ、散々に叱られた。といふのは消費組合は表向きで、實は非合法運動家たちの集りだつたらしいのである。彼等もまた安くて、簡單で、動力もいらず、完璧に祕密の保てる孔版印刷術の愛好者だつたわけだ。さういふ次第で、自分が思想なるものとお近づきになつたのは、そのときの講習會たつた一日だけである。自分は斷じて思想犯などではない。その自分が思想犯に祭り上げられてしまふのは、世の中の方がねぢれてゐるからではあるまいか。

「……信介さん」

根津から不忍池に出たところでうしろから呼び止められた。

「今夜はどこへ泊りなさるのぢや」

家に預かつてゐる古澤のおぢいさんが足駄を地面に打ちつけて齒の間に詰まつた雪を落さうとしてゐた。

「二階へ聞えましたか」

「階段の途中まで降りて立ち聞きしてをつた」

「それは人が悪い」

「わしらが厄介になるやうになつてから、よく口爭ひをなさる。ちがふかな」

「ちがひますな」

「ならよいが」

「口爭ひの原因は妻の態度にあると思つてゐます。以前とはまるで別人です。あれでも前はやさしい口のききやうをする女でした。それが今ではただむやみに嚙みついてくる」

「男を信じてをらんのです。明治以來、わしら男は大きなことをいひながら、國家を經營してきた。國家はかうあらねばならぬ、だから女はかうしなければならぬ。さう命令を與へ續けてきた。ところがその國家が破產してしまつた。だつたら男のいつてゐたことはなんだつたの？あの澤山の命令はなんだつたの？　あれはみんなつまらない命令だつたんぢやないの？　女はさう疑ひ出してゐるんぢやないか」

「……なるほど」

「仕合せにしてくれたのなら男どもの命令を聞いた甲斐があつたといふものだが、このごろのこんな樣態《ざま》ではねえ。女はさう考へてゐるのではないかね。いや、うちのばあさんなどはきつとさう思つてゐる。どうかな、少し機嫌が直つたかな」

「だいぶ氣が晴れました」

「それぢや家へ戻りなさい」

「いや、數日、このまま放つておきませう。娘たちの顏を見ればまた怒鳴りたくなつてしまふでせうし、自分にも考へる時間が要りさうだ。心配は御無用、勤め先に泊れますから」

「大晦日までには歸りなさい。でないと本當の家出になつてしまふ」

「わかつてゐますよ」

「男どもは、この現實を受け容《い》れるしかない。受け容れたら今度はそれを好きになることだ。

がしかしこいつはかなりむづかしい」

さういひながらラッキーストライクを二個、自分の手に押しつけ、古澤のおぢいさんは雪の飛白《かすり》模様の向うへ歩み去つた。

ちやうど夕方の通勤時間になつてゐた。憲兵隊宿舎の料理番のおやぢさんが、

「信介さんが取調べを受けてゐた二ケ月のうちに世の中はいつそうひどくなつた。なるべくなら電車には乗りなさんな。押し潰されて死ぬ人間が毎日かならず一人は出てゐるから」

と忠告してくれたのを思ひ出して、警視廳の官房文書課分室まで歩いて戻つた。十年前から着つづけてゐる背廣はあつちこつちに穴が空き、そこから雪が吹き込んできた。またしても料理番の本郷バーのおやぢさんの忠告が甦つてきた。

「貧乏人が風邪を引いたら、それでもう一巻の終りさ。藥はない、醫者は米を持つて行かないと往診してくれない、そしてみんな碌なものを喰つてゐないから體力がない。この三つのないで風邪引きはたいてい肺炎になる。例年なら治る病氣も今年は治らないよ」

そこで自分は競歩選手も顔負けの速歩で分室を目指したのだが、途中からほとんど驅け出した。本郷バーのおやぢさんが、

「日暮れとともに東京は追ひ剝ぎ強盗の天下になる。なにしろ一日に百十六件も辻強盗がおこるんだから、これは怖いを通り越してもう凄いと感心する外ない。人殺しは一週間に一回の割

合でおこつてゐる」

といつてゐたのを思ひ出したからである。もつとも二重橋の前ではひとりでに足が停まつた。それどころか氣がつくと自分は折り疊み式ナイフのやうに深く軀を折つて最敬禮をしてゐた。習慣の力といふものはつくづく不思議である。

「これはまるつきり茹で蛸だ」

自分を厨房に迎へ入れながら本郷バーのおやぢさんは目を皿にしてゐた。

「こんなに湯氣を立ててゐる人間を見るのは初めてだ」

憲兵隊《エム・ピー》の備品倉庫から、おやぢさんは何枚ものタオルと一枚の毛布を持ち出してきてくれた。彼が寢泊りしてゐる部屋は厨房の隣りの四疊半であるが、そこには小さなダルマストーブが燃えてゐた。その上で殘飯スープを煮ながら、おやぢさんは、

「おれがここの料理番をしてゐる間は何日でも泊つてゐていいからね」

といつた。自分はおやぢさんのかういふ溫かさに守られて風邪を引くこともなく降誕祭前夜を過ごした。

今朝はおやぢさんと一緒に起きた。パンを燒き、乾燥卵を溶いて二十人分のオムレツを拵へ、コーヒー豆を挽き、まるでだれかと鬼ごつこでもしてゐるやうに忙しく厨房の中を歩き回つて

ゐるおやぢさんの邪魔にならぬやうにしながら、言ひつけられた通りに、水を汲み、石炭を運び、食器を二階の食堂へ運び上げた。

食堂は廣い。騎兵第一師團憲兵隊の警視廳憲兵連絡室宿舍として使はれる前は、刑事や事務職員の結婚披露宴や合同捜査會議などが開かれてゐたところださうで、國民學校の教室の二倍はありさうだ。中央に日本ビクターが昭和四年に發賣して大評判になつた洋室用蓄音機ビクトロラ4―ろ號が据ゑてある。「ゼンマイを一杯に巻くと十分間も演奏が樂しめます」といふ宣傳惹句に驚き、定價三百七十五圓に仰天したことを覺えてゐる。背廣上下が十着誂へられる値段だつたからだれだつて仰天する。銀行員の給料の五ケ月分、二錢の金太郎飴が二萬本も買へる。つまり憧れの名器といふやつだ。自分はウーンと唸つてしばらくは、その飴色の蓄音機を眺めてゐたが、そのうちにここにこんなものがあつたところで別に驚くことはないと思つた。例のPD《ピーディ》（調達命令）を發行すればどんなものでもタダで集められるのだ。

自分が毎朝刷り上げる廳内通信にも、占領軍が日本政府にどんな内容の調達命令書《プロキユアメント・デイマンド》を突きつけて來てゐるかが載《の》つてゐる。家屋や家具や自動車を要求するのは、まあ、理解できないでもないが、金魚を出せ、熊を出せとなると首を傾げざるを得ない。いつであつたか、肥後芋茎《ひごずいき》に海鼠《なまこ》の輪とあつたのを見て思はず鐵筆を取り落してしまつた。二つながら淫具である。占領政策を實施するのにどうして淫具が必要なのか、どう考へても納得が行かなかつた。さういへば、接收中の銀座松屋デパートに大理石の雪隠《せっちん》をつくれといふPDもあつた。見渡すかぎり焼野原のこの國のどこに大理石があると思つてゐるのだらう。

食堂は、三方が漆喰の壁になつてゐる。その壁にアメリカ女優の寫眞が何十枚も貼つてある。人差し指を立てて招いてゐるリタ・ヘイワース、片目をつむつてゐるヘディ・ラマー、網靴下のジンジャー・ロジャース、片膝立てて寢そべつてゐるラナ・ターナー、自分が知つてゐるのはそれぐらゐで、大半は見たことのない女優である。中に一枚、奇妙な紙が貼り出してあつた。どこからPDしてきたのか、今どき珍しい新聞紙二頁大のケント紙に、手書きで二十名ほどの名前が書かれてゐる。奇妙といふのは、名前の横に唇の形に口紅がべつたりとついてゐることであつた。ジョージに五個、ロバートに七個、ヘンリーに九個といつた具合に。

憲兵たちの食事がすみ、ざつと後片付けを終へると、自分たちの朝食がはじまつた。おやぢさんに口紅の意味を尋ねると、

「だから戰さなぞするもんぢやねえつていふのさ」

よくわからない答が返つてきた。

「つまり、あれは連中の戰利品よ」

怪訝な顔をしてゐたので意味を少しづつ碎いてくれた。

「信介さんには徹《こた》へるかも知れないが、ありていにいふと、口紅の數は日本娘の數に見合つて

ゐるんだ」

戰利品とは日本女性のことだつたのか。

「硫黄島だつたかな、突擊を前にがたがた震へてゐる海兵隊員に連隊長がかう活を入れたといふよ。東京までもうひと息だ。東京の別嬪さんたちがおまへたちに征服されるのを待ち兼ねてゐるんだぞ。日本の娘たちは一人のこらずお前たちのものだ。娘たちめがけて突つ込め！……硫黄島だけぢやない。どんな戰場にも似たやうな科白で兵隊《ジー・アイ》たちに發破をかけた上官がゐたにちがひない。連中はそれを眞に受けたんだ」

「しかし、彼等は憲兵なんですよ。さういふ連中の暴走を押へるのが役目ぢやないですか」

「憲兵だつて人間だよ」

おやぢさんは楊枝がはりのマッチの軸木をザクッと音をさせて噛み碎いた。

「毎日、口紅の數がふえて行く。そのたびに戰さなんてつくづく下らねえと思ふよ」

分室の床を掃いて、茶碗の絲底で鐵筆を硏いでゐるところへ小林事務官が出勤してきた。小規模な家出をしてしまつた、四、五日、ここに寢泊りさせてもらつてもよいかと斷りを入れた。

小林事務官は、

「火事だけは出さないで下さい」

といひ、それから溜息を一つ、

「日本の女はいつたいどうしてしまつたといふのだらうね」

机の上の手紙を一束、ぽんと投げ出した。

「ラブレターばかりだ」

「ラブレター？」

「へいへそ元帥あての戀文がぐんとふえてきてゐる。大和撫子の正體がこんなものだとは思はなかつたな」

發條《ばね》のはみ出した長椅子に長く伸びて煙草の煙を天井に向つて吹き上げた。手紙の束の一番上に載つてゐたのを讀むと、かう書いてある。

ああ、偉大なる元帥閣下。總司令官の王冠を、天晴れ頭上に戴きて、忠義に勇むアメリカの、幾十萬の將兵を、麾下に率ゐて堂々と、敗戰國の日本に、進駐なされし勇しさ。

「これ、なんとなく七五調ですね」

小林事務官に手紙を示した。

「詩のつもりなんだらうねえ。しかしそれはへそ元帥への戀文としては、ずいぶん穩やかな部類なんですよ」

「さつきから、へそ元帥といつてゐますな。どういふ意味です？」
「チンより偉い、つまりチンの上にある存在だからへそなんです。この頃、はやつてゐるんですよ」

つまらぬ風潮だと思ふ。つい、この間まで神と崇め奉つてゐた超絶的な存在を、さう簡単に下《しも》がかつた冗談の種にしていいのだらうか。さうしていいのは、あの時代にも、天皇は神ではないと主張してゐた者だけではないのか。天皇を現人神《あらひとがみ》と思ひ、他人《ひと》にもさう思へと強制してきた者が、どんな動機があつたにせよ、そば屋で天井でも誂へるかのやうにあつさりと簡単に、天皇からマッカーサーに宗旨を變へて、その上、かつての神を笑ひを誘ふための小道具にしてしまつていいのだらうか。ひよつとすると日本人は何も本氣で信じてゐないのではないか。そのときそのときの强者に尻尾を振つてすり寄つて行くおべつか使ひに過ぎないのではないか。次々に浮かんでくるいやな疑問を、自分は頭を振つて拂ひ落すと、その先を讀んだ。

アメリカ將兵各位には、禮儀正しくいささかも、勝ちに驕らず高振らず、その謙讓の物腰は、取りも直さず元帥の、高き人格偲ばれて、げにや床しき極みかも。吾は敗戰日本に、生を享けたる女性なり。夫は戰場の露と消え、父母は貴國の爆彈で、哀れはかなくなりぬれど、毫も閣下を恨むまじ。恨む心の百倍も閣下の面影慕はしく、拙き言の葉綴り合せ、わが眞心を送るなり。

差出人の氏名住所は墨で黒々と塗り潰してあつた。日本の警察が差出人を探し出してお説教をしたりしないやうに配慮したのだらう。二番目のは達筆で認められてゐた。

わが夢を文《ふみ》し上《あげ》候　閣下よわれを抱き給へ
御身の唇にてわが唇を吸ひ　御身の優しき頬をもてわが髪を温かく愛撫し給へ　靈と靈一に結ばれ　心と心を相抱き　情と情を相通じ　恍惚として夢の如きその時　われかならず懐姙せん　その子を御身の如き偉丈夫に育てるのが　わが夢　この夢叶へ給へ　夢叶はば嬉しさいかなるべき　御指圖たまはり度《たく》　かしこ

づうづうしさに呆れ返つてゐると、小林事務官が長椅子から立つて傍へ寄つてきた。

「白眉はこれです」

下の方から薄桃色の封筒を抜き出した。千代紙二枚、貼り合せた手製の角封筒である。

あなたの子どもが產みたいのです。ⓀⓀⓀ……。Ⓚはキスのあとです。

便箋も千代紙だつた。たしかにⓀと記してあるあたりに口紅のあとがある。

「こんなものを刷るんですか」

「仕事として割り切つてやつて下さい」

「原紙がむだでせうが。インクや模造紙がもつたいない」

「記録としてのこしておかにやならんのです」

「しかしＧＨＱはなんだつてこんなものを貸してよこしたんでせうな」

「へそ元帥が迷惑がつてゐないことだけはたしかでせうよ。迷惑である。不愉快である、困るといふのであれば、差出人の氏名住所を塗り潰したりはしない。嬉しいからこそ差出人を庇ふ。さういふことぢやないんですか」

「つまり見せびらかしてゐる……？」

「多分ね」

製版に午後までかかつてしまつた。分量が多かつたせゐもあるが、それよりなにより不愉快な手紙ばかりでちつとも氣が乘らなかつたのである。


（二十五日）

午後、厨房でコーヒーを飲んでゐるうちに、ひよいと映畫に行きたくなつて、おやぢさんを誘つてみた。

「クライブ・ブルックの『ウエヤ殺人事件』といふのが日比谷映畫にかかつてゐるさうですよ」

ブルックは品のいい二枚目で、『上海特急』を觀て好きになつた。

「豪邸の池に人の手が浮いてゐるところから始まるらしい。ブルックはきつと名探偵に扮して出てきますよ。だつてほら、彼はシャーロック・ホームズ役で鳴らしてたでせうが。今から出れば、夕食の支度にも差し支へないし……」

おやぢさんは腰を浮かしかけたが、

「いや、やめとかう」

首を横に振つた。

「こないだ『ユーコンの叫び』といふのを觀に行つてひどい目にあつちやつた。らく町お時とかいふ女の子に横ツ面、思ひ切り張られてさ」

「なんですか、そのお時といふのは」

「丸ノ内の映畫街のダフ屋の元締らしいんだがね」

秋からこつち、どこの映畫館も滿員電車竝みの混みやうだと、おやぢさんはいふ。怪我人の出るのを恐れて館側は札止めにする。勢ひ館の前に長蛇の列ができる。と、その列へ、唇も紅く爪も赤い、肩から大きなハンドバッグをぶら下げた娘たちが、「切符ならあるわよ」と囁きかける。

「こつちは早く調理場に戻らなくちやと焦つてゐるから、渡りに船だ。一枚貰ふよ、いくらだいと訊いた。そしたら八圓だと吐かす。三圓といくらの切符が八圓。二倍以上ぢやないか。思はず『高い、それぢやまるつきり追ひ剝ぎだ』と怒鳴つた。するとその娘《こ》が……」

「お時だつた？」

「さうぢやない。いきなりヒーッと泣き出したんだよ」

「大袈裟だな」

「それが手なのさ。たちまち四、五人、娘たちが集つてきた。よくも友達を泣かせてくれた、ちよいと顔を貸しなと、中の一人がどすを利かせていつた。色白、小肥り、瓜實顔《うりざね》。年は十九か二十。こいつがらく町お時だつた」

「それで？」

「日劇の裏の空地へ連れて行かれ、横ツ面をパチンと張られた。銀座の前は淺草で、少年少女テキヤ團といふのに入つてゐたとかで、喧嘩馴れしてゐるんだらうねえ、鞭で打たれたみたいに痛かつた」

「災難でしたね」

「災難はそれからさ。泣かせたお詫びに五十圓出せといふんだ。十圓札を五枚、放り出すやうに置いて、一目散に逃げ歸つた。さういふ次第で、映畫館へはしばらく近づきたくないね」

一昨夜から今日にかけて、大和撫子が日本男子に謀叛を企ててゐるといふ話ばかりである。世の中の枠組がなにかしら大きく動いてゐるやうな氣がする。

厨房を出た途端、頭の上から、

――コンニチハ！

――ヘイ、オヂヤウサン、ドライヴ！

――ユア・ベリイ、ウツクシイデス！

と囃す聲が降つてきた。

見ると、分室の入口に、ゆで卵をむいたやうな、くるつとした顔の娘さんが立つてゐた。くたびれてはゐるが手入れのよく行き届いた紺色の半外套、釦《ボタン》は竹製である。

「小林事務官はこちらだといはれて參つたのですが……」

「小林さんはをりませんが」

「でも、文書課の受付の方が、たしかにこちらにおいでだとおつしやつてをりました」

「ぢやあ、こつちへ來る途中かな。どこかで道草を喰つてゐるのかもしれない。とにかくお入りなさい」

憲兵たちがますます騒ぎ立てるので、自分は娘さんを分室へ招き入れた。文書課が廳內に配付してゐる印刷物の擔當者だと名乘ると、

「木村菊江です」

と頭を下げた。髮はきつちりと後で束ねてゐる。

「外務省でタイピストをしてをります。でも、今は外局の終戰連絡委員會の中央事務局に出向してをりますが」

「それは御苦勞なさいますな」

占領軍と日本政府との間に立つて一切の事務連絡を行ふ機關であるから、苦勞が絶えないと思ふ。例のＰＤにしても、占領軍は先づこの機關に突きつけてくるのだ。

「いつも調達させられてゐるばかりで大變でせう。しばらくお待ちを」

厨房からコーヒーとバター付きパンを調達してあげた。それから廳內を隈《くま》無く歩いて小林事務官を探し回つた。

「もう歸らなくては……」

何回目かに分室に戻ると、娘さんがいつた。

「あまり長く席を明けてゐると怪しまれますから」

「怪しまれる?」

「はい」

「なにを、だれに、ですか」

「それは申し上げられません。ちよつと失禮いたします」

突然、娘さんはこつちへ背中を向けてスカートのベルトを緩めた。なにがなんだかよくわからないが、とにかく席を外すべきだと判斷し、外へ飛び出さうとしたが、

「もうすみました。これを小林事務官にお渡しください」

呼び止められて振り返ると、娘さんは兩手でしつかりと薄い紙包みを持つてゐた。油紙で包まれてゐる。

「よほど重要なものらしいですな」

「ですから肌に着けて歩いてゐるのです。山中さんもさうしてくださいませんか」

今度はこつちがベルトを緩めた。油紙はまだ溫かい。むず痒く、照れくさく、恥かしく、妙な氣分だつた。

「扱ひ方を誤ると大臣の首が一つ二つ飛ぶかもしれません。きつと小林事務官にお渡しくださいますね」

きゆつとこつちの顔を睨《ね》めつけて、

「きつとですよ」

もう一度、念を押すと、娘さんは足早やに分室から出て行つた。——現在午後九時、小林事務官はまだ現れてゐない。


（二十六日）


妻といさかひして家を出てから今日で四日になる。勤め先の警視廳官房文書課の分室に泊り込んでゐるのだから、朝は樂である。分室の二階と三階はアメリカの騎兵第一師團憲兵隊の警視廳憲兵連絡室になつてをり、憲兵が常駐してゐる。敗戰以來、夜の東京は强盗と追ひ剝ぎの稼ぎ場になり、たとへば銀座や有樂町でさへ午後九時にはもうパツタリと人通りが途絶えるらしいが、ここは警視廳の廳內、しかも泣く子も默るMP《エム・ピー》の宿舍である。いまの日本でここより安全な場所はまづあるまい。憲兵隊の料理番をしてゐる本郷バーのおやぢさんが一日に一回ぐらいの割合でそれとなく、

「信介さんの奥さんはきつと、强い口を叩いたのを後悔してゐなさるよ」

「乾燥卵をコップ一杯分ちよろまかしておいた。奥さんに持つて行つてあげな」

「信介さんの家のある根津のあたりは東京では珍しい燒け殘り地帶だ。强盗どもが狙つてゐるよ。信介さんでも心張り棒よりは役に立つと思ふがねえ」

といつたやうなことをいひ、家に歸るやうすすめてくれる。だが、ここより居心地のよい場所は外にないと思ふから、自分は本郷バーのおやぢさんの仄《ほの》めかしに氣付かない振りをしてゐる。

ここでの日課は判で捺したやうに決まつてゐる。おやぢさんの言ひつけ通りに炊事の手傳ひをし、食器を洗ふ。あとは自分の本來の仕事である「廳內通信」のガリ切りと印刷に精を出し、この日記帳に文字を連ねてゐれば一日が過ぎてしまふ。眠るのも樂しい。厨房の隣りの四疊半におやぢさんと枕を竝べ、憲兵隊《エム・ピー》の備品倉庫から拝借してきたミルクの匂ひのする毛布をかぶると、もう前後不覺だ。天下騷亂のこの時代に、これほど平和な日々を送つてゐるものは珍しからう。自分はここの生活に滿足してゐる。晩の七時から四疊半のダルマストーブのそばでおやぢさんと將棋を指した。どちらも王より飛車を可愛がるへボ將棋、三時間で十五番も指し、戰績は自分の九勝六敗。例になく短い日記になつてしまつたが、將棋のせゐである。

（二十七日）

今朝も小林事務官が顔を見せない。代りに「廳內通信」の原稿を持つて來た梅谷事務官に、

「小林さんは病氣でもなさつてゐるんでせうか」

と訊いた。梅谷さんは自分とは同じぐらゐの年恰好の事務屋さんで、袖口にインクが付くの

を防ぐために、いつも兩手にスフ製のカバーを着けてゐる。

「私が擔當では不滿ですか」

梅谷さんの刺のある言ひ方には、一昨日と昨日の二日で慣れてゐる。

「今日で今年も御用納め、『廳內通信』も明日からお休みになりますね」

「當然さうなる」

「そこで、小林さんに年末年始のあひだもこの分室にゐていいかをおたづねしようと思つてゐたのですが」

「あなたも壕舍住ひか。たしかに壕舍は狹くて寒くて濕つぽくて、かなはない。私もじつは年末も年始も出勤するつもりだ。構はんでせう。なによりも主人が出勤すればその分防空壕が廣くなつて家族が助かる。仕事はないが、ま、虱でも潰しながら時間を潰すことだ」

勝手にこつちを壕舍住ひと決めて出て行つた。口は惡いが、人はよささうだ。仕事は例によつてマッカーサー元帥に宛てた大和撫子たちからの戀文。八通あつたが、中の一通は相當はげしい。


無月經、惡心、胃部の不快感、頭の芯の重さ、そして不眠と、元帥閣下の御子《おこ》が私を苦しめてゐます。さうなのです、閣下、私は姙娠三ケ月の身重のからだになりました。あれはたしか九月十七日の月曜日の午後十時のこと、閣下が初めて日比谷の第一生命相互ビルの總司令部にお入りになるといふので大勢の日本人が正面玄關につめかけてをりました。私もその中の一人でしたが、閣下を待つうちに、突然、言ひ様のない昂奮に心臟の鼓動が高まり、全身が震へ出したのです。どこかで、戰死した父や兄の「おめでたう」といふ聲がしました。續いて空襲で死んだ母の聲も聞えました。

「今日はお前が嫁ぐ日だよ。いい人に見初められてよかつたね」

はつと氣がつくと、人の山が二つに割れて黑塗りの大きな自動車が停まるところでした。ドアが開き、サングラスをおかけになつた閣下がおりてこられた。そして閣下はほんの短い間、時間にして一秒ほど、その場に立つて群衆を眺められた。閣下は最後に私をお見つめになり、それから微かにお笑ひになつた。私は甘い衝撃を受け失神してしまひましたが、失神しながらサングラスをした日輪が私の下半身の中心を下から上へ鋭く突き上げるのをはつきりと感じてゐました。日輪はやがて私の子壺の中で動かなくなりました。かうして私は閣下の御子を受胎したのです。

もとより認知してほしいなどと申してゐるのではございません。御子は私の手で立派に育て上げます。ただ、食糧の乏しいのに音を上げてをります。そこで一度だけおねだりいたします。この手紙が着き次第、バターを百ポンドばかり左記へお送り下さい。

マ元帥を慕ふあまりの想像妊娠か、それなりに美しい手紙である。ただ最後の一行が合力を焦つて事務通信文のやうになつてゐるところが玉に瑕《きず》といはねばならぬ。

刷り上げたものを廳內の文書課へ屆けると、暇ができた。暇になると、きまつて机の引き出しの奥の薄い紙包みが氣になりはじめる。外務省外局の終戰連絡委員會中央事務局のタイピストと名乘つた木村菊江といふ娘の、ゆで卵をむいたやうなくるつとした顏がちらちらしはじめる。木村菊江は、

「扱ひ方を誤ると大臣の首が一つ二つ飛ぶ」

といつてゐたが、いつたい油紙の中に何が祕められてゐるのだらうか。油紙の包みと小林事務官が姿を見せなくなつたことが、どう關連してゐるのか。

「……小林さん、あなたに代つてちよつと中を改めますよ。よろしいですな」

誰もゐない分室を見回しながらさういつて、瘡蓋《かさぶた》でも剝すやうに愼重に油紙を開いた。

紙縒《こより》で右肩を綴じられた書類が十通ばかり現れた。一番上の書類は五葉から成つてをり、一葉目は英語で書いてある。雜記帳を破いたものに亂暴な毆《なぐ》り書《が》き。筆記具は鉛筆でもなければ萬年筆でもない。この分室の二階三階で寢起きするMPがいつも胸のポケットにさしてゐるあの、

「ボールペン」

とか称する筆記具で書いたのだらうか。二、三度、遠くから見ただけだから詳しいことは判らないが、なんでも先が尖《とん》がらかつてゐて、そこに小さなボールが塡《はま》つてゐるといふ噂だ。そのボールの囘轉に導かれて中味のドロドロしたインクが出てくる仕掛けになつてゐるらしい。萬年筆のやうに高價ではなく、その上インクをスポイトで入れる煩はしさもなく、またGペンやガラスペンのやうにいちいちペン先をインク壺に漬ける手間もいらず、どんな紙にも書けて、しかも書き跡はいつも均質ださうだ。明るい青色の書き跡をじつと見てゐるうちに、昔、中等學校で習つた英單語を次から次へと芋蔓式に思ひ出した。どうやらこれは何かの受け取り證らしい。かういふ英文なのである。

One car, Buick model 1930.

To be used by U.S. Government for purpose of transporting high ranking officer's on official business. After all, who won The War? You or me? I hereby certify that this car is to be used to pick up any girl who fuck and furthermore who cares what hell is it to you.

The winning army, U.S.A.

G.I.Joe

on this date 19, Dec. 1945.

二葉目は普通の模造紙である。右の英文の譯文がガラスペンで書きつけられてゐる。ガラスペンは紙の纖維に沿つてインクが散るからすぐわかる。

一九三〇年型ビューイック一臺。

高級將校の公用目的でアメリカ政府が使用する。いつたいぜんたい、どつちが戰爭に勝つたんだい？　貴樣たちかい、俺樣たちかい？　この車はファック（性行爲を意味するとは思はれる）する娘を探すために使ふし、さらに貴樣たちにどんな災難がふりかからうと、俺樣たちの知つたこつちやねえといふことを、ここに證明するものである。

アメリカ戰勝軍　G・I・ジョー

一九四五年十二月十九日

三葉目以下は報告書のやうな體裁になつてゐる。

終戰連絡委員會の横濱事務局は警察本部と協力して米軍の犯罪について調査してゐるが、九月、十月の二ケ月間に警察に届け出のあつたものを集計すれば次の如くである。

米兵による殺人	四
强姦	二九
金錢强奪	二三五
物品强奪	五五二
自動車强奪	三二
その他の暴行	一〇五
計	九五七

つまり横濱では米軍兵士による犯罪が一日平均十五、六件の割合で發生してゐることになる。强姦事件などの届け出率は三割といふところが相場であるから實際の發生件數はずいぶん多いと見込まなければならないだらう。

自動車强奪については手口が似てゐるので注意を要する。十二月十九日に發生した事件はその典型といつてよいと思はれるので詳述すれば、被害者S氏は開業醫である。戰前から往診用の自動車を所有してゐた。戰時中はガソリン不足のため車を鎌倉の山の中に疎開させてゐたが、戰後は闇のガソリンが出回つてきたので再び往診用に使ふやうになつた。

事件當日の午後四時頃、S氏が自動車の泥を洗ひ落してゐるところへ米兵が四人ほど通りかかり、「英語がわかるか」と話しかけてきた。「少しぐらゐなら」と答へると、「緊急に自動車が必要になつた。用がすんだらすぐ返しにくる」といつてどかどかと乗り込んでしまつた。S氏が「返すといふ誓約書がほしい」と迫ると、米兵の一人が往診簿がはりの雑記帳になにか亂雑に書きつけた。それが添付したメモである。このやうに自動車强奪の場合、もつともらしい書付けを置いて行くのが共通した手口となつてゐる。

ほかの書類にも目を通してみたが、中味はみな似たやうなものだつた。どの書類も米兵によるる殺人や强姦について詳しく報告してゐる。いつたい憲兵隊はなにをしてゐるのだ、クリスマス休暇とやらで階上《うへ》でごろごろしてゐるやうだが、ちよつと呑氣すぎるんぢやないのか。階上を睨みつけてゐるうちに晝食の鐘が鳴つた。

「信介さん、あたしはこれからちよいと遠出だよ」

本郷バーのおやぢさんが國民學校の小使さんよろしく鐘を振りながら戸口から覗き込んで、

「京成の高砂へ髮を刈りに行かうと思ふんだ。知り合ひがあそこで理髮店をやつてゐる」

といつた。

「三時までには戻る」

「ゆつくり刈つて貰ひなさいよ。夕飯の支度を始めるのはいつも四時ぐらゐからでせう」

「飯の時間が一時間繰り上つたのさ。階上の連中、今夜から東京中をジープで巡回するんださうだ」

「休暇は返上、ですか」

「さうらしい。なにしろクリスマス前夜に都内で强盗事件が三十件も起つた。これから押し詰まるにつれてもつと事件がふえるだらうから、憲兵隊の手でもかりなきやをさまらないわけさ。あのね、信介さん、都内の警察署で自動車を持つてゐるところが一つもないさうだよ。電話で事件發生の報が入る。それツと飛び出したはいいが、そのあとは早くて自轉車、さもなきや電車、ひどいときには驅け足だ。とても犯人には追ひ付けやしない。そこで米軍駐在憲兵司令官フェーリン代將閣下が乘り出したつてわけ。信介さんの晝食は調理臺の上だ。食器洗ひ、たのみましたよ」

京成高砂へ調髮して貰ひに行くことには、二つの利點がある。京成電車の從業員は目下ストライキ中なのだ。それが不思議なストライキで客を無料で乘せてどんどん走る。おやぢさんは上野—高砂間を只で往復できるのである。もう一つ、この廳内の床屋をはじめ都内のたいていの床屋は石鹼とタオルを持參しないと店に入れてくれない。それぱかりか、ひどいところになると、

「燃料がありませんので、洗髮できません」

といつて石鹼を返してよこすが、その石鹼が心持ち小さくなつてゐる。こつそり削り取ったのだ。しかも洗髮してもしなくても理髮料金はお上の定めるところにより一律三圓九十錢である。刈りつ放しの剃りつ放しで石鹼までくすね盜られて床屋を出るときほど寂しいことはない。その點、京成高砂あたりは都內であつても少しは鷹揚だらう。ましてや知り合ひの床屋となれば安心である。

もつとも床屋よりひどいところがあつて、それは錢湯である。燃料不足で毎日營業が隔日營業になつてからは、開場一時間前から黒山の人。開場と同時に二十錢かざしてドツと驅け込む。入口のガラスは割れる、下駄を取らうとしやがめば背中を踏まれる、服を脫ぎながらふと板の間を見れば蚤が跳び虱が這ふ、やつとのことで服と下着を持參の風呂敷に包み中へ入ると、湯船まで長蛇の列、五分待つて足が一本入れば上出來で、下手をすると十分以上も待たねばならぬ、石鹼は貴重品だから、誰もが眞ん中に紐を通して、その紐をしつかり握つてゐるが、湯船の中ではそれを高く揭げる。湯に漬けたりするとそれだけ溶けて小さくなるから、さうするのである。ところがこの湯船に生えた石鹼の林を湯から上りざまツツツと撫でて行くやつがゐる。さうして手の平に付着した石鹼で顏など洗つてゐる。このやうに石鹼を掠めるやつはゐるし、いつだつて湯はぬるいし、立つたままからだを洗はねばならぬし、板の間の風呂敷包みも見張つてゐなければならぬし、錢湯といふよりは戰場といつた方が早い。かうした中で一人悠然としてゐるのは番臺のおかみで、どんなに混んでゐようが二十錢の湯錢を取り損ふことがないから偉いものだ。

食器を洗ひ終つてひと息ついてゐるところへ客が來た。一昨日、小林事務官を訪ねて來た木村菊江といふ娘さんが青白い顔で現れたのである。小林さんは依然として姿を見せません、自分も心配してゐるところですといふと、彼女は、

「では、一昨日《おととひ》お渡しした紙包みを返してください」

づかづかと分室に入つて來た。自分は厨房からコーヒーを運んで彼女にすすめた。

「それにしても解《げ》せませんな」

「なにがでせうか」

「この紙包みのことですよ」

机から例の紙包みを取り出して瀬戸引きのコーヒーカップの横に置いた。

「扱ひ方によつては大臣の首が一つ二つ飛ぶかもしれないと、あなたはいつてゐた。たしかに中には唾棄すべき米軍犯罪がぎつしり詰まつてゐます。しかしそれらが外部に洩れたところで何も變らないと思ひますがね」

「包みを開けたんですね」

木村菊江が睨みつけてきた。目を炬火《たいまつ》のやうにしてゐた。

「書類をお讀みになつたのね」

「讀ませてもらひましたよ」

「お預けするんぢやなかつた」

木村菊江は紙包みを取つてしつかりと胸に抱いた。

「見損ひました」

「なにしろひどい石炭飢饉です。私が知つてゐるだけでも、東京帝大附屬病院では燃料不足で患者の食事がつくれないつていふぢやありませんか。病死する人間よりも餓死する方が多いといふのだから、なんのために病院を名乘つてゐるのかわからない……」

「歸りますわ、わたし」

「まあ、聞いてください。石炭がないために手術具の蒸氣消毒ができない。そこで帝大病院は週二回、構內の木造教室を打ち毀してボイラーを燃やしてゐるといふ。停電地獄でもある。電氣が一日來てゐたかと思ふと二日來なくなる。食糧もない。戰爭中はそれでも買ひ出しといふ手があつたけれど、現狀はどうですか。買ひ出しに行かうにも列車に乘れない。切符を買ふには四、五日、行列しなければならない。この寒空に四日も五日も竝んでごらんなさい、たいてい凍死してしまひます。現に每朝、數名づつ凍死者が出てゐる。幸運に惠まれて切符が手に入つたとしてもそれからが一騷動ですな。機關車の釜に投げ込まれる石炭は正規の半分の火力もない粗悪炭でせう。速力は出ない。炭滓ばかりたまつて火床整理のためにしばしば數十分間の停車を强ひられる。三、四時間の遲延は日常茶飯事、いつ目的地に行き着けるかもわからないといふのが常態です。ここはアメリカの憲兵隊宿舍ですから、聯合軍補給部から石炭でも食糧でも必要なものは何でも入つてくる。いふなれば別天地です。がしかし外へ一歩踏み出せば地獄だ」

「つまり……？」

「つまりさういふ地獄に、この書類が流れ出したところで、何も起るまいと思ふのです。この中に書いてあることも地獄だが、この世の中も一種の飢餓地獄だ、相殺されて、へえさうですかで終つてしまふのではないですか」

木村菊江は默つてコーヒーを飲んでゐた。自分はさらに續けて、

「農兵隊事件といふのをごぞんじですか」

とたづねた。木村菊江は首を横に振つた。

「新聞にも十數行載つたらしいんですが、別に大した事件ぢやない。いやむしろ今の日本では毎日のやうに發生してゐる月竝みで平凡な事件といつていいでせう。ただ舊陸軍軍人が絡んでゐたので、茨城縣地區進駐軍が取り調べに當り、どういふ關係か私には分らないがここの憲兵隊からも調査官が出掛けて行つた。で、私はそれを復聞《また》きしただけだが……」

水戸市の北飛行場に護宇《ごう》師團農兵隊なるものが配置されてゐた。もちろん戰時中の、それも末期に近い頃のことだ。——と、自分は本郷バーのおやぢさんから聞いたことをできる限り正確に再現した。付け加へるまでもないが、おやぢさんは現地で調べてきた憲兵から聞いたのである——農兵隊といふのは飛行場の守備隊を兼ねながら、普段は周邊の原つぱを農場用に開墾してゐる半兵半農部隊のことである。敗戰になり、農兵隊は解散した。ところが同師團の經理部長をつとめてゐた神田惠吉（三十三）といふ陸軍少佐がなかなかの切れ者で、師團の所有する軍需物資に目をつけた。神田少佐は農兵たちをそれぞれの故鄕へ歸らせると、幹部だけで茨城農場を結成した。

「戰後の食糧難をいささかでもやはらげたいと思ふ。そこで同志と共に開墾を續行したい」

美談である。師團の軍需物資が彼等幹部に拂ひ下げられた。その物資を闇に流して毎晩のやうに大宴會、女は圍ふ、家は新築する、土地の買ひ占めに乘り出す、映畫館は建てるなど、派手に、はしやいでゐるところを、御用！　となつたのである。物資を回收してみると、六百俵あつた米が四十俵に減つてゐた。さらに二千枚あつた毛布が五百六十枚に、千樽のセメントが三百樽に、二千足の營內靴が二百五十足に、そして五百樽の釘が二十五樽に減つてをり、なくなつてゐなかつたのは四臺の馬車ばかりだつた。

「……かういふ事件が毎日のやうに起つてゐるんですよ、菊江さん。横濱のお醫者が自動車を持つて行かれたなんてのは事件のうちに入らない」

「さうでせうか」

木村菊江は坐り直すと、こつちをひたと見据ゑた。

「どんな犯罪であれ、それが犯罪であるかぎりきちんと糺弾されるべきぢやありませんか」

「たしかに正論です」

と自分はいつた。

「とくに戦勝者たちが優位を誇つて勝手の仕放題をするのは許し難いと思ひますよ。早い話が弱い者いぢめですからな。現に私もつい今しがたまで、その書類を見て、『階上のMPどもめ、なにをしてゐやがる』と腹を立ててゐたところです。しかし、しかしですな……」

ここで自分は、話の切り口を變へてみようと思ひ付いた。

「ひよつとしたら菊江さんはそいつをどこかへ持ち込むつもりなんぢやないかな」

「新聞をあてにしてゐます」

「無駄ですよ」

自分は試し刷りのために文書課から貰つて來てある朝日新聞の束を机の上にどさつと置いた。

「何日の新聞でもいいが、たとへば十二月十五日の朝日の第一面、ほら、ここ。一段二十行が眞つ白だ。どうしてこんなことになつたと思ひます？」

「検閲でせう」

「その通り。ＧＨＱの民間検閲支隊の神經に引っ掛かるやうな記事が載つてゐたんでせうな。だから白紙のまま發行するしかなかつた。その書類を持ち込んでも同じ運命が待ち受けてゐる。勇氣のある新聞記者がたとへゐたとしても、彼の書いた記事は眞っ白にされてしまふ。それになんですな、菊江さん、その記者や上司の編集局長などはＧＨＱからこつぴどく叱られるでせうが、大臣の首が飛ぶまでには至らんでせう」

木村菊江は折目のついたやうな顔色をしばらく解かうとしなかつたが、やがてふつと頬を緩め、

「日本の新聞ぢやないんです。アメリカの新聞に持ち込むんです」

お面を一本奪《と》つた女劍士のやうな顔をした。

「ただ、上司が何となく勘づいたらしく、私の机をごそごそ掻き回すんです。それで小林事務官にお預けすることにしました。……をぢさんは包みの中を見てしまつた。だからひと通りお話ししました。よそにいはないで下さい」

「小林さんの役目はなんです？」

「警視廳が握つてゐる米兵犯罪をきちんとした報告書にすること」

「一味同心といふことですか」

「さう、同志です」

「しかしアメリカの新聞に載せてどうなるんです？」

「GHQが米軍犯罪を報道させようとしないのは、そのことが米本國へ傳はると困るからだと思ひます。本國では誰もが、自分の夫が、戀人が、そして息子が、野蠻な日本人に正義を、民主主義を教へ込んでゐると信じて疑はない。ところが事實はさうではない。ピストルを振り回して金品を奪ひ、婦女子を强姦してゐる者が多い。さうと知つたら世論が默つてゐない。アメリカつてさういふ國なんださうです。ですから米軍犯罪を防ぐには、本國の世論に訴へるのが一番だと、ガルブレイスさんが教へてくれました」

「ガルブレイス？」

「空襲の被害を調べに來てゐる經濟學者です。彼がアメリカの新聞を紹介して下さることになつてゐます」

勇しい娘さんが歸つてしばらくしてから、自分はふとガルブレイスといふ學者を帝國ホテルで見てゐることに思ひ當つた。


（二十八日）

朝、分室の厨房で、例によつて食器洗ひをしてゐるところへ小使さんがやつてきた。文書課で梅谷事務官が呼んでゐるといふ。

「あと五分もあれば洗ひ終りますから」

と答へておいて、なほも束子《たはし》で皿にこびりついた卵の黄身を落してゐると、小使さんは目を皿のやうにして見て、

「卵ですか。目玉焼ですか。あるところにはあるもんですな」

ふうッと溜息をついた。

「晝はハンバーグです。一人分ぐらゐなんとかなる。食べにいらつしやい」

調理臺で晝の玉葱を刻んでゐた本郷バーのおやぢさんが、小使さんの皿のやうな目と溜息に同情していつもの義侠心を發揮した。

「ただし、他言は無用ですよ」

「これは大變なお年玉をいただきました」

小使さんは相好を崩して何度も叩頭してゐたが、ふと、眞顏になつて、

「圖に乘るやうですが、鹽をひとつかみ惠んでいただければ恩に着ます。もちろんその場合はハンバーグはいただきません」

「なんとかしませう。でも再々はいけませんよ」

「ありがたい」

小使さんはまた叩頭した。

「鹽では苦勞します。助かりました。この間、政府が、人間の小便から鹽が作れるからもう少しの辛抱といつてをりましたので、あてにしてゐたのですが、どうもあれは嘘だつたやうで……」

「政府がそんなことをいひましたか」

「いひましたとも」

小使さんは首が落ちさうなほど大きく頷いた。

「まず尿を鉋屑《かんなくず》に吸ひ込ませるのださうです。つぎに天日で乾かします。それから大鍋かなんかで燃やします」

「ほう、割に簡單に出來るものですな」

「いや、まだ先がありまして、燃すと灰になりますが、その灰に水を加へて、今度は煮詰める。さうすると鹽が出來る。一人が一年間にする小便で一貫五百匁は採れるといふ話でした」

「それはすごい」

「ところが、煮詰めるにも、いまの日本にその燃料がない」

「……なるほど」

「いつもの計畫倒れです。それに日本人の小便からは黄色い鹽しか採れないといひますよ」

「ははあ、黄色人種だからですな」

「いや、日本人が疲れてゐるからださうですよ。疲れてゐると膽汁が小便に出てくるらしい。つまりその膽汁が鹽を黄色にするわけですよ」

外は寒い。鼻の頭がずきずきと痛むほどである。分室から警視廳の通用口まで約五十歩、その中ほどに立つ裸の柿の木の、梢ちかくの二、三葉が、師走の冷たい風にいまにもちぎれさうに震へてゐる。廳內の様子を窺ふと、普段と變りなく職員が忙しさうにしてゐるのが見える。

「みなさんどなたも、家にゐても仕方がないとお考へなんですよ」

こつちの胸中を讀み當てて小使さんがいふ。

「どなたのところも寒い、狹い、そして焚くものがないから白湯《さゆ》も飲めない。それにひきかへ役所は暖かく、たとへ出涸《でがら》しであれ茶は呑み放題ですから、家にゐるよりはよほどマシなわけで」

「なるほど。おぢさんはどちらにお仕まひです」

「新宿で」

「それは便利がいい」

「へえ、ここまでなんとか歩いて通へるのが取り柄ですな」

「それで、燒けのこつたんですか」

「いや、五月二十五日の空襲ですつかりやられてしまひました。伊勢丹を除いて新宿は丸焼けです。焼け跡に三角住宅を建てて住んでゐますよ」

小使さんは宙に指先で三角を描いて、それからすこし背を屈《こご》めて歩いてみせた。地面を一尺ばかり掘り下げ、四周の柱を省略していきなり屋根を乗せたバラックがいま大流行だが、それを三角住宅といふとは知らなかつた。

「濕氣がひどくて往生してをります。病人續出です。わたしがかうやつて元氣にしてゐられるのは役所に出てゐるおかげでせう」

家で憩ふのが不健康で勤めに出るのが健康法とはやはり不思議な世の中になつたものだ。

「それにしても新宿は氣味の悪いところになりました。毎晩のやうに捨て子があります。家の近くにバラックの公衆電話室があるんですが、ここが捨て子の新名所になつてゐますよ」

小使さんと通用口で別れて文書課へ入つて行くと、股火鉢で書きものをしてゐた梅谷事務官が、

「たしか清くんだつたな、山中さんの息子さんの名前は」

椅子をすすめながら、火鉢をこつちへ押し出した。

「はあ、府立五中に行つてをりますが、清がなにか……」

「上野驛の警官派出所からの連絡では、清くんは驛構内で袋叩きにされたやうだ」

ぼうッとしてゐると、梅谷さんは右手をひらひらと振つて、

「心配無用、命に別状はない。ただ、相手が悪いから、注意した方がいい」

「とおつしやいますと……」

「相手は上野血櫻組だ」

「なんですか、それは」

「上野周邊に巣くふ五十人前後のパンパンたちが一家を結成してゐる。やつてゐることは主として賣春とたかり」

「なんだ、相手は女ですか」

「うしろに特攻くづれの紐がついてゐる。この連中がこはい。清くんは顔をおぼえられた。また襲はれるかもしれない」

「はあ。しかし、なんだつて清のことが本廳に、梅谷さんに知れたのでせうな」

「保安課へ油を賣りに行つたら、ちやうど上野から連絡が入つてゐるところでね、被害者の苗字と住所を聞いて、もしやと思つたわけだ。高橋昭一といふ少年も清くんと一緒にやられてゐるが、これはなにものかな。心當りはないですか」

「同じ町内に住む麻布中學生で、清の親友です」

「こつちの方は重傷で、順天堂病院へ運ばれた」

「なんだつてまた朝ッぱらから上野驛なんぞでうろうろしてゐたんだらう」

「うろうろしてゐたわけぢやない。お宅の清くんはじめ五人の少年たちが米を背負つて秋田から歸り着いたところを狙はれたんだな」

「秋田から、米を……？」

「さう、休みを利用して擔ぎ屋を開業してゐたらしい」

「十分とはいへないまでも、小遣ひ錢はきちんと渡してあるのですが。ですから擔ぎ屋をしなければならない理由がない」

「それよりも問題は元手だな」

梅谷さんは半分にちぎつて耳に挾んでゐた煙草を銜へ、

「五人で擔いできた米が一俵、秋田の相場が九百圓……」

火箸で摘みあげた火種で、空に九の字を書いた。

「交通費その他でさらに八百圓。合はせて千七百圓前後の元手を彼らはどこから手に入れたか」

「東京で一俵どれぐらゐで捌けるものでせうな」

「二千三百圓はかたい。儲けは五百圓前後といふことになる」

深々と吸ひ込むと、梅谷さんは襟から抜いた楊枝を煙草の根元に突き刺した。いまではだれもが知つてゐるが、楊枝で支へると煙草が根元まで吸へるのである。

「もう一つ、少年たちはなぜ血櫻組に狙はれたのか」

「なぜでせう」

「呑氣なことをいつてちやいけない。女の子は三日、男の子でも五日もあれば地獄に落ちてしまふのが當節です。しばらく息子さんから目を離しちやいけません。それがいひたくて呼んだのです」

禮をいつて引き揚げようとして、ふと小林事務官のことを思ひ出した。

「小林さんはお元氣なんでせうな」

「やつこさんは悪い籤を引き當てた」

「悪い籤……？」

「休暇を返上して、山口縣へ出張してゐるよ」

「さうでしたか」

「引揚げ闇船が玄界灘を横行してゐる。日本に歸る日を待ちわびてゐる朝鮮の邦人に誘ひをかける漁船が多いのだ。相當ふんだくるらしいな。また逆に漁船を雇ひ上げ、闇船を仕立てて歸つてくる邦人も多い。どちらも一人當り五萬圓が相場ださうだ」

「いくらなんでも五萬は高い」

「とにかくさういふ漁船が日に何隻も山口や福岡の海岸に着く。これは防疫の面でも問題がある。そこで小林くんが調査に出かけたといふわけだ」

「どこの漁船なんです。朝鮮ですか」

「朝鮮の漁船もある。しかし許せないのは日本からこつそり出かけて行く漁船だよ。無料、あるひは實費なら美談だが、困つてゐる同胞を喰ひものにするといふのは醜聞だ」

賽子《さいころ》のやうに短くなつた煙草の火を消すと、梅谷さんはそれを机の引出しに大事さうに仕舞ひ込んだ。これまただれもが知つてゐるが、短い吸殻が十個ぐらゐたまるのを待つて、それをほぐして巻けば、新しい一本ができるのである。

家の様子を窺ひに根津宮永町《みやながちやう》へ、いつものやうに歩いて戻ることにした。萬世橋から西の一帯、すなはち、神田川沿ひの須田町、淡路町、駿河臺、神保町、一ツ橋、小川町、多町あたりは焼け殘つたが、有樂町や丸ノ内の焼跡を通つて、これら焼け殘りの町々にさしかかると、なんだか砂漠から深い森に入つたやうなしつとりした落着きが感じられて、ひとりでに氣が和む。だから自分はいつも徒歩で通勤することにしてゐるのである。

妻は留守だつた。清の姿も見えない。茶の間の火鉢に炭火が埋《い》けてあつたので、火箸で掻き立て、火勢を強めて湯を沸かす。玄關の土間に置いてある紙製の炭俵に「極上佐倉炭」といふ文字が刷つてあるのが見えた。

「贅澤をしてゐやがる」

思はず知らず舌打ちが出る。

「にはか成金め」

茶簞笥から出したお茶は宇治上林《かんばやし》である。闇値で少くとも百匁百圓はするだらう。

「奢つてやがる」

また舌打ちが出た。

氣になつて點檢すると、神棚には米軍用品の淡綠褐色《オリーブ・ドラツプ》の乾燥卵の罐詰が三つも竝び、勝手の隅にはピーナツの罐詰が十個ばかりピラミッド形に積み上げてある。なかでも驚いたのは、勝手の眞ん中に鎭座してゐた白い箱で、扉の把手の下にGMと書いてあつた。冷藏庫だ。

「まつたく何様になつたつもりだ」

近ごろは日に十回は停電になる。そんな有様のところへ電氣製品をいれても仕様があるまいに。

「……ばかめ」

これらぴかぴかの米軍用品は七人の日本娘の肉體が稼ぎだしたものである。しかもそのうちの二人はおのが腹を痛めた實の子ではないか。わが子の膏血をすすりながら宇治上林のお茶を樂しむ妻の氣持が自分にはわからない。茶簞笥の下の引出しにラッキーストライクが詰め込まれてゐるのを發見したが、自分は一個しか取らなかつた。それほど腹が立つてゐたのである。

「お歸り」

二階から咳をしながら古澤のおぢいさんがおりてきた。

「二人で順天堂病院に行きましたよ。淸くんは大事ない。昭一くんが心配で出かけたんですな」

「淸のことですが、やつはなぜ米の擔ぎ屋などにならうとしたんでせう。なにかご存じありませんか」

「英語の字引きですよ」

おぢいさんはわたしが淹れてあげた茶を目を細めて飮んで、

「コンサイス英和といふ字引きが買ひたかつたんですな」

「コンサイス英和なんて、いまどきどこにも賣つてゐませんよ、おぢいちゃん。こんなご時世です。版は燒けたといふし、たとへ版が殘つてゐたとしても、紙がない」

「神田の古書街に古いのがわんわん出回つてゐるといふことです。この八月十五日から英語を勉強したいといふ日本人がわッとふえた。それになんですな、ご存じのやうにあの字引きの紙は煙草を卷くのにぴつたりださうで、どこでもひつぱり凧らしい。奥付には三圓と印刷してあるが、いまでは少くとも五十圓はする。そこであの字引きでしつかり英語を勉強したいといふ中學生が語らつて擔ぎ屋を始めたんですな」

「なるほど、動機はちやんとしてゐる」

「ちかごろ珍しい立志談でせう。混雜を極める列車に延べ四十八時間詰め込まれても字引きのためならかまはない。じつに見上げた志といふべきです。大いに譽めてあげてください」

「わからんなあ……」

「なにがですか」

「乾燥卵やピーナツの罐詰を一つか二つ、新橋か新宿の闇市に持つて行けば、すぐ五十や百になるぢやないですか。それなのになぜ秋田あたりまで出かけたのか」

「罐詰がなにと交換されたものなのか、あの子は知つてゐる」

古い林檎のやうに皺のよつた顏をきツとあげて、おぢいさんはわたしを見据ゑた。

「弟としては、姉さんたちが體を資本にアメリカさんから稼いできたもので字引きを手に入れたくはないんですよ。このわしにしたところで、文子さんや孫の時子の生血をすすつて生きてゐるやうなもの、だから淸くんの氣持はよくわかる。それで淸くんに秋田行きの元手を貸しました」

禮をいふかはりに、茶簞笥の奥にあつた虎屋の羊羹を二つに折つて、一つをおぢいさんに差し出した。

「これは奥さんの、和江さんの寶物ですよ。あとで厄介なことになるんぢやないかな」

「わたしが責任を持ちます。晝めしのかはりにしませう」

しばらく夢中で羊羹を食べた。茶は少くとも七、八杯は飲んだ。もう一本、虎屋があつたので、本郷バーのおやぢさんへの土産にしようと思ひ、上着の内隱しに入れた。

「おや、信介さんは家へ歸つてきたのぢやなかつたんですか」

おぢいさんは急に陽の翳つたやうな表情になつた。

「役所はお休みなんでせう」

「ところが結構忙しいんですよ」

ほんたうの氣持を打ち明けてもおぢいさんの負擔になるばかりである。

「先月、つまり十一月の米兵犯罪件數は、都内だけで五百五十四件です。一番多いのが婦女暴行、以下、强姦、盗み、おどし、たかりの順。わたしのゐる警視廳文書課分室には、アメリカの騎兵第一師團憲兵隊の連絡所があつて、それでなんだかんだと忙しい」

言ひ譯しながら土間におりる。

「あ、さうだ。おぢいちやんは、血櫻組といふことばを聞いたことがありませんか」

「……血櫻組？」

「この連中が淸たちに亂暴を働いたんです」

「初めて聞きますがねえ」

「清が歸つてきたら、それとなく聞き出してくださいませんか」

「やつてみませう。そのかはり、ぜひとも奥さんのそばで年越しをなさつてください。大晦日は明後日ですよ」

おぢいさんの聲を背中で聞きながら外に出ると、鹽のやうに乾いた細かい雪が降つてゐる。宮永町のはづれで右手を見たら、上野のお山が白く霞んでゐた。

この界隈の年越しに上野の寛永寺の除夜の鐘は缺かせないが、今年は鐘が鳴るだらうか。强制供出で鐘はもうないといふ專らの噂だが。


（二十九日）


「こつちから、つまり警視廳から有樂町の方角へ歩いて行くと、省電のガードがあるだらう。そのガードのすぐ手前の路地を右に折れると東京浴場といふ錢湯がある。さう、日比谷映畫劇場と背中合せになつてゐるわけだな。あまり混まないといふ評判だが、行つてみないか」

本郷バーのおやぢさんに誘はれて、午後、その東京浴場に出かけた。途中、淸たちの秋田行きの話をすると、おやぢさんはむやみに感心して、

「だいたいよく切符が買へたものだ」

首をゆつくり上下左右に振つた。おやぢさんは感動するたびに首が張り子の虎になるのである。

「切符を一枚手に入れるために少くとも一週間は驛に竝ばなけりやならん。運よく切符を入手できても、それからがまた大變、まず最低半日は改札口で行列せにやならん。ホームに入ることができてもまだ安心できない。なにしろホームは乘客で錢湯の湯槽のやうに混んでゐるからね。一本、二本、三本と列車を見送つて、乘れるのは四本目か五本目、乘れたら乘れたで、降りるまでは便所へも行けない。目的地へ着いても歸りの切符がない。いまの時代に列車に乘るのは、地獄へ行くのと同じことだ」

「さういへば、昨夜、ラヂオで、運輸省の旅客課長がアナウンサーの、『最近の乘客は暴徒化してゐるといはれてゐますが、それについてどう思ひますか』といふ質問に、こんなふうに答へてゐましたね。『交通事情は最低以下に落ちた。乘客への注文など何もない。乘客には氣の毒で何もいへない』……」

「だから、さういふ地獄の中をよくまあ秋田へ行つて歸つてこれたものだといつてゐるのさ。それも中學生が米を背負つてだから、偉い。信介さん、あんたの息子さんの將來は明るいよ」

譽められてゐるうちに東京浴場に着いた。脱衣場も洗ひ湯も湯槽も、それこそ上野驛のホームも顔負けの込みやうである。

「湯錢と引き換へに繩をお渡ししてをります。履物と衣類をまとめて繩でしつかり縛り、脱衣場の若い衆にお渡しねがひます。その際、番號札をお受け取りください」

番臺のおやぢの呼び聲を聞きながら五分ばかり脱衣場で待たせられ、やうやくにして洗ひ場に入る。漱石の口眞似をするわけではないが、湯槽のふちに仰向けの頭を支へて、透き徹る湯のなかに體を輕く漂はし、分別の錠前を開けて、執着の心張り棒をはづしたいといふのが、わたしの年來の望みであるが、湯槽のなかに三十人も犇き合つてゐるから、仰向けになるどころか躰の向きを變へるのさへ容易ではない。透き徹る湯なぞどこにもない。あるのは小便の匂ひのする、ぬるツとした泥湯だけだ。若い衆に預けた衣類が氣になり、右手に掲げた石鹼を奪はれまいとして、執着の心張り棒は太くなるばかりである。

それでも湯といふものはありがたい。脱衣場に戻るころは、躰の芯に行火《あんくわ》でも入れたやうにぽかぽかしてゐる。

おやぢさんと番臺の横を抜けて外に出ようとしたとき、女湯の洗ひ場で鋭い叫び聲があがつた。つづいて野獸のやうな唸り聲に絲のやうな呻き聲。背伸びして覗き込むと、唇を眞ツ赤に塗つた女が三、四人、丸太ん棒を振り回してゐるのが見えた。

「この洋パンめ」

と大根のやうな白い顔の女が棒を横に拂ひ、

「黑だの白だのの前で大股ひろげやがつて」

と萎びた茄子のやうな顔の女が棒を振り下ろし、

「これに懲りてしばらく大人しくしてゐろ」

とさつま芋のやうにいびつに赤太《あかぶと》りした顔の女が唾を吐き、

「もう一度こんなことがあつたらドスで刺してやる」

と胡瓜のやうに長い顔の女が肩をそびやかし、

「ざまあみやがれ」

これは申し合せたやうに口を揃へていふと、女たちは馬の尻尾よろしく跳ね上りながら、表へ飛び出して行つた。

「なんでもない、なんでもない。さあ、出入り口を塞いぢやいけない」

番臺のおやぢが男湯の見物人の頭を小突いた。

「見せ物ぢやありませんよ。さあ、出る人は出る、入る人は入る」

外に出たが、おやぢさんがゐない。きよろきよろしてゐるところへ、

「お連れさんなら、いまの女たちのあとを追ひかけて行きましたよ」

と聲をかけてきた五分刈りの地藏頭がある。糠洗粉と輕石と絲瓜《へちま》の皮を手拭でまとめて縛つてぶらさげてゐる。年の頃は五十凸凹《でこぼこ》といつたところである。

「山中さん、あなた、生きてゐらつしやつたんですな」

地藏頭で思い出した。銀座七丁目の内藤紙屋の旦那だ。昭和十三年頃まで、團扇の紙を賣つてくれてゐた。

「內藤さんもご無事でしたか」

「七丁目、八丁目は燒けずにすみましたから、店は健在です」

「それはよかつた」

「そのかはり六丁目の倉庫はやられました。二百五十瓩爆彈が落ちて隱匿してあつたケント紙が全滅しましたよ。ドカンと舞ひ上つたケント紙が銀座一帶に半日も降りました」

「息子さんは？」

「硫黃島で玉碎しました」

「……さうでしたか」

「もつとも、最近、硫黃島玉碎はデマだつたといふ噂があります。あの島だけで日本兵が三千人も捕虜になつたらしい。そしてその三千人はアメリカ南部に連れてかれて綿摘みをさせられてゐるさうです」

「そのなかに息子さんがゐればいいですな」

「每日それぱかり念じてゐますが、さあ、どうでせうか」

立ち話では躰が冷える。內藤さんと路地の奥の板張りのうどん屋に入つた。うどんが八、九本、薄い鹽汁のなかで情けなささうに泳いでゐるのを時間をかけて食べながら、昔話をしてゐるうちに話頭がひよいとさつきの亂闘に向いた。

「あの銭湯はラクチヤウの女たちの根據地のやうなもので」

「根據地といふと……?」

「有樂町と新橋のほとんどが米兵を相手にしてをりますが、彼女たちは一仕事すますたびに、あの東京浴場の湯につかつて、互ひに情報を交換し合ふんですね」

「お詳しいですなあ」

「地元の人間ですから、自然に耳に入つてきます。それでこのラクチヤウの女たちは上野の女たちと仲が悪い」

「……上野?」

「さう。上野は日本人相手ですから、事あるたびに衝突する。向うが『洋パン』といつてからかへば、こつちは『野良犬』といつて揶揄する。互ひに輕蔑し合つてゐるんですよ」

「なぜ上野は野良犬なんです」

「上野のお山の野天で客と接するからでせうな。で、さつきのは上野の血櫻組……」

ちやうど汁をすすつてゐたので、噎《む》せてしまつた。

「どうも湯冷めをしたやうです」

ごまかしておいて、

「それで……？」

と先をうながす。

「どうやら、ラクチヤウ組が可愛がつてゐた少年たちが血櫻組に燒きを入れられたらしい。そこでラクチヤウ組が仕返しをした。さつきのはそのまた仕返しでせうよ」

背筋に氷をあてられたやうになり、ぶるぶると身震ひがした。

「少年たちを可愛がるとおつしやつたが、具體的にはどういふ可愛がり方をするのでせうか」

「米兵から貰つたチョコレートやチューインガムを少年たちに與へる。映畫に連れていく。それにしても不思議ですね」

「なにがですか」

「チューインガムがですよ。あれはたしか大正五年だつたと思ひますが、銀座にアメリカのリグレーが日本支社を出したことがある。あのとき宣傳が凄かつたぢやないですか。そこいら中、『世界中もつとも有名の好菓子』といふポスターだらけだつた。ずいぶん派手な賣り出しでしたが、ちつとも賣れなかつた」

「口にものを入れたまま、話をしたり歩いたりするのは、はしたないといふ日本人の習慣と正た。

「面衝突したわけですな」

眞實の顯れるのがおそろしいといふ氣持もあつて、內藤さんに話を合せた。

「たしか仁丹本舗もガムを賣り出したと思ひますよ」

「さうでしたな。あのときはどこも失敗したのに、このところの流行りやうはどうです。そのへんの女事務員でさへガムを嚙みながら歩いてゐる。日本人はここへきて大きく變りましたね」

同感である。その證據ならわが山中家を見ればいい。三人ゐた娘のうち、一人は爆彈によつて黃泉の國へ旅立ち、二人は、米軍高官に躰を提供してゐる。そして一人息子はどうやら夜の女の愛玩物になつてゐるらしい。今年の八月十五日を境に、わが家はわが家でなくなつた。不意に涙が溢れ出した。

「山中さん、どうしました」

「風邪のやうです。聲がなんだか變でせう」

「それはいかん」

內藤さんがわたしの分まで拂つてくれた。うどん二杯で三十圓も取つた。別れぎはにさり氣なく訊いた。

「さつきの少年たちですが、可愛がつてもらつたお返しにどんなことをするんでせうか」

「昔の吉原に譬へれば、少年たちは間夫《まぶ》といつたところでせうな。では、山中さん、店は元のところにありますから、一度お訪ねください。あなたと一晩ゆつくり昔話がしたい」

體中がひきつるやうに痙攣してゐる。全身が一本の氷柱になつたやうな氣分だ。がちがち歯を鳴らしながら、文書課分室に戻つた。本郷バーのおやぢさんはまだ歸つてきてゐなか……

（三十日）

昨夜、日誌を書いてゐる最中に震へがきたので、ガラスペンを放り出し、毛布にくるまつた。本郷バーのおやぢさんが卵酒を飲ませてくれたのを微かに記憶してゐるが、あとのことは覺えてゐない。日誌を一日も缺かさず書くこと、これが自分が自分に課した義務であるから、あと數分で年が明けようとするいま、かうやつて布團に腹這ひになつてペンを握つてゐるが、頭が朦朧として何も書けない。どこかで除夜の鐘が鳴りだした。さつきまで、「紅白音樂試合」といふのをやつてゐたラヂオが全國の除夜の鐘の中繼を始めたのだ。アナウンサーが、

「上野の寛永寺からの實況です」

といつてゐるところをみると、寛永寺の鐘は供出させられなかつたらしい。それにしてもひどい一年だつた。あまりにもひどい、ひどすぎる……。

（三十一日）

一月

高熱で腦が燒き切れたのか、一日中、空襲の夢を見て魘《うなさ》れてゐた。

……不忍池の方角から根津宮永町へ、頭から火を吹き上げながら四十前後の婦人が裸足で走つてくる。「不忍池が田んぼになつてゐる。不忍池には水がないんだよう。頭の火事が消せないよう」笛よりも鋭い聲を上げて目の前を走つて行く。見ると、婦人がかぶつた木製の防火用鐵兜《てつかぶと》が燃えてゐる。「水はある。待ちなさい」、「鐵兜を脫ぎなさい」と口々に呼びかけたが、婦人は、「鐵兜が熱で頭に貼りついてしまつたんだよう。熱いよ。燒け死ぬよう」と叫びながら根津神社の方へ踊るやうに走り去る。手桶に水を汲んで追ひかける。「水をどうぞ。水を……」氣が付くと、本郷バーのおやぢさんが水の入つたコップを、自分の口にあてがつてくれてゐるのがぼんやりと見えた。水を飮んでまた夢を見る。

……切れた都電の高壓線がパチパチと火花を發しながら無數に垂れ下がつてゐる銀座通りを、眞ツ赤に燒けただれて二倍にも膨らんだ顏がいくつも步いてゐる。性別ははつきりしない。「大丈夫ですか。どちらへいらつしやるのですか。油雨《あぶらあめ》で目が塞がつてゐるやうですが、手をお引きしませうか」と聲をかけるが、返事は返つてこない。聞えるのは高壓線の火花の音だけである。「大丈夫?」しきりにだれかが聲をかけてきてくれてゐる。氣が付くと、目のすぐ前に、妻の顔があつた。その横に、ともゑさんの顔も見える。はつきりとは覺えてゐないが、自分は頷いたと思ふ。

……上野黑門町の防火用水槽に、まるで箸立てに黑塗りの箸を十數本突つ込んだやうに黑焦げの足が立つてゐた。やはり燃える頭を水で消さうとして、みんな頭を用水槽に突つ込んだのだ。「なんといふことだらう……」顔をそむけて通り過ぎる。氣が付くと、自分の額に氷袋が載つてゐた。本鄕バーのおやぢさんが枕元で新聞を讀んでゐるのが見えた。新聞は珍しく四頁立てだつた。あ、元旦の新聞だな、普段は二頁だものな、さう思ひながら、自分はまた空襲の夢の中へ落ちて行つた。

（一日）

キャベツや馬鈴薯やニンジンやコンビーフを、牛の骨を煮詰めたスープに入れて炊《た》いた本鄕バーのおやぢさんのシチューで力がついて、午後から床の上に起きてゐられるやうになつた。「一杯十圓の進駐軍殘飯シチューでは、かうはいかなかつたと思ひます」お禮がはりに、おやぢさんのシチューを褒めたたへた。去年の秋、千葉縣の八日市場刑務所から出てきてすぐのことだつたと思ふが、だれかに、「この九月から、新宿驛前の尾津マーケットの屋上に百燭光の裸電球が百と七個も取り付けられて、その燈りが隣りの大久保驛からも見えるのだ」と聞かされ、所用のついでに大久保驛で下車して新宿の方角を眺めてみたことがある。たしかに、燒夷彈が數十個まとめて落ちたやうに新宿の空が明るく燃えてゐた。燈火を慕ふ蛾よろしく、知らぬうちに新宿に吸ひ寄せられてしまつたが、そのとき初めて進駐軍の殘飯シチューにお目にかかつた。大鍋の中で、砥粉色《とのこいろ》のどろどろしたのが盛んに湯氣をあげてゐた。

「このいい匂ひだけ嗅いで行つちまふてえのは、ていのいい嗅ぎ逃げといふもんだぜ」

頬に傷のある賣り子がどすの利いた聲でいひながら、柄杓でそのどろどろしたものを丼に汲みあげて鼻の先に突き出したから、思はず十圓札を渡したが、ツンと鼻を突く饐《す》えた臭氣に半分以上も殘してしまつた。噂では、殘飯シチューには、よくラッキーストライクの空き箱が浮いてゐることがあるらしい。また、ハムかなんかの皮だと思つて嚙んだが嚙み切れないので吐き出してみたら、ゴム製の衞生サックだつたといふ話もよく聞く。それから何度か殘飯シチューを食べる機會があつたが、幸ひなことに煙草の空き箱にも衞生サックにも當らなかつた。だが、あの臭氣にはいつも閉口する。

「それにしても、この時節に、馬鈴薯やニンジンがよくあつたものだ」

感心していふと、

「この憲兵連絡室宿舍には、葛飾柴又のあたりの農家から野菜が納入されることになつてゐるんだが、あのへんの野菜は無事に收穫できたらしいね」

本郷バーのおやぢさんは、昨日の、元旦付けの新聞を今日も飽きずに眺めてゐる。

「信じられないな」

去年、東京近郊の農家の畑を野菜泥棒が凄じい勢ひで荒し回つたことは、だれもが知つてゐる事實である。泥棒の正體は東京都民だつた。

「信じられないだらうが、柴又一帶の畑は無傷で残つたんだ」

おやぢさんは右手の人差し指で胡麻鹽五分刈りの頭をこんこんと叩いた。

「あのへんの百姓には、知恵があつた。たとへば、馬鈴薯畑にこんな立札を立てた。『この馬鈴薯のどれか一つに青酸カリが注射してあります』とね。畑からは一個の馬鈴薯も盗まれなかつたといふよ」

「なるほど」

「ニンジン畑には、『ここにあるものは何人《なんぴと》がたべてもよろしい』といふ立札を立てた。ここにも被害がなかつた。ところが、江戸川を越えた市川では、ほとんどの畑が荒された」

「どうしてです」

「『作る方の身にもなれ』なんて立札を立てたのが失敗の因《もと》さ。これは市川の農會の統一立札

だつたさうだが、『作る方の身にもなれ』の横に、『盗る方の身にもなれ』と書き付けてあつた

さうだよ。そして、畑は荒され放題に荒された」

「命令調の立札だつたのがいけない……」

「その通り。この十年間、お上からの立て續けの命令に振り回されてきた反撥が、たとへば市川の畑に一氣に出たわけだ。命令調を避けて、脅迫したり、良心に訴へたりした柴又の農會は賢いよ。ところで、この憲兵連絡室のアメちやんは、日本の野菜が苦手らしい」

おやぢさんは少し聲を落した。

「とりわけサラダはかならず食べ殘すよ」

「なぜです」

「畑に人糞を撒くからだらうな。戰さに勝つた方が、どうして負けた方のひり落した糞を喰はなきやならんのか、といふわけさ」

おやぢさんから元旦の新聞を借りて眺めた。それにしても四頁立ての新聞など何年振りだらう。去年と昭和十九年元旦の新聞は、たしか表と裏の二頁だつた。さらにその一年前の元旦はどうだつたか。それは遠い昔のやうで、もう覺えてもゐないが、とにかくじつに久し振りの新聞の重さである。兩手で新聞をひろげて持つてその重みを確かめてゐるうちに、去年の正月風景が蘇つてきた。

去年は、元旦の朝から空襲があつた。午前五時に警戒警報が發令になり、十五分後にその警報が解けると、上野公園の横穴防空壕から、子どもたち四人を連れて明治神宮に元朝《ぐわんてう》參りに出掛けた。神宮の境内はがらがらに空いてゐた。後で知つたが、元旦の參拜者は二千九百人だつたさうだ。

「疎開や空襲で、都の人口が戰前の六百五十萬人から二百五十萬人に激減してゐるのは知つてゐるが、これではあまりにも寂しすぎる。日本が神國であることを、みんな忘れてしまつてゐる」と、清が憤慨してゐたのを思ひ出す。

その歸りに、淺草橋驛近くの三筋町と上野黑門町の罹災地を見て回つた。どちらの親戚も無事だつた。三筋町のいとこは、

「近くに焼夷彈が五、六個落つこちたんだが、なあにどうつてことはねえのさ。おれなぞは、不發彈を焼夷彈拾ひ器で掬ひ上げて隅田川へ棄ててきたんだぜ」

床の間に飾つてあつた竹製の塵取りを指しながら胸を張つてゐた。それに長い柄をつけて、遠くから不發彈を拾ひ上げたのだといふ。そのいとこも三ケ月後の下町大空襲で死んでしまつた。一晩のうちに何萬發もの焼夷彈に降られては、不發彈を拾ふ暇もなかつたにちがひない。

正月二日は珍しく警報が出なかつた。家中で邦樂座へ出掛け、曾我廼家《そがのや》五郎劇團の『日本の子』といふ芝居を觀た。芝居の中味は覺えてゐない。鮨詰め滿員で、舞臺が半分も見えなかつ

たからだ。覚えてゐるのは、入場料が一人三圓八十錢だつたといふことだけである。出てから外食券食堂で赤飯をたべた。たしかに、御飯は小豆色をしてゐたが、正味はコウリヤン飯だつた。口直しに銀座でニュース映畫大會を觀た。

正月三日から六日までは、壕舎での正月になつた。日に平均二回、警報が發令されたこともあつて、ほとんど上野公園の横穴防空壕ですごしたのだつた。防空壕の最大の缺點は濕氣であるが、宮永町の町會の壕舎内部はいつも乾いてゐた。それに廣い。百五十坪もあり、便所も二個所に設けられてゐる。なによりありがたいのは、夏涼しく、冬暖かいことで、たとへば、冬季は地表より攝氏約十五度も暖かい。簀《す》の子や戸板の上に莚《むしろ》を敷き、その上に布團を展べて潛り込めば、空襲のさなかでもぐつすり眠ることができた。巡檢にきた東京都のお役人が、「大森區田園調布二丁目西町會の防空壕と根津宮永町の上野の壕は、都内の壕舎の二大豪華版」

と折紙をつけたぐらゐである。

もつとも、壕内にはB29に匹敵する大敵がゐて、それは蚤だつた。一眠りしてから下着を調べると、血を吸ひ過ぎ、蛙の卵ほども丸々と膨れ上つていつもの機敏さを失つた蚤が面白いやうに捕まつた。清などは、捕まへた蚤を塗盆《ぬりぼん》に放して玩具にしてゐたやうである。塗盆は滑るから、さすがの跳躍の名人どもも跳ぶことができない。ただ、よたよたしてゐるだけである。

その慌てふためく様子をたつぷり樂しんでから、火鉢にくべる。蚤どもは小型の癇癪玉《かんしやくだま》よろしく勢ひよくはぜた。そんな清を横目に見て笑ひながら、娘たちとカルタを取り合つたことが懐しく思ひ出される。

あの團欒《だんらん》はもはや永久に失はれた。警報下の壕舍にあつたものが、戰さが終つて平和になつた今は、もうどこにも存在しない。考へるたびに、自分は悲しみより先に、不思議な氣分に襲はれる。たしかにこの一年間になにかとんでもないことが起つたのだ。きつと「歴史の塊」とでもいふやうなものが自分たちの中を通り抜けて行つたに違ひない。

（二日）

三日ぶりに分室の外に出た。新聞を受け取るために、五十米離れた本廳まで往復したのである。横から風を受けてもふらつくやうなことはないし、外氣に當つても背中がぞくぞくしたりしない。どうやら自分は元の體力を回復したやうだ。分室に戻ると、清がゐた。海軍の水兵用の、紺の半外套を着込んでゐるので、だいぶ大人びて見える。

「かあさんからだよ」

風呂敷から重箱を取り出しながらいつた。聲音は、珍しく明るい。

「子どもみたいに、いつまでもヘソを曲げてゐないで、そろそろ家へ歸つてきたらどうかといつてたよ」

「別にヘソを曲げてゐるわけではない。山中といふ一家が、いつてみれば、アレアレアレになつてしまつたのだ。山中家をどう立て直すかを、一人になつて考へてゐるのだ」

「とうさんは、もうなにも考へなくていいんだよ。とうさんたちは戦さを始めた。そして、負けた。選手交替のときがきたんだ」

「おれが戦さを始めたわけぢやないぞ」

「でも、戦さを止めようとしたわけでもないだろ」

「ばかな。とうさん一人で、つまり個人の力で、戦さなんてものが止められるものか」

「少くとも、戦さに反對はしなかつた。たつた一人でも、反對の聲を上げようと思へば上げることができたはずだけど」

「世の中といふものは、さう理屈通りには行かないよ」

「とにかく、反對しなかつたといふことは、賛成したのと同じことなんだよ」

話をしてゐて、どうもこの間までの淸とは違ふやうな氣がした。なにかといふと感情的な反應を示すのが常だつたのに、いまは理で押してくる。まるで別人のやうである。

「闇米の擔ぎ屋を始めたさうだな」

重箱の昆布巻きをつかみながら、逆襲に轉じた。

「有樂町のガード下の女性たち、つまり夜の女たちとも付き合ひがあると聞いた。中學生にしては、ちよつと背伸びが過ぎやしないか」

「かあさんが言ひ付けたのかな」

「ちがふ。とうさんにはとうさんの情報網があるのだ。さういふ不届きな中學生のゐる家をどうすれば立て直せるか、とうさんはいま、そのことを考へてゐる」

「心配ないよ」

清は平然としてゐる。

「有樂町のおねえさんたちからは、アメリカ煙草やチョコレートを仕入れてゐるだけだし、米の東京への移動は、ぼくらの仕事でもある」

熱心に新聞を讀んでゐた本郷バーのおやぢさんが、ここで目を上げて清を見た。自分も驚いて白湯に噎せ返つた。

「擔ぎ屋が仕事だと」

「さう。じつはそのことで報告にきたんだけどね……」

清は背筋をしやんと伸ばすと、こつちの目を睨みつけるやうにしていつた。

「明日から、ぼくは家を出ます」

口がきけないでゐると、清はにこりと笑つた。

「自活するんだよ、とうさん。僕は、とうさんやねえさんたちの世話になるのを止めたんだ」

「學校もよすのか。それはいかんぞ」

「學校へは行く。大學へだつて行くさ。ただ、これまでと違ふのは、自分の働きで行くといふことなんだ」

「やめなさい。無理だよ。まだまだひよこなんだよ、お前は」

「一人ぢやないんだ。同志がゐる」

「同志……?」

「昭一くんがゐる。それからにいさんたちがゐる」

「なんだ、そのにいさんたちといふのは」

「大學生たちさ」

清が話してくれたところによると、事情は次の如くである。

神田の、バラック建ての古本屋で、コンサイス英和を手に取つてため息をついてゐると、飛行服の襟に東京帝大の徽章をつけた青年が、横から、

「その辭典がそんなに欲しいのかい」

と聲をかけてきた。

「どうしても欲しい」

と答へると、

「それなら、おれたちと一緒に秋田へ行つて、米を擔いで歸つてくればいい。ただし元手が要るぞ。一人當り三百五十圓、どこかから借りてこい。それが最終的には五百圓になる。借りを返したあとに百五十圓の利益が出る。闇値で五十圓の、このコンサイス英和が三册も買へるが、どうだい」

清たちは、東京帝大の徽章を信じることにして、決められた日の午後六時、三百五十圓を握り締めて、上野驛の地下道入口へ行つた。すると、例の飛行服のほかに、東京外語や產業大學や早稻田などの學生が六人、すでに集つてをり、『箱根八里』の替歌を歌つて氣勢を上げてゐた。

東北線は、天下の險
入學試驗も物ならず
ポリ公が百人　車掌が千人
前を調べ　後ろを搜す
背には米三斗
手にも米一斗

混み合ふ席で　鉛筆かざし
洋書を讀めば　舌滑らか
デカンショ歌へば　ポリ公も怪しまじ
奧羽を旅する豪氣な我等
リュック小脇に　半長靴《はんちやうくわ》はいて
列車の繼ぎ板　踏み鳴らす
斯《か》くこそあるなれ　學生擔ぎ屋

彼らはいづれも學徒出陣組で、命拾ひをして復員し、元の大學に戻つたが、たちまち生活難に陷つた。そこで、例の飛行服が一計を案じた。仲間の一人を鐵道學校に入れて、切符を確保したのである。切符があれば目下のところ、米の擔ぎ屋ぐらゐうまい商賣はない。以來、週に一回、東北、奧羽、上越の三線のどれかを使つて、米の輸送に精を出してゐる。自ら、「東京學生援米團《あんまいだん》」と名乘り、右の替歌は、その團歌だといふ。

「途中で何度か米檢查《こめけんさ》があつたけど、全然、平氣さ。鐵道學校の學生さんが制服で乘つてゐるし、測量圖もあれば、鐵橋やトンネルの設計圖もある」

「みんな學校から持ち出したものなんだな」

「さう。米検査のときは、そいつをひろげてごまかすんだ」

「お上もなければ、親もない、偉いのは濠端の天皇マッカーサー元帥ただ一人といふ時代だ。自活もいいでせう」

本郷バーのおやぢさんが新聞をこつちへ滑らせながらいつた。

「ただし、父親としては、どこでだれと住むのかが氣になるところだな。そのへんをはつきりさせて、おとうさんを早く安心させてあげたらいい」

「淺草橋驛の近くです。驛の北側が燒け殘つたんだ。そこに飛行服のおにいさんの家があるんです」

「なるほど。そこで共同生活つてわけか」

「はい。おにいさんたちに勉强を敎へてもらひます。ぼくと昭一くんは、週一回、擔ぎ屋になるほかは、みんなの食事をつくるのが役目です」

清は住所を書いた紙切れを疊の上に置いた。

「飛行服のおにいさんの家族は、防空壕に直撃彈を見舞はれて全滅したんだつて。そして、とても生きては歸れまいといはれてゐたおにいさんが燒け殘つた家へ無事に生還した。お酒を飲むたびに、おにいさんは、『人生つて皮肉なものだな』といつて、びつくりするぐらゐ大きな聲で笑ふんだ」

自分は清の所書きをシャツのポケットに仕舞ひ込んだ。

「少くとも週に一回は、かあさんに元氣な顔を見せてやれ。それが條件だ」

「わかつてる」

清のためにおやぢさんの沸かしはじめたココアの香りが、宿直室をゆつくりと滿たして行く。

「天皇が人間だつたたつてさ」

小鍋の中を搔き回しながら、おやぢさんがいつた。

「それから、戰時中は、日本民族が他民族に優越し世界を支配すると唱へてゐたが、あれも間違ひだつたと天皇が宣言なさつてゐるよ」

「ああ、わたしも今、その記事を讀んでゐるところですよ」

一面の冒頭に載つてゐた「詔書《せうしよ》」を途中から讀み上げた。

「……朕ト爾等《なんぢら》國民トノ間ノ紐帶《ちうたい》ハ、終始相互ノ信賴ト敬愛トニ依リテ結バレ、單ナル神話ト傳說トニ依リテ生ゼルモノニ非ズ。天皇ヲ以テ現御神《あきつみかみ》トシ、且日本國民ヲ以テ他ノ民族ニ優越セル民族ニシテ、延《ひい》テ世界ヲ支配スベキ運命ヲ有ストノ架空ナル觀念ニ基クモノニ非ズ……」

なにを今更、といふのが正直な感想である。

「天皇が神様ぢやないつてことぐらゐ、とうの昔から承知してましたよ」

「まつたくだ」

おやぢさんが清の膝元にココアを出した。

「皇太子だつて、天皇さんが皇后さんと一つ枕でお休みにならなきやお出來にならないわけだし、御飯も召し上れば、廁にもお入りになる。そんなことはだれだつて知つてたさ」

「日本は神國といふのはどうです。おやぢさんは信じてゐましたか」

「どつちかといへば、わたしも信じてゐませんでしたな。その證據に、陰でよくこんな替歌を歌つてゐました」

自分は、『露營《ろえい》の歌』の替歌を口遊んだ。

負けて來るぞと　勇ましく
誓つて故鄉《くに》を　出たからは
手柄たてずに　生きようや
退却ラッパ　聽くたびに
スタコラサッサと　逃げてくる

後半は、おやぢさんも唱和した。山本五十六元帥の國葬と前後して、この替歌が流行り出したと思ふ。

「あのころから、神風なんぞ吹くわけがないと思つてゐました」

「あたしもさうさ」

「だから、とうさんたちは駄目なんだ」

口まで持つて行つてゐたカップを、清は叩きつけるやうに置いた。受皿にココアがこぼれ出る。

「天皇が神ぢやないとわかつてゐたのなら、はつきりさういへばいいんだ。日本が神國ぢやないと信じてゐたなら、堂々とさういへばいいんだ。とうさんたちは信じてもゐないのに、いかにも信じてゐるやうな振りをした。自分に嘘をついたんだ。自分に不誠實に生きてゐたんだ。そんなのごまかしだよ。詐欺よりひどいぢやないか」

清は、また、理で押してきた。

「その詔書にしてもいい加減だ。ぼくは『宣戰の大詔《たいせう》』を、今でも空でいへる。昭和十七年の一月から去年の八月まで、毎月八日の大詔奉戴日には、校長先生がかならず大詔を奉讀したから、いつの間にか覺えてしまつたんだ。それから大詔の謹解文《きんかいぶん》といふのも教はつた。去年、府立五中に、文部省の圖書監修官がきて、説明してくれたんだ。大詔の出だしはかうだ。『天佑《てんいう》ヲ保有シ萬世一系ノ皇祚ヲ踐《ふ》メル大日本帝國天皇ハ昭《あきらか》ニ忠誠勇武ナル汝有衆《なんぢいうしゆう》ニ示ス』。これが謹解文だとかうなる。『天照大神のみこころのままに、萬世一系の皇位をうけついだ、大日本帝國天皇は、忠誠勇武なるお前等國民にむかつて、はつきりと言ひ聞かせる』……。お前等なんだよ、とうさん。言ひ聞かせるなんだよ、をぢさん。そして、その調子が、今日の詔書でも變つてゐない。やつぱり、朕《ちん》は朕だし、汝《なんぢ》は爾《なんぢ》なんだ。さう、とうさんたち大人は、なんにも考へてゐないんだ」

清は半外套を摑みあげて、出口の戶を勢ひよく開けると、

「自分に噓ばかりついてゐるから、變りたくても變れないんだ」

ぴしやりと戶を閉めて去つた。

（三日）

しばらくぶりに根津宮永町へ行つて家の様子を見て來ようと思つて靴を磨いてゐるところへ、文子がやつて來た。あひかはらず口を唐芥子《たうがらし》のやうに眞つ赤に塗つてゐる。

「ハーイ」

挨拶もアメリカ風だ。おまけにガムまでクチヤクチヤやつてゐる。自分と家內で二十年かかつて仕込んだ行儀作法をアメリカ將校が僅かの四ケ月でぶち壞してしまつた。返事をせずにボロ布で靴を拭いてゐると、

「新しい靴が要るわね」

と机に腰をかけた。

「手に入れてあげようか」

「いらん」

「底に穴が空いてゐるぢやない。どうしたつて新しいのが要るわよ。ロバートに頼んであげるわ」

「ことはる。もう少し暖かくなつたら下駄をはくからいい」

「でも、その靴を見たらロバートが默つちやいない。きつとどこからか靴を都合してくるわ」

「ロバートだかアパートだか知らんが、とうさんには片假名の人間に會ふつもりも豫定もないぞ」

「向うが會ひたいんだつて」

「なんの用だ」

「直《ぢか》に聞いて。だいぶ込み入つた話らしいから」

「用があるなら向うから來い。それが禮儀といふものだらうが」

「食事もいつしよにしたいんだつて」

「どこへ來いといふんだ」

「帝國ホテル」

「それなら行つた方がいいな」

コーヒーを運んできてくれてゐた本郷バーのおやぢさんが脇からいつた。

「いまの日本でただ一個所、ちやんとした料理にありつけるところはどこか。帝國ホテルですよ。それは山中さんも知つてゐるでせうが。ステーキが喰へますよ」

「ステーキなら、おやぢさんの好意でここでも頂いてゐますよ」

「斷然、肉の質がちがふね。東京のと所から出てくる肉の一番いいところは、アメリカ大使館と帝國ホテルと第一ホテルに行くからですよ」

「第一ホテル……？」

「あすこもアメリカ將校の宿舍ですからね。ところが、ここアメリカ憲兵宿舍に回つてくるのは三番手、四番手の肉です」

聞いてゐるうちに行つてみようかといふ氣になつた。われながら情けない。

「注文を訊かれたら、シャリアピン・ステーキといひなさい」

帝國ホテルはわが大日本帝國の正面玄關であるとは、總支配人の犬丸徹三といふ人の有名な言葉であり、世間も長い間さう信じてきたし、自分もそれをもつともだと思つてきた。

噂では、總支配人の下にハウスキーパーと呼ばれる客室支配人がをり、さらにその下に各階ごとに一人づつフロアの責任者であるキャプテンなるものがゐるとのことであつた。このキャプテンの第一の仕事は、これも噂では、客室係が整へ終へたベッドの検査ださうで、なんでもそのキャプテンは客室係が張り終へた敷布の上にいちいち一銭銅貨を落すらしい。そのとき銅貨が敷布の上でぽんと跳ね上らないやうなら落第、客室係を叱りつけ、もう一度、敷布をピンと張り直させるのだといふ。そこまで固く作られた寝床で寝たいとは思はないし、だいたいあすこは上流階級の出入りするところ、自分はこれまで客として帝國ホテルに入つたことがない。自分に限らず庶民は、この「大日本帝國の正面玄關」と無縁に過ごしてきてゐると思ふが、しかしそんな自分たちの耳にも「シャリアピン・ステーキ」といふ名前は届いてきてゐた。

「なんでも馬鹿に柔らかなステーキださうですな」

「筒井福夫はあの一品で、世界の肉料理にたいへんな貢献をしたね」

「筒井福夫、といふと」

「やつとは、大正の初めごろ、日本橋のたもとにあつた村井銀行の地下の東洋軒でいつしよにコック修業をした仲さ」

東洋軒の噂も小さいときから聞いてゐる。町内に食通のをぢさんがゐて、「明治のころの西洋料理は、フランス料理の凮月堂を別にすれば、たいていの店が英國風の料理だつたね。獻立は、まづコンソメで始まり、次に野菜を添へたステーキかローストビーフかコールドビーフ、締めくくりがプディングにコーヒーといふやつで、その大將格が精養軒さ。ところが、大正に入つて複雑微妙なソースで食べさせるフランス料理が全盛になつた。その棟梁格が東洋軒よ。いつ通つたつて東洋軒の前には長い行列ができてるぜ」と、よくいつてゐた。

「あいつはずば抜けて腕がよかつた。それで間もなく帝國ホテルに引き抜かれて、昭和十年には、ホテルのなかのニュー・グリルの料理長にまで出世した。まあ、一兵卒が中將か大將になつたやうなもので、これはたいへんなことなんだが、さて、翌年の冬、オペラ歌手のシャリアピンが日比谷公會堂へやつてきた。シャリアピンのことを知つてゐるかな」

自分は頷いた。神田の第一東光社へ謄寫版の筆耕文字を習ひに行つてゐた時分、名曲堂レコード店の前を毎日のやうに通つたが、あるとき、「無學獨習のバス歌手からメトロポリタン歌劇場の大黒柱へ、二十世紀の奇跡、シャリアピンが『ボリス・ゴドゥノフ』を歌ふ。只今絶賛發賣中」といふ垂幕が出てゐたので覺えてゐる。名曲堂の三階から地面に屆きさうなほど長い垂幕だつた。

「そのシャリアピンはステーキが大好物だつたんだが、日本に來たときは折わるく齒槽膿漏にかかつてゐた。齒が痛くて大好きなステーキが食べられない。そのとき、筒井福夫は鋤焼《すきやき》から思ひ付いて、薄く延ばして包丁で筋を付けた肉を、擦り下ろした玉葱に浸《ひた》し、燒いて出したわけだね」

「そりやあ、うまいでせうな」

「シャリアピンもさう思つたんだらうな、毎日のやうにその鋤焼式ステーキを注文したといふよ。この話を聞いた犬丸總支配人が、そこは商賣人だ、シャリアピンに、『この料理をシャリアピン・ステーキと命名し、あなたの御名前を帝國ホテルのメニューに永久に殘したいのですが、いかがでせう』と申し入れて、『よろしい』といふ許可を貰つた。さういふ由緒あるステーキだから、一度は食べてみる値打があると思ふがね」

文子のあとに付いて帝國ホテルに向つたが、自分はシャリアピン・ステーキに釣られたのではない。あのロバート・キング・ホールといふ海軍少佐が「あなたのお嬢さんと結婚したいのですが、いかがでせう」と申し入れてくるのではないかと勘が働いたのである。

「……そのときは、シャリアピンになるしかないだらうな」

帝國ホテルを三階まで登つたところで、自分はさう結論を出した。

「いま、なにかいつた？」

〈301〉と眞鍮製洋數字の貼り付けてある扉をコツコツ叩きながら文子が訊いたから、かう答へた。

「ロバート氏は、文子を嫁にくれといふつもりでゐるのではないかと思ふ。さう申し込まれたら、シャリアピン氏のやうに『よろしい』と許可するしかないね」

文子がけたたましく笑つたので呆然としてゐるところへ扉が開いた。入つてすぐ六段の階段があり、そこを上ると右側は應接間で、左側は寢室だが、仕切はない。應接間も寢室も書物の山だ。

「お樂にしてください」

背廣姿の海軍少佐は握手した手を離さうとせず、そのまま自分をソファの方へ連れて行くと、文子に、

「ステーキ・サンドとコーヒー」

と言ひつけて、テーブルを挾んでこつちの眞ん前に坐つた。

ホール少佐の態度は前に會つたときとまるで別人のやうにきびきびしてゐる。なんとなく氣壓され、シャリアピン・ステーキが喰ひたいとは言ひ出しかねて、壁際に積み上げられてゐる書物の背文字を眺めながら默つてゐた。『國語の中に於ける漢語の研究』、『日本漢字學史』、『國語史文字篇』、『漢字起源の研究』、『漢字の形音義』、『支那文學史』……、ほとんどが我が國で出版された本のやうである。さらに何種類もの國語辭典や漢和辭典が床に竝べてある。

「わたしたちはまだ正式に紹介し合つてゐませんでしたね」

例によつて流暢な日本語である。

「わたしから自己紹介をしませう。わたしの名前はロバート・キング・ホールです。でも、これからはボブと呼んでください」

「……ボブ？」

「ロバートの愛稱ですよ。生れたのは一九一二年ですから、日本流にいふと大正元年 壬子《みづのえね》、鼠ですね」

「はあ……」

「この四月で滿三十四歳になります」

「奥さんは本國ですか」

「獨身です」

自分は思はずにつこりしてしまつた。

「それは結構ですな」

「さうでもありません。家庭を持てないといふのがわたしの悲劇です」

「しかし、五體健全なんでせうが」

文子を現地妻として抱へ込んでゐるのだ。いまさら結婚できない身體だなどとはいはせない。

「このへんで身を固められたらいいのだ」

「家庭に憧れてはゐるんですが、しかし家庭に時間を取られて學問ができなくなるのも困る。それがわたしのジレンマ、悲劇なんです。わたしは學者として大成したい」

「御專門はなんです」

「ない」

「ない……？」

「ハーバードでは物理學を勉強しました。次にシカゴ大學で數學の修士號と博士號を取りました。それからコロンビア大學で政治學と東洋學の學士になりました」

「そりゃ氣が多すぎる」

「まだあります。最後にミシガン大學で哲學博士の學位を取りました。つまり專門は學問すべてといふことになります。ですから、家庭に割《さ》く時間がない」

學問すべてが專門で、四つの大學に學んで二つの博士號……。これは怪物だ。改めて少佐を觀察すると、たしかにおでこがずいぶん前に迫《せ》り出してゐる。

「いまは日本語に夢中です。除隊して東京帝國大學の國文科に入りたいと思ふときもある」

「ぢやあ、生れてからこの方、ずうつと勉强のしつづけなんだ」

「働きもしましたよ。戰爭の始まる前はハーバード大學の中にできた外國人に英語を教へる研修所の副所長でしたし、戰爭が始まつてからはウェブスター辭典編集所に賴まれて『軍事用語辭典』をつくりました」

「その氣持が悪くなるぐらゐ上手な日本語はどこで勉强したんです」

「國務省から、强制收容された日本人に民主主義を再教育するようにいはれて、カリフォルニアの日系人収容所を回りました。そのとき、日本語に興味を持つたのです。ですからわたしの日本語の先生は日系移民のみなさんといふことになりますね。とくに化物じみた漢字がおもしろいと思つた」

「漢字が化物……？」

「髭を生やした妖怪變化です。そこでわたしは、日本人はこの化物に手を焼いてゐるにちがひない、彼等のために化物を退治してあげようと決心し、コロンビア大學の軍政學校に入りました」

「なんですか、その軍政學校といふのは」

「戰爭が始まると同時にアメリカのあちこちにできた學校です。コロンビア大學のもそのうちの一つ。さうですね。簡單にいへば、占領後の日本をどう管理すべきか、その管理行政官を養成する教育機關でせうかね」

「ちよつと待つてください。アメリカは、戰爭が始まつた段階でもう、日本を占領したらどうするかを考へてゐたといふんですか」

「當然でせう。戰爭が始まれば、勝つか、負けるか、引分けるか、三つのうちのどれかで終ることは、はつきりしてゐます。ですから、政府は開戰と同時に、この三つについての準備を開始しなければならない」

「なるほど」

これがアメリカの合理主義といふやつか。新聞には、毎日のやうに、これからは精神主義ではなく、合理主義を旨としなくてはいかんと書いてあるが、自分にはなにが精神主義でなにが合理主義か、さつぱり見當がつかなかつた。だが、いま初めてその區別がついたやうな氣がする。

「軍政學校の學生は三日でお拂ひ箱になりました」

こんな勉强のお化けのやうな人間にも苦手な學科があるのだらうか。首を傾げてゐると、少佐がいつた。

「四日目からそこの學生を教へることになりました。つまり學生をやらせておくのはもつたいないといふわけです」

あざやかに日本語を驅使するのをみても一種の天才であることがわかるが、しかしずいぶん嫌味な男だと思つた。

「日本に來る直前は、カリフォルニアのモンテレイにあつたＣＡＳＡ、軍政要員準備機關の日本占領企畫本部の教育部長でした。そして現在は、ＧＨＱ民間情報教育局の言語課長と日本語簡略化擔當官をつとめてゐます」

少佐はネクタイを緩めながら立ち上ると、机の上から紙挾みを取り上げた。

「こんどはあなたの履歴を伺ひませう。山中信介さんですね」

「さうですが……」

「明治二十五年、一八九二年の生れですね」

「さう、小説家の吉川英治さんと同年なんですな。満五十四歳です」

「最終學歴は、専門學校卒業ですか」

「明治大學の専門部です」

「日本人としては高い教育を受けた方ですね」

「それはいへるかもしれません。文子も高等女學校を卒業してをりますよ。成績もよかつた。常に二、三の才媛と學年のトップを争つてをりましたな。日本人女性としては教育のある方でせう」

「日本語にたいする知識についてはどうですか」

「普通に喋つてゐますよ。それからあの子は歌が得意ですな。御存じとは思ふが、明るくて陽氣なのがあの子の取柄です」

「あなたのことをいつてゐるんです」

「わたしのこと……?」

「さう。漢字はどれぐらゐ知つてゐますか」

「そりやあ、普通の日本人とくらべたらよほど知つてゐる方でせうな。なにしろ謄寫版の筆耕をやつてゐますからね。筆耕屋といふのは漢字を書くのが仕事のやうなものです。謄寫版といふ日本語がわかりますか」

日本語の天才は大きく頷いて、ローラーで刷る仕草をして、

「よろしい。あなたを日本人の中でも漢字の讀み書きがよくできる方に分類しませう」

机から西洋紙を摘み上げると、こつちへ差し出した。漢字をよく知つてゐて感心といふお免状でも呉れるのかと思つたら、さうではない。西洋紙には新聞の切抜きが貼つてある。見ると、昨日の新聞に載つてゐた天皇の詔書だつた。

「これがなにかは知つてゐますね」

「昨日、讀みましたから」

「どういふことが書いてありましたか」

「天皇がですな、御自分からおつしやつたんですな。自分は現人神《あらひとがみ》ではない、よく考へてみたら自分もやはり普通の人間であつたと宣言なさつたんですな」

「では、その詔書を讀み上げてください」

「はあ……?」

「聲を出して讀む。これが第一の調査です」

「……調査ですと？」

「日本人が漢字をもてあましてゐるといふことを、わたしはこれからの調査で實證したい。そこで日本人の成人の代表として、あなたに來ていただいたのです。わたしは日本人の識字能力を調べてゐるんですよ」

シャリアピン・ステーキと文子のことと、二つつづけて思惑が外れて意氣が上らなかつたが、それでも自分は詔書の前半を支《つか》へずに讀んだ。難關は中段だつた。


……惟フニ長キニ亙レル戰爭ノ敗北ニ終リタル結果、我國民ハ動モスレバ焦躁ニ流レ、失意ノ淵ニ沈淪セントスルノ傾キアリ。詭激ノ風漸ク長ジテ道義ノ念頗ル衰へ、爲ニ思想混亂ノ兆アルハ洵ニ深憂ニ堪ヘズ。

然レドモ朕ハ爾等國民ト共ニ在リ、常ニ利害ヲ同ジウシ休戚ヲ分タント欲ス。朕ト爾等國民トノ間ノ紐帶ハ、終始相互ノ信頼ト敬愛トニ依リテ結バレ、單ナル神話ト傳說トニ依リテ生ゼルモノニ非ズ。天皇ヲ以テ現御神トシ、且日本國民ヲ以テ他ノ民族ニ優越セル民族ニシテ、延テ世界ヲ支配スベキ運命ヲ有ストノ架空ナル觀念ニ基クモノニ非ズ……


口惜しいことに、次の五つを支へてしまつたのだ。

動モスレバ
沈淪セントスル
詭激ノ風
現御神トシ
延テ世界ヲ支配スベキ運命

こつちが支へるたびに、少佐が、

ややモスレバ
ちんりんセントスル
きげきノ風
あきつみかみトシ
ひいテ世界ヲ支配スベキ運命

讀み方を教へてくれた。これではどちらが日本人かわからない。いや、さうではない。負け惜しみをいふわけではないが、日本人にも、この詔書をすらすらと讀める者はさう多くはをるまい。少佐が異常なのだ。

次に、言葉の意味を質問された。ほとんど答へることができたが、「詭激」だけはわからなかつた。少佐の説明によると、詭激とは、言行が普段とちがつて激しすぎることださうである。

「この詔書には歴史的な意味があると思ひます」

少佐は嬉しさうな顔をしていつた。

「なにしろ、天皇自ら、自分は神ではない、國民と同じ人間であると宣言したのですから、これは歴史始まつて以來のことでせう。マッカーサー元帥も、この詔書から日本の民主主義と自由主義がまた復活するであらうと評價してゐます」

濠端の天皇の談話が詔書の隣りに載つてゐたから、自分も讀んでゐた。そこで頷いてみせると、少佐は勝ち誇つたやうにいつた。

「その歴史的宣言を、漢字をよく知つてゐるはずのあなたでさへ、讀めなかつたり、意味がわからなかつたりする。なぜでせうか」

自分にもやつと話の筋が讀めてきた。少佐がなぜ漢字について書かれた書物を壁に積み上げてゐるのか、見當がついた。

「漢字ですか、問題は」

「その通り。日本語から漢字を追放すべきです」

「亂暴ですなあ、それは」

「そんなことはない。天皇は戰前戰中の歴史と切れて、日本は新しく出直すのだといつた。文字もさうあるべきでせう。戰前戰中の漢字の氾濫と切れて、日本語も新しく出直すべきです。日本は武器を捨てた。同じやうに漢字も捨てるんですよ」

「できませんよ」

「簡單です。信介、いま、日本から一切の文字が消えてなくなつてしまつたと想像してみてください」

呼び捨てにされてびつくりしてゐるところへ、文子が戻つてきた。サンドヰッチを盛つた皿や魔法瓶を載せたお盆を持つてゐる。

「食事にしたら」

テーブルの上に竝べようとするのを手で制して、自分は少佐にいつた。

「日本の文字が消えたとしたら、どうだといふんですか」

「日本語がなくなりますか」

「なくなりはしない。話し言葉が殘りますな」

「その話し言葉をローマ字で書き留めるんです」

「ローマ字……?」

「さう、ローマ字で。できませんか」

「できないつてことはないでせう」

「ぢや、こんどは逆にそのローマ字で讀みます。するとその話し言葉は再現されますね。なにも問題はない」

「しかし……」

「日本人のためなんです。戰前戰中の日本では、初等教育のほとんどの時間が漢字の習得に注ぎ込まれてゐました。ローマ字化することによつてこの時間がずいぶん浮くと思ひます。浮いた時間をほかの分野の學習に充てることができる。民主主義の勉強ができる」

「ちよつと待つてください」

「お默りなさい。化物退治をすれば、日本のビジネスの效率もぐんと向上するんだ」

少佐の聲が高くなつた。顏も赤く染まつてゐる。昂奮してゐるのだ。文子に援軍を求めると、首を小さく横に振つていつた。

「顏が赤くなつたらもう止まらない。いふだけいはせておきなさい」

「文子、さういふ言ひ方はやめなさい」

少佐は五寸釘でもぶち込むやうな勢ひで、文子の鼻の先に右の人差し指を突きつけた。

「ＣＩＥの言語課長の資格で、きみたち日本人のためを思つていつてゐるんだ。漢字の重荷をおろしなさい。できるだけ早くローマ字にしなさい。さうすればわれわれのやうにタイプライターを使ふことができる。タイプライターがあれば、どれだけビジネスで便利をするかわからない」

文子は寝室へ逃げてベッドの端に腰を下ろすと、大判の横文字の雑誌をめくり始めた。この頭でつかちの學問お化けめ、文子に當ることはないではないか。

「わたしたち日本人はあんた方の前に武器を投げ出した。しかし言葉は投げ出しませんよ。あんた方に漢字を棄てろといふ權限なんてないんだからな」

「あると思ふ。あなたたちは無條件降伏をしたんだ。無條件降伏とは、いかなるコンディションも付けずに降伏しますといふことなんだ。日本は近代化をするために古い度量衡をメートル法に改めたではないですか。信介、それと同じことですよ」

「それとこれとは話が別です。それからね、ホール先生、わたしを呼び捨てにしないでくれませんか。ここは日本です。あんた方の習慣を他人《ひと》に押しつけないでもらひたい」

言ひ捨てて階段を驅け降りた。

「待ちなさい」

少佐の聲が追つてきた。

「明日も識字能力調査を行ひます。今日と同じ時間にここへおいでください」

「冗談ぢやない。こつちにだつて仕事があるんだ。今日は娘の顔を立てましたが、しかしさう何度もをかしな御高說を拜聽する暇はありませんよ」

「わたしの調査對象になるのが、明日からのあなたの仕事です。CIE言語課で山中さんを雇ひます」

えつとなつて扉を引く手を止めた。

「警視廳の官房祕書課とはきちんと話をつけます。あなたは本日から言語課の常雇です。いいですね」


（四日）


自分は警視廳の官房祕書課の臨時雇、ありのままにいへば、廳內報の臨時ガリ版切りである。いつ馘首《くわくしゆ》されても文句のいへない心細い身の上だ。その自分を、いまこの日本で飛ぶ鳥落す勢ひの、それどころかその名を聞けば泣く子も默り禿げ頭にも毛が生え電信柱も花を咲かすといふぐらゐ畏れられてゐる占領軍總司令部が常雇にしたいといふ。

「たいした出世ぢやないか。ありがたく受けなさいよ」

本鄉バーのおやぢさんは昨日から何度もさう勸めてくれた。

「お給金にしてもだいぶちがふよ。なによりも勤め先が帝國ホテルといふのがうれしいぢやないか。あそこの總支配人はモーリスとかいふ陸軍中尉だ。その中尉殿に渡りをつけて、あたしを帝國ホテルのキッチンに引き抜いてくれたらもつとうれしいね」

「雇主が娘の彼氏といふのが氣に入らないね」

「これからは、年中、彼のそばにゐるんだからさ、娘との仲がいまのままでは大いに困る、ちやんと結婚してくれ、ちやんとしてくれなきやハラキリをする、それが日本の父親のやり方だと、毎日、脅しがかけられるぢやないか」

「やつはこつちよりはるかに日本語がうまい。日本についてもよく知つてゐるんだ。そんな脅しはてんで通用しませんね。なによりもやつが聯合軍總司令部民間情報教育局の、いかめしく英語でいへばCIEの言語課長で、日本語の改造を目論んでゐる言語簡略化擔當官だといふのが問題なんです。普通の日本人が自分の國の言葉をどれだけ自在に使ひこなしてゐるか、それをやつはこのあたしを實驗臺にして調べようとしてゐるんですからね。あたしの日本語がしつかりしてゐれば、やつらは日本語改造を諦めるかもしれない。その逆ならやつらは日本語から漢字や假名を追放してしまふだらう。あたしは根津の生れだ、根津權現さまのお社の近くを流れて上野不忍池を巡り三味線堀から墨田川へ注ぐ藍染川《あゐそめがは》の、その水で產湯を使つた江戶つ子だ、だから大袈裟は大嫌ひだが……」

「さういふものの言ひ方がもう大袈裟だがね」

「とにかく大袈裟にいふわけぢやありませんが、日本語の將來があたしの國語力の多寡にかかつてゐる。それを思ふと震へが出ます」

「信介さんなら打つて付けでせうが。新聞は隅々まで讀むし、毎晩、少くとも二時間は日記帳にせつせとものを書いてゐる。階上のトーマスなぞは、あんたのことを學者かなんかぢやないかと思つてゐるぐらゐだよ」

トーマスといふのは、ここ警視廳官房祕書課分室の二、三階に駐屯してゐる騎兵第一師團憲兵隊の警視廳連絡室長のことである。行き交ふたびに馬鹿丁寧な會釋を呉れるし、こなひだなぞはラッキーストライクを押しつけて何かいふから少し氣味が悪くなつたが、なるほど、その謎がいま解けた。

「信介さんが日記をつけてゐるところを脇から覗き込んだことがあるが、ずいぶんと小むづかしい字を書いてゐるぢやないですか。謄寫版の筆耕さんだから漢字をたくさん知つてゐるんだ。あたしは適役だと思ふがなあ」

「それが天皇の詔書もろくに讀めないんだから困るんですよ。それからあたしにいまの仕事を呉れた小林事務官の承諾も要ると思ふんです。ところがその小林さんが暮れからこつち姿を現さない」

「警視廳の連中には進駐軍の命令は絶對なんだ。心配は要りませんよ」

それでも無斷で動くのは氣が咎める。それにできれば「山中信介を渡すわけには行きませ
ん」と斷つて貰ひたくもあつて、本廳の官房祕書課に行つてみることにした。

いつもとは雰圍氣がまるで違ふ。普段はひつそりと鎭まり返り算盤玉の音かペンで紙を掻く音か風邪引き事務官の押し殺した咳ばらひしか聞えないのに、今朝は石炭ストーブを圍み全員總立ちとなりがやがやわいわい、六の日と二十二の日の根津權現さまの御縁日のやうに騷々しい。口から唾を飛ばしてゐる梅谷事務官の上着の裾を引つ張つて議論の輪から外れて貰つて、事情を説明した。

「CIEからは何もいつてきてゐないが、あちらがお望みならあんたは行かなきゃならんよ」

「あたしには荷が勝ちすぎます。こちらからだれか國語の達人を推薦してやつてくださいませんか」

「冗談ぢやない」

梅谷さんは言下に答へた。

「こちらからものをいふなんて飛んでもない話だ」

「しかし日本語のためなんですよ」

「あの騷ぎが目に入らないのか」

ストーブの人垣を梅谷さんは顎で指した。

「昨日、濠端の天皇が日本政府にたいしてつひに軍國主義者の追放指令といふ爆彈を落した。あのサングラスの天皇は戰爭を推し進めた者すべての日本人を官職や公職から本氣で追放するつもりらしい。それでその指令のなかにこんな一條があるんだ。〈日本を世界支配戰爭に驅り立てる上において大きな役割を果した一切の個人と團體、そしてそれらの活潑な支持者〉とね。加へてかうも書かれてゐる。〈陸海及憲兵隊、竝びに祕密諜報關係者なども軍國的國家主義の活潑な支持者である〉……」

「なるほど、その祕密諜報關係者に特高警察が含まれてゐるわけですか」

「さう見てゐる者が多いのだ」

「するとこの警視廳から何人か追放者が出るかもしれませんね」

「だからこの騷ぎなんだよ。もしも追放といふことになれば俸給はもちろん恩給を受ける權利も剝奪される。こりや死ねといふのと同じだからね、みんな仕事に手がつかないでゐるのだ。ましてやあちらになにか主張するなど冗談ではない」

「でも、日本語の危機なんですが……」

「日本語がどうならうとわれわれの知つたことか」

烈しくさう言ひ捨てて人垣に戻ると、梅谷事務官は身振り手振りを交へて忙しくまたなにか辯じ始めた。

（五日）

昨夜、根津に歸るとすぐ二階に上つて清の部屋を整理した。そのうちに二階の廊下の突き當りに三人の娘の女學校時代の教科書が積んであつたのを思ひ出し、そこも當つてみた。合計七册の國文法の教科書が見付かつた。ほとんど徹夜で教科書を浚《さら》つたが、もちろんどこにも「漢字や假名なしでは日本語は成り立ちません。なぜならば……」などとこちらの都合に合ふやうな記述はない。どの教科書も日本語の書き言葉が漢字と假名からできてゐることは自明であるといふ大前提の下に書かれてゐる。自分はどうやら馬鹿な探し物をしてゐるらしいといふことが次第に分つてきて、そのうちに頁を繰るたびに溜息が出るやうになつた。

「なにを探してゐるんですか。紙をめくる音が氣になつて眠れませんが……」

妻が何度か聲をかけてきたが、默つてゐた。

「日本語を救ふ知恵を探してゐるところだ。少々うるさくてもがまんしなさい」

さう答へるしかないが、しかしその答を信用してくれるわけがないから默つてゐるしかないのである。

夜更しが祟つて目を覺したときはラヂオが正午の輕音樂をやつてゐた。手風琴の三重奏ではかに景氣がいいから、これはいやでも目が覺める。闇の餅を代用の芋味噌で雜煮にして腹を拵へると表に出た。

昭和二十一年最初の日曜日の晝空は靑深く晴れ渡つてゐる。强く吹く北風が雲を空から吹き拂つたのだ。

表通りを千駄木の方角に向ひ、山の湯のあたりから左に折れてS坂の方へ歩いて行く。坂にかかる手前を今度は右に折れると、そこが根津權現である。外套の襟を立てながら、なんでまた權現さまだらうと考へた。答はすぐに出た。今日は六日で六がつき、二十二のつく日とともに、徳川六代將軍家宣公の產土神《うぶすな》、權現さまの御緣日、根津の住人には特別の日なのだ。戰さの前までは境內に溢れるばかりに露店が竝び、人込みのあちこちで猿回しに皿回し居合拔きに角兵衞獅子などが投げ錢めあてに藝を競ひ合ひ、どこの御緣日よりも賑やかだつた。一高生や帝大生の算術講義も大勢出てゐた。算術の苦手な子どもがゐては日本の科學が發展しない、それでは世界に覇を唱へることは叶はない、そこで本日は隣近所のよしみで特別に根津の少國民諸君に彼《か》のアインシュタイン博士が考案した萬能スピード計算術を手ほどきしようと喋りながら、學生は七桁八桁の掛算や割算を次々にこなして行つた。最後に頭のよくなるパンフレットなるものを賣りつけにかかるからニセ學生と分るのだが、耳を澄ますと彼らの鹽辛聲がいまでも聞えてきさうな氣がする。

S坂の手前で右側の鳥居を潜り、花崗岩の參道を社殿へ歩いて行く。下駄が磬《けい》のやうに冴えた音で鳴るのが正月らしくていい。剝げた木像の据ゑてある隨身門《ずいじんもん》を入つたところで隣組の高橋さんに出會つた。

「淸から聞きましたが、お宅の昭一くんも家から出たさうですな」

「ええ。淸くんと一緒に米の擔ぎ屋をしながら中學へ通ふんだと張り切つてをりました。絶對に勝つと豪語してゐた戰さに親どもがころつと負けてしまふ、天皇は神、その神のために死ねといつてゐた親どもがいまは天皇を天チヤンなどといつてゐる、親どものさういふちやらんぽらんなところが氣に入らないのださうです。さういふいい加減な親どもの世話にはなりたくないといつて出て行きましたよ。ま、白立といふのも惡くはありませんが……」

自分に付き合つて、高橋さんは拜殿の前まで戻つてくれた。賽銭箱の前で手を合せながら、ふと高橋さんは論說記者だといふことに思ひ當つた。フィルムもなければ器財もない、おまけに寫眞を掲載する紙面もないので寫眞部が縮小され、そこの主任と論說記者とをかねることになつたのだといふ。論說といふからにはいろいろとものを知つておいでのはずである。そこで自分は國語問題についての高橋さんの考へを聞くことにした。ただ聞くわけには行かないから、自分を取り卷いてゐる事情も話題にのぼらせた。なかなか複雜な事情だから話し終へるのに六千八百坪の社地を一回り半してしまつた。

「じつに難問ですなあ」

社地の西の外れに乙女稲荷や駒込稲荷へ登る赤鳥居がある。その鳥居の近くの丸い大石に腰を下ろすと、高橋さんは外套のポケットから戰前に賣り出されたスモカ齒磨の空罐を取り出した。中から吸殼を摘まみ上げて鉈豆煙管の火皿に据ゑ付けようとする。ラッキーストライクを出してすすめると、高橋さんが相好を崩した。笑ふと少年のやうな顔になるところが好ましい。北からの風はいつの間にか止み陽光がまともに降つてくる。スチームの利いた部屋にゐるやうでなんだか優しい氣分になる。風がないから二本の煙草にマッチ一本で火が點いた。

「やはり難問ですか」

「大難問です」

「いつたいどこが難問なんでせうな」

「わたしは新聞社の人間です。ですから、まづ、新聞の立場からいひませうか。漢字が少くなればなるほど新聞は助かります。なにしろその分だけ活字が節約できますからね」

「ごもつとも」

「次に、どんな新聞も、できるだけ大勢の讀者を獲得したい、それには漢字を少くして讀みやすい紙面にしたいと考へます。さういふ事情がありますから、新聞はいつだつて漢字制限賛成といふ立場を貫いてきてゐます。例へば、大正十二年には、東京と大阪の新聞社二十社が『新聞は徹底的な漢字制限に踏み切ることにした。現在、その準備中である』といふ趣旨の共同宣言を發表してゐる。關東大震災で多少その時期は遲れますが、大正十四年までにはたいていの新聞がこの共同宣言に沿つて漢字制限を實施しました。それから文部省や軍部の動きも重要ですな」

枯枝を拾ふと、高橋さんは目の前の土に大きく、

○文部省
○軍部
○新聞

と書き付けた。

「文部省は明治時代から漢字制限を唱へてきてゐますな」

「なぜです」

「教育の普及がかかつてゐる」

「なるほど」

「軍も同樣です。漢字が多くては兵隊の教育ができにくいですからな。軍部は日清戰役で大量に點を稼ぎました」

「それはどういふことですか」

「日本は清國に勝利した。その勝者日本が敗者清國の文字を無批判に使つてゐていいのか。じつに不愉快な話ではないか。さう世論が盛り上つたんですな。軍はこの世論を奇貨として文部省に壓力を加へた。もちろん文部省も漢字制限は望むところです。かうして明治三十四年に採用された教科書から、小學校においては漢字の數は一千二百字餘に制限するといふ基準がはつきりと打ち出されたわけです。わたしの知るかぎりでは、これが漢字制限の始まりですね」

役に立つ話になりさうだと直感した。拜殿からの鈴の音がときをり初春の長閑《のどか》な空へ立ち昇る。その音を聞きながら、ここで高橋さんに遇へたのも權現さまの御利益に違ひないと思つた。

「文部省と軍部のこの動きを新聞が强力に支持します。文部省、軍部、新聞の三つが手を組んだのですから、もう怖いものがない。當然、世論も同じ方向へ動く。かうして漢字制限は國是のやうなものになりました。さつきの新聞社の共同宣言は、振假名つき漢字で三千字以内に制限するといつてゐます。それまでは、振假名つき漢字六千八百字で新聞がつくられてゐましたから、半分以下に減つたことになりますね。そしてこの國是はいまも有效に働いてゐますよ」

自分はウームと唸つてしまつた。去年の八月十五日でなにもかも變つたわけではなかつたらしい。

「もつとも、この漢字制限の大きな流れは、昭和の始めに逆流します。昭和六年の滿洲事變がきつかけでしたね。漢字の本場と戰さを始めた途端、滿洲や中國のむづかしい地名や人名がむやみに殖え出したんですな。政府も軍部も新聞も自分たちが決めた漢字制限を崩すしかなくなつた。もう一つ、あのころから軍部がやたらにむづかしい漢字や漢語を使つて發表文や聲明文を出すやうにもなりましたね」

「日清戰役のときの軍部とは態度が百八十度ちがひますな」

「發表文や聲明文にたくさん漢字を竝べて有難味を出さうとしたんでせう」

「單純ですな」

「いまからいへばさういふことになりますね。右翼團體なども同じ論法でしたな。うちの新聞社へも、漢字制限は國體の尊嚴を汚すものであると、怒鳴り込んできたりしたやうです。そんなわけで最後は假名より漢字の方がずつと多い紙面になつてしまひました。そして八月十五日を境に軍部と右翼の重しがとれて、以前の漢字制限の國是が表面に現れてきました。今度は聯合軍の後押しもあつて流れはいつそう烈しくなり、漢字制限だけでは生ぬるい、この際、漢字全廢を目指さうぢやないかと唱へる識者も多いやうですよ」

ここで高橋さんはしばし口を閉ざし、やがて枯枝で地面に、

○新井白石

○オランダ學者

と書き付けた。

「ひよつとしたらかういつた學者たちも漢字制限が必要だと考へてゐたんぢやないでせうか」

話頭が一氣にちよんまげ時代に飛んだので驚いてゐると、高橋さんは續けた。

「彼らはアルファベットを見てゐる。西洋語の勉强をしたものもゐる。だれもが西洋に文字が少いことを知つて愕然としたはずです。こんなに少い文字で西洋人はどうしてあれほど高い文明を築くことができたのだらうか。たいていの學者がさう思つたに相違ない。その一人が、時代は少し下りますが、たとへば福澤諭吉でせうな。彼の本はお讀みですか」

「一時期、凝りましたが。『學問のすゝめ』に『福翁自傳』、それから……」

「『文字之教』はいかがです」

「……そんなのありましたつけ」

「その本のはしがきで、諭吉はこんなことをいつてゐるんですね。日本人は漢字から假名を作り出した、それだけでも漢字はたいしたものだが、しかしその役割はもう終つた、これからは日本人の發明になる假名を驅使し、その分、漢字を廢止する方向へ持つて行つてはどうか、もつともいきなり廢止すれば混亂が起るだらうから、難しい漢字はできるだけ使はないやうにして、ゆつくり廢止の方向へと進むのがいい、と。漢字廢止論で忘れてならない大立者に前島密《ひそか》がゐますが、しかしもういいでせう。とにかく江戸の中頃からこつち、世の中は、漢字廢止、もしくは漢字制限に向つて大きく動いてきたことは間違ひないと思ひますよ。初めにお話しした文部省や軍部や新聞の漢字制限論もこの流れに沿つてゐるわけですな」

「さうすると結局のところ、高橋さんは漢字はいらないとおつしやるわけだ」

直感はどうやら外れたやうだ。それに戰さに負けたので權現さまの御利益が薄くなつてきてゐるみたいだ。

「問題が問題だから、結論をさう急いぢやいけないと思ふ。さつきのラッキーストライク、もう一本いただけるとばかにうれしいんですが」

「日本語に漢字がいるんでせうか、いらないんでせうか。袋ごと差し上げますからさ、そこんとこをはつきりしてくださいませんか」

自分用に二本拔いて、殘りを石の上に置く。さつそく高橋さんは一服つけて、

「漢字は必要です」

言葉と煙を一緒に吹き出した。

「漢字假名交じり文には一千年の歴史と傳統がありますもの、それを五十年や百年で壞せやしませんよ」

「うーむ、氣持はよく分りますが、いま一つ說得力に乏しいところがありますな」

ＣＩＥの言語簡略化擔當官になつたつもりで澁い面をすることにした。自分が日本語を苛めれば苛めるほど、高橋さんからいろんな知識が引き出せると考へたのだ。

「その程度の漢字擁護論では、まだまだ納得できませんな」

「歴史があり傳統があるとは、たくさんの時間を重ねてそれだけの工夫をしてきたといふことです。たとへば……」

高橋さんはいきなり地面にしやがむと、枯枝の先を鑿《のみ》にして、

春が來た春が來たどこに來た
山に來た里に來た野にも來た

さう彫りつけるやうに書いた。

「どうです。すばらしいとは思ひませんか」

「たしかにいい唱歌だとは思ひますよ」

「さうぢやなくて、この表記の工夫がすばらしいんです。春、山、里、そして野、みんな名詞です。それから、來た、は動詞です。名詞も動詞もいつてみれば實體を持つ概念です。日本人は長い間かかつて實體を持つ概念は漢字で書いた方がいいといふ工夫をつけたのですな。そして關係を表す概念を假名で書くやうに努めてきた。このことがどれだけ日本人の頭を風通しのよいものにしてゐるか分りませんよ。それに續けて書いても切れ目は一目瞭然、たいへんな工

夫ぢやないですか」

次に高橋さんが地面を帳面にして書いたのは、自分にも記憶のある蕪村の名句である。

菜の花や月は東に日は西に
五月雨や大河《たいが》を前に家二軒
御手打《おてうち》の夫婦《めをと》なりしを更衣《ころもがへ》

「ここにも、實體を持つものを漢字で書き、關係の概念は假名にするといふ日本語文の原則がちやんと生きてゐるでせう。そのおかげで切れ目は明瞭であり、意味は判然とする。なによりもかういふ原則が底で働いてゐるからこそ、見た目にも美しく、眺めてゐるだけでなんだか氣分がよくなつてくるのですな。それから、切れ目が明瞭であるとは句讀點がいらないといふことでもあるんです。俳句のやうな短詩に句讀點を施したりしては詩想が凝縮しませんからね。そんなことをしたらてんで散漫な詩になつてしまふ。漢字制限論や漢字全廢論はそのへんを見逃してゐるんぢやないかな。漢字を制限し全廢する、それはこの大事な原則を捨てるのと同じ愚擧なんです」

「いかにも藝術家の喜びさうな理屈ですな」

自分はＣＩＥの言語課長になり代つて反論した。

「しかし、日本人のすべてが藝術家ではない。日本人の大半を占める普通人にとつて、漢字はとかく重荷には違ひないでせうが」

「日本語の半分以上の言葉が漢語なんだ」

高橋さんはラッキーストライクを地面に叩きつけた。

「もしも漢字を制限したり全廢したりしたら、日本語の半分が集團で行方不明になつてしまふ。日本語の中の漢語がこつそりと謎の失踪をとげてしまふ」

「……謎の失踪ですか」

「さうですとも。それが大袈裟なら迷ひ子と言ひ換へてもよろしいが、とにかく言葉が言葉として用をなさなくなる」

高橋さんはラッキーストライクを拾ひ上げ、吸口の砂を指で彈き落すと、深ぶかと一服、吸ひ込んだ。煙草の先が螢の尻よりも赤くなる。さういへば子どもの時分の根津には螢が多かつた。社地の池や藍染川や五人堀が育てた螢でこの一帶は光の河になつたものだ。もつとも蚊には手を燒いたけれども。

氣がつくと、高橋さんが地面にまたなにかを書いてゐた。

シヤウニンはそのシヤウニンのためにシヨウニンに立つことをシヨウニンした

覗き込んで苦勞して讀んでゐると、高橋さんは、

「何年睨んでゐたつて、その文の意味を捕まへることはできやしません。なにしろ、漢字を追放した途端、その文の中で、シヤウニンとシヨウニンが迷ひ子になつてしまつたのですからな」

さういひながら片假名を消し、代りに漢字を書き入れた。靄のやうなものがたちまち晴れて、意味がくつきりと浮かび上つてきた。

上人はその商人のために證人に立つことを承認した

手品でも見てゐるやうな氣分だ。

「漢字がなしでは意味が通らなくなるわけです。さういふ文章は無限に拵へられますよ」

「……なるほど」

これは使へる。この手であのホール少佐を追ひつめてやらう。

「さらに、漢字を廢すれば、漢字の生產力も使へなくなりますよ。一つ一つの漢字が新しい言

葉を無数に孕んでゐるんですからな。漢字の受胎能力を輕んじちやいかんです」

高橋さんは地面に大きく、

員

と書いた。

「この員なんぞもはなはだ淫亂です。社に抱きついて社員となり、外交に秋波を送つて外交員となり、議に色目を使つて議員となり、動と同棲して動員となる、署と乳繰つて署員、審判と驅け落ちして審判員、座を引つ掛けて座員、隊に撓垂《しなだ》れかかつて隊員、役をたらしこんで役員といふ具合で、漢字はじつに多産なんです。時代の要請に應じていくらでも新しい漢語を產んでくれます。かういふ生產力は假名にはないんですな。やまとことばだけでは日本語の語彙が貧弱にならざるを得ない。これは確信を持つていへます」

「すると、かう譬へても間違ひぢやありませんな。すなはち、漢字を一千字憶えれば、その一千字が組み合さつて三萬語にも四萬語にもなる、と」

「その通りですよ、信介さん。他にも、漢字なしでは日本語が立ち行かない理由が山のやうにあると思ふんだが、きちんとお話しするには、整理のための時間がちよつと必要ですな」

「また教へていただけるとありがたいんですが。その代りといつちやなんだが、ラッキーストライクでしたら不自由させませんよ」

「それはありがたいですな」

高橋さんは靴で地面の字を消した。

「上手に漢字を使ふと表現が簡潔になります。その分紙面の節約になり、その分いい記事がたくさん入るやうになる。ですから新聞記者などはよほど漢字を勉強しなければならない。わたし自身のためにもときどき會つて漢字の話をしませうか」

「ばかに助かります」

「漢字を制限しなければならんのは、虚榮から漢字を亂發してゐる手合ひだけぢやないかしらん。さうだ、信介さんは明治の專門部の御出身でしたつけ」

「サボつてばかりゐましたが、一應はさうです」

「さかんに英語をやらされたでせう。英單語をいくつ覺えました？」

「さあて、齋藤秀三郎先生の『熟語本位英和中辭典』を一通り讀んだことはたしかですが、しかし覺えたのは六千もないでせうね」

「わたしも似たやうなものです。でも、中學、高等學校、大學と、必死の思ひで英單語を六千も覺えながら、一方では、二、三千の漢字に多すぎると不平をいふなんて不思議だとは思ひませんか。母國語なんですよ。その言葉で通信文を書いて生計を立て、戀文を書いて所帯を持ち、友だちに手紙を書いて友情を深め、遺言を書いて子に後事を托すわけでせう。一生使ふ言葉ぢやないですか。その大事な言葉に漢字があるから面倒だなんてずいぶん罰當りだと思ふな」

「同感ですな」

「なによりも、漢字なしでは千數百年にわたる傳統とスッパリと切れてしまひます。これが切ない」

ここで高橋さんはおもむろに立ち上ると、それまで腰掛代りにしてゐた大きな丸い石をそっと撫でた。

「この石がなんの石かご存じでしたでせうな」

「……いや」

「文豪憩ひの石です。この石に森鷗外や夏目漱石が腰を下ろして小説の想を練つてゐたことが、研究家の調査で分つたんですよ。新聞にも出たはずですが、B29がさかんに燒夷彈を落して回つてゐたころだから、新聞どころぢやなかつたかもしれませんな」

あるいは八日市場の刑務所に叩き込まれてゐたころか。

「とくに漱石はこの石がお氣に入りだつたやうです。イギリスから歸國してすぐ住んだのが、ここから直線距離で二百米もない千駄木町五十七番地。そこでここ權現さまが漱石の散歩のコース、そしてこの石が漱石にとつて思索用の椅子になつたんですな。漱石はこの石に腰を下ろして、『吾輩は猫である』や『坊つちゃん』のことを考へてゐたんぢやないでせうか」

　なんだかもつたいないやうな氣分になり、自分は石から二米はたつぷり離れた。

「ときどきここへやつてきては、この石に腰を下ろして、『漱石先生、いい小説を遺してくだすつてありがたう』と呟くことにしてゐるんです。さうするとなんだか心が休まるんですな。漢字がなくなつたら、『吾輩は猫である』や『坊つちゃん』とも切れてしまふでせうが。冗談ぢやありませんよ」

　自分はしばらく石をぼんやり眺めてゐた。拝殿で鈴が鳴つてゐる。その音を聞きながら、しみじみ權現さまにお詣りにきてよかつたと思つた。


（六日）


　朝早く警視廳官房祕書課へ行くと、ストーブの火搔棒を梃子《てこ》に廊下の腰板をべりべりと引き剝がさうとする男がある。手拭ひを切られの與三よろしく鐵火冠《てつくわかぶ》りにしてゐる。「この薪泥棒め」と小さく叫んで走り寄ると、泥棒の正體は梅谷事務官である。

「今朝のＢＣＪの天氣豫報を聞いたか。日中の氣溫は攝氏で十度までしか上らないさうだ。備へあれば憂ひなしといふやつでな、祕書課の薪を今から確保してゐるところだ」

　ＢＣＪつてなんだつけとちよつと考へた。ああ、さうか、日本放送協會のことをこのごろはさういふんだつけ、なんでもThe Broadcasting Corporation of Japanとかの略ださうだが、それにしても事務官が薪泥棒とは面妖である。

「祕書課には風邪引きが八人もゐる。ところが小使が運んでくる石炭は木箱に半分だ。それつぽつちぢや晝まで保たん。腰板を一月中に張り替へるといふ話もあるのでね、どうせならその前に燃やしてしまはうと思ふんだ」

　梅谷事務官は鐵火冠りをほどいた。

「それで山中さん、なにか用ですか」

「ＣＩＥ出向についてちよつと相談があります。祕書課をやめてあちらに行くのはいやなんですよ。向うは常雇にしたいとはいつてをりますが、仕事の中味はわたしを日本人の標準とみての識字調査、御用がすめばたちまちポイに決まつてゐます。こんな御時世だ、失業者にだけはなりたくない。そこでお願ひですが、午前中は今まで通りこちらで『廳內通信《ちやうないつうしん》』のガリ版の筆耕をやらせていただけませんか」

「アチラ次第だな」

　梅谷事務官は引き剝がした腰板を抱へて祕書課の事務室に向ふ。自分も殘つた腰板を持つてその後に續いた。自分たちと入れ代るやうに隣の官房人事課からも三人ばかり現れて火搔棒で腰板を剝がしにかかる。これでは警視總監は薪泥棒に給料を拂つてゐるやうなものだ。

「お世辭をいふわけぢやないが、山中さんは筆耕の腕もあるし、口も固く、勤務態度も申し分がない。『廳內通信』になくてはならない人であることは確かだ。本採用にしてはといふ聲もある。しかしアチラが山中さんを全日、丸抱へにしたいと言ひ出せばコチラは反對できんのです。言語課長のホールといふ海軍少佐に賴んでみてはどうです」

梅谷事務官はここで低い聲になつた。

「聞くところでは、ホール少佐と山中さんの娘は昵懇《ぢつこん》の仲ださうぢやないですか。アチラは女には甘い。娘さんの賴みにノーとはいはんでせう」

「わかりました」

自分は事務机の上の「廳內通信」と書いてある菓子箱利用の書類入れから原稿を取つて分室に戻ることにした。

「さうだ、終戰連絡委員會の中央事務局から山中さんについての正式な指令がきてゐたんだ」

呼び止められて振り向くと、梅谷事務官は「外務省」と名入りの赤罫紙をこちらに掲げてゐる。なぜ外務省なのだらうと首を傾げたが、すぐに終戰連絡委員會中央事務局は外務省の外局だつたと氣づいた。

一月八日ヨリ警視廳官房祕書課臨時雇山中信介ヲ聯合軍總司令部民間情報教育局（ＣＩＥ）言語課へ出向セシメラレタシ

言語課長ロバート・Ｋ・ホール少佐

梅谷事務官は赤罫紙をこつちへ渡してよこすと、

「アチラに行つたら探つてもらひたいことがある」

と聲を落した。

「總司令部は日本放送協會の呼び名をＢＣＪにせよと指令を發した。ところが最近、さらに別の呼び名にしようといふ動きがあるらしい。新しい呼び名が分つたら教へてくれ」

「そんなことがどうしてわたしに分るんですか」

「分るさ。ＣＩＥは日本放送協會の東京放送會館ビルの半分以上を占領してゐる。つまり山中さんの新しい勤め先は內幸町《うちさいはひちやう》の東京放送會館、そこは放送についての第一級情報の渦巻くところ、耳よりの情報を入手したらただちに御一報を。よろしいな」

分室に引き返してガリ版の前で鐵筆を構へる。本日の「廳內通信」の原稿はただ一枚で、かうである。

一月五日（土）の夕刻から夜にかけて東京の西郊で三十五件にも及ぶ集團强盜事件が續發した。强盜團はいづれも占領軍兵士、二人組もあれば十人組もありでその構成は樣ざまだが、手口は共通してゐる。すなはち、覆面で現れて拳銃で脅し、さらに拳銃で毆打して金錢を奪つて去るのが定式である。本廳分室に進駐中のアメリカ騎兵第一師團憲兵隊警視廳憲兵連絡室によれば、「週末の遊興費目當てに日本人家庭を襲ふ風潮が全軍にひろがりつつある」とのことである。なほ、憲兵連絡室には六日午前、アメリカ軍全兵士に嚴重なる警告を發し、類似の事件をこれ以上起さぬやう呼びかけてゐるので、いづれその效果が出るものと思はれる。管下の全警察官はしばらくの間、類似の事件に遭遇しても決して本腰を入れて解決せぬやうにされたい。事件發生の屆け出がある際は日本の警察力で解決しようとせずなにはともあれまづ廳內の憲兵連絡室に報告することを徹底されたい。念のために申し添へておくが、進駐聯合軍最高司令部參謀部の覺書により、これらの事件については新聞も放送も一切扱はないことになつてゐるので、事件の情報を新聞社や放送局に持ち込んでも無益である。

（七日）

原紙に三度ばかり鐵筆で穴を空けてしまつた。原紙が粗惡なせゐもあるが、なんだか腹が立つて餘計な力が鐵筆にかかつてしまふのだ。

朝のうちは雪催《もよ》ひの灰色の雲が低く垂れこめてあたり一面、薄暗かつたが、午前十時ちよつと前、警視廳を出て日比谷公園を新橋に向つて横切るころは、その空のところどころに青い穴が開いて少し明るくなつてきた。しかし氣溫は昨日よりも低い。公會堂の脇から道を渡ると富國生命の本社ビルがある。その向う隣りの、どつしりとした灰青色の六階建てのビルが日本放送協會の東京放送會館である。この一郭、富國生命、東京放送會館、そしてその隣りの三井物産の三つのビルは辛うじて焼け殘り、このへんには戰前の東京のビル街の面影が、僅かではあるが漂つてゐるやうだ。

小舟なら一隻、横に樂らく乘つかりさうな大きな石の階段を四段登つて、疊なら二枚分もある大きくて重い扉を押すと、途端に目の前が眞ツ白になつた。あれツとなつて少しうろたへたが、すぐ暖房の暖氣が眼鏡を曇らせたのだと分つた。近ごろは暖房の效いたビルなど珍しく、いきなり暖氣の中に入ると眼鏡が曇るといふことなどすつかり忘れてゐた。

鐵兜を目深《まぶか》に冠つたMPの前をおそるおそる通つて左手の受付に行き、束髪の娘さんに例の外務省の赤罫紙を示した。娘さんはこちらの風體を五秒ばかり觀察してから、

「あちらのエレベーターで五階へいらつしやつてください。降りたところが小さなホールになつてをります。エレベーターを背にホールにお立ちになりますと、斜め右手に『言語課』と書

いた札が見えます」

立派な標準語で説明してくれた。なんだかラヂオの前で「報道の時間」を聞いてゐるやうな氣がした。さすがは日本放送協會の受付嬢だ。

受付からエレベーターのあるホールに行くにはもう一枚、重くて厚いドアを押し開かなければならなかつたが、ドアを押すにつれてまた眼鏡が曇つた。内部はもつと暖かく、シャツ一枚でも汗を掻きさうだ。それに帝國ホテルと同じ匂ひがする。この東京放送會館では、いたるところでコーヒーを入れてゐるらしい。

五階で降りて曇りガラスを嵌めた言語課のドアをそつと開けると、パーマ髪に口を眞ッ赤に塗つた女がタイプライターを叩いてゐた手を止めて嗄れ聲で「どなた」と訊く。赤罫紙を渡すと、女はアハンといふやうな譯のわからない言葉を呟いて、奥の大きな衝立ての向うに消えた。八疊間を三つ繋いだやうな、鰻の寝床みたいな部屋である。衝立てのこちら側に机が六つ、一列にならんでゐる。女がサンダルをぱたぱた鳴らしながら戻つてくると、

「あちらでどうぞ。それから、あたしはミス栗田、言語課の庶務や雜役を一手に引き受けてゐます。分らないことがあつたら、なんでもあたしにおつしやつてください」

あたしの話はこれでおしまひといふ合圖だらうか、噛んでゐたガムを風船にして膨らますと勢ひよくぱちんと割つた。

部屋の中を縦に進み、衝立ての向うを覗く。紺の半纏《はんてん》を引っ掛けた言語課長のホール少佐が習字に打ち込んでゐる。手術室の外科醫のやうな眞劍な顔つきだ。椅子に腰を下ろして待つことにした。

右手の壁に漢字表が掲げられてゐる。正面にホール少佐の事務机、その向うは日比谷通りに面した窓である。窓の上方の壁に長い巻紙が貼ってある。「一九四五年九月二十二日ニ聯合軍最高司令部ヨリ日本帝國政府ニ與ヘラレタ覺書／日本ニ與フル放送準則」と、題まで長い。何氣なく讀み始めたが、やがて知らぬうちに立ち上ってゐた。

A　報道放送ハ嚴重ニ眞實ニ卽應セザルベカラズ
B　直接又ハ間接ニ公共ノ安寧ヲ亂スガ如キ事項ハ放送スベカラズ
C　聯合國ニ對シ虛僞若ハ破壞的ナル批判ヲナスベカラズ
D　進駐聯合軍ニ對シ懷疑的ナル批判ヲ加ヘ又ハ同軍ニ對シテ不信若ハ怨恨ヲ招來スル事項ヲ放送スベカラズ
E　聯合軍ノ動靜ニ關シテハ公表セラレザル限リ發表スベカラズ
F　劇、諷刺物、脚色物、詩、寄席演藝、喜劇ヲ含ム慰安番組、或ハ農業、林業、鑛業、銀行等ノ題目ニ就テノ講演ヤ話竝ビニ歷史、地理ノ如キ題目ニ關スル講演ヤ話、政府機關ヨリノ告知事項ノ發表ヲ含ム情報及教養番組其ノ他之ト類似ノ番組ニ、聯合國相互間ノ關係ニ有害ナリト解釋シ得ルヵ乃至ハ聯合國中ノ一國ニ汚名ヲ與フルガ如キ資料ハ使用スベカラズ

最高司令官ニ代ツテ
參謀副官補佐官

ハロルド・フェア陸軍中佐

昨日、祕書課分室で「廳內通信」を原紙に書き寫してゐたときと同じ怒りが込み上げてくる。昨日の朝日新聞で槇ゆうといふ共產黨の婦人部長までが「マ司令部の指令には全幅の贊意を表する次第である」といつてゐたが、飛んだ買ひかぶりだ。聯合國側に都合の惡いことは一切書くな、喋るなでは、八月十五日までの日本政府のやり口と大差ないではないか。政治とはそんなものさといはれれば默つて引き下るしかないが、それにしてもインチキ極まりない話である。なほも壁を睨みつけてゐると、ホール少佐が墨で汚れた指をハンカチで拭きながら回轉椅子を軋ませてこつちを向き、

「わたしの傑作ではないでせうか」

壁を指さした。

「丸一日かかりましたが、よく書けてゐるでせう」

「日本放送協會はこの準則を守つてゐるわけですか」

「もちろんです」

「新聞社や出版社でもさうなんですか」

「いふまでもありません。活字の世界には活字の世界向きの準則があります。もつとも内容はこれとほぼ同じといつてよいが」

「あんた方の正義といふやつもいい加減なものなんですな」

言語課長はおやツとなつて目を細くした。細くなればなるほどこの海軍少佐の目には鋭い光が宿る。

「自分たちに過ちがあれば、それを隠さずに率直に謝る。それこそ正義といふものではないですか。ところがあんた方は自分たちに不都合なことは報道させない。不利になることも報道させない。CもDもさうぢやないですか」

「その問題については後でゆつくり話し合ひませう。今、重要なことは、日本語がいかに支離滅裂な言語であるか、それを證明することです」

三十四歳にしてすでに四つの大學を卒業し二つの博士號を持つ男はさういつて逃げを打ちながら襟を白く「伊勢半」と染め抜いた半纏を勢ひよく脱ぎ捨てた。

「日本語は悪魔の言葉です。サタンの恐ろしい發明品です。これはわたしだけの意見ではない。例へば、十六世紀の中頃に日本を訪れたフランシスコ・ザビエルがさういつてゐます。この人は日本に上陸した最初のキリスト教宣教師ですね。それから『日葡《にっぽ》辭書』を著した十七世紀初頭のイエズス會宣教師たちもかう言ひ當ててゐます。『日本語とその表記は、疑ひもなくサタンによつて考へ出されたものに相違ない。サタンは日本語を難しくすることで、この國にキリストの福音がひろがるのを妨害しようとしてゐる』と……」

「そのサタンとやらの妨害策の第一が漢字といふわけですか。しかし、ホールさん、さう考へるのは、失禮ながらあなたの勉强が足りないせゐですな」

正《まさ》にこの秋《とき》を待つてゐたのだ。椅子を引き寄せてきちんと坐り直すと、一昨日、根津權現の境内で隣組の高橋さんから仕入れた知識、すなはち、日本人が實體を持つ概念を漢字で、關係を表す概念を假名で書く方法を編み出してゐること、日本語の語彙の半分以上が漢語であつて、漢字を廢すると日本語が腑《ふぬ》抜けになつてしまふこと、それから漢字の造語力が日本語を豊かで便利な言葉にしてゐることなどを一氣に捲《まく》し立てた。

「さういふ次第で漢字なしでは日本語が立ち行かんのですな。たしかに課長は語學の天才かもしれない。しかし、所詮はあなたも外國人、日本語の表面を淺く掬ひ取つただけ、日本語の大事な芯は外國人のあなたには解らない。もしも解ると思つておいでなら、それは傲慢といふものですぞ。天才にありがちな思ひ上りですな」

「あなたはなにか勘違ひをしてゐる」

ウェブスター辞典編集所の元所員は、こちらの筋道の立つた論理や烈しい語氣に蒼ざめるでもなく、それどころか口もとに笑みさへ浮かべてゐる。

「勘違ひといふと……」

自分はベースを踏み忘れて本壘打をふいにした野球選手のやうにぽかんとしてゐた。するとこの日本語の達人は、その選手を叱りつける監督みたいな口調になつた。

「われわれ言語課は漢字の功罪をうんぬんしようとしてゐるのではない。漢字についてはとつくに結論が出てゐる。假名についても同じこと。われわれは日本語のローマ字化を検討してゐる」

「無茶な……」

「日本人がローマ字を使ひ充分にアルファベットに慣れたところで外國語を採用する」

「わたしたちはだれ一人、そんなことは望んでゐませんぞ」

「日本人はいやがるでせう。しかし世界の人びとがさうなることを望んでゐるのです」

「信じられませんな。それに日本人にどこの言葉を使へといふのですか。英語を使ふんですか」

「英語と限らず、フランス語でもよろしいのです。あるいは戰國時代に日本に入つてきたスペイン語やポルトガル語でもいいでせう。幕末の知識人が熱中したオランダ語も惡くはない。また、すでにある漢字の知識を無駄にしないためにはシナ語を採用してもいい。ロシア語だけは困るが、あとはすべて日本人の自主性に任せたいと思ふ。わたしの個人的な見解では、インドネシア語などはとても學びやすいのではないかな。あの言葉が整備されたのはごく最近です。ですから、文法的な例外事項が少く、規則性がある。したがつて容易に習得できますよ。音韻構造も日本語と似通つたところがあるし、うん、これは斷然インドネシア語だ。山中さん、わたしのプランをどう思ひますか」

「冗談ぢやない」

自分はさう答へた。といふより怒鳴り返したといつた方が正確だが。

「日本人から日本語を奪ふなどは殘酷だ。あなた方こそ惡魔ではないですか。サタンはあなた方でせう」

「先例があります」

語學の天才はあくまでも冷靜だつた。

「あなたたちは朝鮮半島の人びとに、母語である朝鮮語を棄てて日本語を使へと、強く迫つたではないですか。印度や支那やタイやビルマやインドネシアの小學校で日本語を必須科目にしたではないですか。大東亞共榮圈の標準語を日本語にしようとしたではないですか。他人にしたことをけろりと忘れて、同じことを他人から要求されると激怒する。なんだかをかしいぢやないでせうか」

思ひがけないところを衝かれて絶句した。

「日本人のさういふ奇妙な性格も日本語からきてゐるのぢやないですか」

さつきのパーマ髪の女、栗田さんがコーヒーを運んできてくれた。といふより聲を張り上げて議論するわれわれ二人の樣子を偵察にきたといふ方が當つてゐるが、その證據に栗田さんは小卓子をゆつくりと拭いたり床のごみを拾ひ上げたりして、なかなか立ち去らうとしない。言語課長は茶碗を高い鼻に近づけてコーヒーの香りに目を細めながら偵察員には構はずに續けた。

「山中さんは警視廳で自分のことをなんといひますか」

「わたし、といふが、それがどうかしましたか」

「警視總監の前に出たらどうなりますか」

「わたくし、かな」

「お家に歸ればどうなりますか」

「おれ、だな」

「大學時代の親友とカフェに入る、そのときはどうですか」

「たぶん、僕、になる」

「日記を書くときはどうです」

「自分、と書く」

「ミス栗田はどうですか」

「このオフィスでは、あたし、ね」

新しいガムを口に放り込みながら偵察員が答へた。

「お見合ひの席では、わたくし、家では、あたい。二十五にもなつてあたいだなんてみつともないけど、あたしの育つた柳橋では八十のおばあちやんまであたいなの」

さういふと栗田さんは搖れる腰にお盆を宛がひながら衝立の向うに去つた。

「これでお分りでせう、山中さん。人間にとつて一人稱代名詞は最も大切なものの一つです。なにしろわたしたち人間は一人稱代名詞を使ふことを通して自己を確立して行くのですからね。アメリカ人、イギリス人は一人稱代名詞I《アイ》で自分といふ個を作つて行く。同じやうにフランス人はje《ジュ》で、スペイン人はyo《ヨ》で、ポルトガル人はeu《エウ》で、オランダ人はik《イック》で、中國人はwǒ《ウォ》で、インドネシアの人びとはsaya《サヤ》で自己を形成して行く。ところが日本語ではこの一人稱代名詞がいくつもあるんですね。そして場面によつてくるくる變る。しかも日本人はその使ひ分けをごく自然にやつてのけるんです。そのせゐで日本人はいつまでも個といふものを確立できないでゐるのです」

いつたいこの三十四歳のアメリカ人は何ケ國語を操ることができるのだらうか。そのことに肝を潰して自分は絶句したままでゐた。

「よろしいですか、一個の一人稱代名詞を使ひ續けることで自己を固定するのが普遍の原理となつてゐるこの世界で、日本人だけはちがふんです。場面、場面で一人稱代名詞を便利に取り替へる。逆にいへば、日本人は一人稱代名詞を道具にして場面にすつかり溶け込んでしまふ。場面が軍國主義になれば全員が模範的な軍國主義者になり、場面が民主主義になれば全員が理想的な民主主義者になる。さらにいへば、一人稱代名詞を曲藝師のやうに使ひこなすことで、日本人は絶えず煙幕をはつてゐる。したがつて外國人にはその正體がさつぱり解らない。つまりあなたたちは自分ではさうは思はないでせうが、外から見れば悪魔以上に不可解な存在なんです。それぢや再び國際社會に復歸することはできない。そこであなた方に、どこの國の言葉でもいい、一人稱代名詞が一個しかない外國語を新しい國語として選んでいただきたいと思ふ。そして一人稱代名詞が一個しかない外國語を使ひこなすことでそれぞれが個といふものを確立し、外から見やすい國家として出直してほしいと、まあさういふわけです。國際社會への復歸を圖るにはそれしか方法がないんですよ」

憮然としてコーヒーを啜つてゐると、このお節介屋は帽子架けに引つ掛けてあつた衣紋掛け

から将校用上着を外して着込みながら、

「もう一つ方法がありました」

といつた。

「憲法も重要です。言語と憲法、この二つをガラス張りにして、外國人にも容易に理解できるものにしないうちは、日本に未來はないんぢやないんでせうか」

「さうすると、まづ漢字制限があつて、次に漢字撤廢、それから全文假名文字化、さらにローマ字化、そして仕上げが外國語の採用、かういふ順になるわけですか」

「さう、その全過程をできるだけ短期間に疾走することが大切でせうね。わたしは五年間もあれば充分だらうと見てゐます。けれども日本人は頭がいいから、三年で目標に到達するかもしれません」

「あなたは途方もないことを考へておいでだ」

冷靜であれと自分に何度も言ひ聞かせながらいつた。

「わたしにもう少し勇氣があれば、この茶碗を叩き割つて、そのかけらであなたの喉を掻き切つてゐたところだ」

「それは不可能でせうね。コロンビア大學の軍政學校で柔道と空手の勉強もしてきましたから。合せて三段です」

「……まつたく自分を何様だと思つてゐるんだ」

「たぶん神です。神にならなければ日本語といふ悪魔が退治できませんから」

濃いサングラスをかけて壁の小さな姿見を覗き込んだ柔道と空手の達人は、ひゆつと短く口笛を吹いて部屋から出て行つた。

「途中までなかなかの善戰だつたわね」

栗田さんがコーヒー茶碗を下げにきた。

「日本語にはどうしても漢字が必要であるといふところまでは優勢だつたんだけど、惜しかつたわね」

「課長に、日本人は國語にどこかの外國語を採用すべきだと言ひ出されて、それからなにがなんだか分らなくなつた。氣を呑まれてしまつたんだな」

「どうせなら英語が日本の國語になつてくれないかしら。少しは英語ができるから、さうなつたら樂なんだけど」

いやな顔をしてゐると、栗田さんが入口の方へ小さく尖んがつた顎をしやくつた。

「山中さんの机に案内するわ」

いつの間に運び入れたのか、栗田さんの隣りに小さな机が置いてあつた。西洋紙を載せるとそれで一杯になつてしまひさうなぐらゐ小さい。椅子は木製の丸椅子である。自分にその椅子を勧めると、栗田さんは、給料の支拂ひや身分證を發行するために必要な手續きだからと前置きして、住所だの學歴だの職歴だのをかなり詳しく訊いてきた。

「仕事のことですけど、まづ、さつきみたいな、ボスを相手に日本語についてあれこれお喋りするのが山中さんの第一の仕事ね」

「たぶんそのうちにわたしは課長を殺すことになる。日本語をあんな風に悪くいはれてはかなはんからな」

「仕事の第二は、教育使節團の視察日程やなんかを作ること。これはずいぶん忙しさうよ。ボスを殺す暇はなささうね」

「教育使節團……?」

「こんどアメリカから日本へ教育學の學者や教育行政の専門家の一團がやつてくることに決まつたのね。表向きはマッカーサー元帥の要請でアメリカの國務省が日本の教育事情の視察と助言のために送り出すといふ恰好にはなつてゐるけど、本當のところはうちのボスがCIEのダイク局長を突ッついて實現させたやうなものなの。團員の人選もほとんどうちのボスがやつたわ。時期は今年の三月初めよ」

「もうふた月もないが」

「さう、文部省との折衝がある、日本側學識者との打合せもしなきやならない、終戰連絡委員會との下交渉もある、これからは忙しくて目が回るわよ」

「辭めさせてもらふ」

自分は勢ひをつけて立ち上つた。

「冗談ぢやない。ずぶの素人に折衝だの交渉だの、そんな七面倒なことができるわけないぢゃないか」

「山中さんがなにもかもやるわけぢやないのよ」

栗田さんがこつちの上着の裾を押さへた。

「中心になるのはうちのアメリカさんのスタッフ、あたしたちはその助手よ」

横の書類棚から栗田さんはコンサイス英和ぐらゐの厚さで週刊朝日ぐらゐの大きさの書類綴を一册抜き出した。表紙に筆で、

「聯合國軍最高司令官特別參謀部及び民間情報教育局を援助し助言するためのアメリカ權威者の使節團」關係綴
と書かれてゐる。そして「極祕」のスタンプ。筆跡は壁に貼り出してあつた。「日本ニ與フル放送準則」と同じだ。受け取つて厚紙の表紙を開くと、一頁目にやはり墨字でかう書いてあ

る。

計畫內容

日本の教育制度の復興に關しＣＩＥと文部省に助言するため、高名なアメリカの教育家から成る使節團を、約三十日間、日本に招聘する。

二頁目からは人名がびつしり、ハーバード大學總長がゐる、カリフォルニア大學總長がゐる、シカゴ大學總長がゐる、ミネソタ大學總長がゐる、ノース・カロライナ大學總長がゐる、バンダビルト大學總長がゐる、カリフォルニア大學教育學部長がゐる、プリンストンの先進研究所とかいふところの所長がゐる、コロンビア大學教員養成カレッジ學部長がゐる、グッゲンハイム記念財團理事がゐる、ロックフェラー財團人文科學課長がゐる、上院議員がゐる、コネチカット州の教育長官がゐる、アラバマ州の教育長官がゐる、アトランタ市の教育長がゐる、フィラデルフィア市の教育長がゐる、アメリカ教育協議會會長がゐる、全米教育協會事務局長がゐる、聯邦國內省教育局長がゐる、ゐないのは校門の守衛と小使のをぢさんぐらゐなものだ。

「お歷々ばかりぢやないか」

溜息をつきながら書類綴を閉ぢた。

「こんなに澤山きてどうするといふんだらうね」

「だからアメリカの教育制度をこつちへ持ち込んで、日本の教育風土を刷新するわけですよ」

「御苦勞なことだ」

「そしてもう一つの目的が日本語のローマ字化。うちのボスの本當の狙ひはそれよ」

今度は息が詰まりさうになつた。


（八日）


「ちよつと、山中さん、その頭、なんとかならないものなの」

警視廳の祕書課分室で「廳內通信」を刷り上げてから三分で日比谷公園を走り拔け、正午少し前に、日本放送協會の東京放送會館五階の言語課へ飛び込んだところへ、ミス栗田が膨らませてゐた風船ガムをパチンと割つてさういつた。

「床屋さんへ行つてらつしやいな」

このところ床屋の鏡の前に坐る機會がなかつた。去年の九月の初めに千葉縣の八日市場刑務所で坊主に刈つてもらつたのが最後、以後は床屋のバリカンや鋏には御無沙汰を重ねてゐる。一度、本鄕バーのおやぢさんが祕書課分室の裏庭へ自分を連れ出して理髮師の眞似事をしてくれたが、なにせ素人の髮弄《いぢ》り、悲しいかな、髮の毛が大人しく治まつてゐたのはほんの數日、いまでは頭の荒れ庭のやうな光景を呈してゐる。それは分つてゐた。

「いまの東京で床屋を探すのは、藁の山に落つことした針を探し出すよりむづかしいことなんですよ」

さう答へながらミス栗田の背後の書類棚の前に回つた。棚の上にアメリカ軍の携帯食がぎつしりと積み上げられてゐる。緑色の包装が「ブレクファスト」、青色が「ランチ」、茶色が「サパー」だ。このほかに「ディナー」といふ豪華版の携帯食が存在すると聞いたが、言語課長のホール少佐はそこまで日本人雇員に寛大でないと見えて、その特上の「ディナー」は置かれてゐない。

ミス栗田の向ひに腰を下ろして青箱ランチの中身を机の上に竝べて行つた。まづ、小さな罐詰が出てきた。次に、蠟紙で嚴重につつんだビスケットが十枚、それから粉スープに粉コーヒーの袋、煙草四本、チューインガム、チョコレートが現れた。板を打ち拔いたスプンとフォークも入つてゐる。そして厚手の紙ナプキンが一枚、きちんと疊んであつた。

「戰場食にまで紙ナプキンを付けるところが律儀ですな」

感心しながら罐詰を開けると、中味は味付けした乾燥牛肉だつた。粉スープを湯呑茶碗にあけておいて、ミス栗田の横の一キロリットの電熱器の上でかたかたと蓋を躍らせてゐる藥罐から湯を注ぐ。湯氣で眼鏡を曇らせながらスープの匂ひを思ひ切り嗅いだ。まるで帝國ホテルのグリルにゐるやうだ。

「課員が身綺麗にしてゐないと、ボスの御機嫌が悪くなるのよ。ホール少佐はとくに頭髪にはうるさいわよ」

「進駐軍なんぞに勤めてゐると、どうしても下情に疎くなるやうだ」

スープにビスケットを浸しておいて次つぎに口の中へ流し込んだ。

「御覧の通り東京は一面の焼跡です。この焼野原のどこで床屋が開業してゐるといふんです。たとへ焼け残つた床屋があつたとしても、その前には行列ができてゐる。それもなまやさしい行列ぢやない、三十米から五十米といふやうな長い行列だ。いまの東京では、髪を刈るのは一日仕事なんだ。少くとも根津ではさうですよ。よほどの暇人でもなければ床屋なんかに行けやしないんです。混み合つてゐるのは床屋ばかりぢやありません。銭湯などはもつとひどい。殺人的な混みやうです。今し方まで警視廳の全職員に配布する『廳内通信』のガリ版を切つてゐたんですが、今朝の最も大きな記事は銭湯暴動事件でした。昨夜、目黒の七寶湯といふところに警官隊が出動したさうです。ご存じのやうに東京の銭湯は混雑緩和のために目下のところ男女隔日制を採つてゐる。その七寶湯では奇數日を女性、偶數日を男性と決めてゐたんですが、午後九時ごろ、町内の女たちが百人ばかり、『風呂に入らせろ』と口々に叫びながら脱衣所に傾《なだ》れ込んできた。といふのは、昨夜八時ごろ、近くの海軍技術研究所の倉庫から自動車で隠匿物資の大豆の俵を運び出さうとしてゐた舊海軍の將校ををばさんたちが見つけて、『アノ自動車を逃がすな』『ソレ體當りで停めろ』と揉み合ひになつた。それでからだが泥んこになつたから錢湯に押しかけてきたわけですな」

「海軍とをばさんたちと、どつちが勝つたの」

「それは自動車のある方が有利ですよ。揉み合ふこと數分、結局は海軍たちがをばさんたちを蹴散らして逃走した。をばさんたちはそれで餘計むしやくしやしてゐたんでせうな、『なんですか、あんたがたは。今日は男の入浴日ですぞ』と制止する七寶湯のおやぢさんを番臺から突き落して脫衣所に突進した。騷ぎを鎭めるために目黑警察から十數名の警官が出動したさうですがね。こんな事件が起るのも錢湯の絕對數が不足してゐるからですよ。床屋と錢湯の不足、これを立證するのが國電の車內のあの臭氣ですよ。自分もその臭氣源の一つではあるのだが、國電に乘るたびに鼻が曲りさうになる。まあ、さういふわけで床屋に行きたくても行けないのですな」

「山中さんて、結構、お喋り屋さんなのね」

「御馳走をいただいてゐるから氣分がいい、氣分がいいから口が輕くなる、さういふことです」

ナプキンで口を拭ひ、それから食べ滓《かす》を箱に仕舞つた。

「頭もひどいけれど、洋服はもつとひどいわね」

ミス栗田は席から立つて、湯呑からコーヒーを飲んでゐる自分の周りをゆつくりと一回りした。

「なにしろ五年越しの國民服ですからな」

カーキ色が國防色に制定されたのがたしか八年前の昭和十三年の暮れだつたと思ふ。その二年後、十五年十一月に國民服令といふものが發令された。ちやうどそのころ、隣組の常會にやつてきた區役所の係員から詳しい説明があつて、それによると、軍服と同系の茶褐色《カーキ》であるのも、また詰襟風の立襟であるのも、「一旦緩急あれば、卽座に軍服に轉換できるからである。それにこの國民服に古代紫色四打紐でつくられた儀禮章を佩用《はいよう》すれば禮服としても着用できる」といふことだつた。當時、自分は東京團扇業組合の副組合長を仰せつかつてをり、出征する組合員を驛頭まで見送るのが大切な仕事の一つになつてゐたから、その用のために、十六年の正月に日本橋の髙島屋百貨店で一着つくつた。生地は羅紗《ラシヤ》で五十圓だつた。後に生地がスフになり、これはすぐに破けた。「スフでは半年と保たない」と嘆く人を見るたびに、ああ、自分はいいときに國民服を拵へたわいと思つたものだが、この一張羅が三年前から普段着になり、いまに至るまで着用してゐる。だからくたびれてゐるとしても當然である。現に袖口は擦り切れて一部は古筆の穗先のようにぼさぼさになつてゐるし、兩肘、兩膝、そしてお尻には繼布《つぎ》が當つてゐる。

「靴となると、もう大悲劇ね」

たしかに兩方とも靴底が剝がれかかつてきたから麻紐で縛つてある。屑籠に食べ滓を捨てに立つたついでにミス栗田に靴をはつきり見せた。

「雪道のための滑り止めです。ときに今年の初雪は遅いですな。松の内も過ぎたといふのにまだ雪を見ない。せつかくの滑り止めが夜泣きして困りますわ」

「負け惜しみをいつてるときぢやないでせう」

「床屋や銭湯にもまして拂底してゐるのが洋服と靴、負け惜しみをいつて誤魔化しておくしかないぢやないですか。それに自分だけがこんな服装をしてゐるんぢやない、みんながさうなんだと思へば我慢できないこともないんです」

「とにかくあたしはボスから山中さんの恰好をなんとかするやうにいはれてゐるんです。この言語課にはドノバン大尉といふ婦人將校が所屬してゐて、彼女が綺麗好きなのね。それも極端なの。いま、一週間の豫定で東北地方の國民學校をあちこち視察中なんだけど、歸つてくる前に山中さんのその恰好をなんとかしないと、彼女、またヒスを起すわ。ボスは日本人にこびりついてゐる垢や蚤や虱より彼女のヒスを恐れてゐるんです。豫約を取つておきませうね」

「なんのです」

「バーバーのですよ」

「バーバー？」

「床屋さんですよ。今日は無理かもしれないけど、明日ならなんとかなると思ふわ」

ミス栗田は電話機を取ると日本放送協會の交換に告げた。

「言語課の栗田よ。ＢＢＣにつないで頂戴な」


（九日）

この一年は日本にとつてのみならず、この山中信介個人にとつても、大事件の連續であつた。日錄をちよつとひつくり返して見るだけでも、五月初めに長女の絹子が結婚し、その月の末には焼夷彈の直撃を受けて呆氣なく彼《あ》の世の人となつてしまひ、同じころ實兄も空襲ではかなくなり、自分はといへば、松戸と市川の間にひろがる畑地で艦載機のノースアメリカンP51ムスタングに狙ひ撃ちされて危ふく命を取られさうになり、六月には國防保安法違反とやらで千葉縣の八日市場刑務所に放り込まれた。まつたくの話が、一生分の事件がこの二ケ月のうちに一氣に起つた感がある。そればかりか、九月に刑務所を出て根津宮永町に歸つてみると、次女文子と三女武子とがすでに「占領軍将校のねんごろな仲の女友達」になつてゐた。そして自分は午前限りの臨時雇とはいひながら警視廳といふ思ひがけないところで働くことになり、ほつとしたのも束の間、十月から十二月までは占領目的阻害行爲の疑ひで警視廳本館地下の獨房に叩き込まれた。疑ひが晴れて復職したが、やれやれと思ふ暇もあらばこそ、今年から、午後はＧＨＱの民間情報教育局言語課に勤めることになつた。

俗に「七死七生」といふが、七度、人生を繰り返しても、人間一人にこれだけいろんな事件が起るかどうか分らない。別にいへば、自分も戰爭にいいやうに飜弄された一人だつたわけだ。かういふ次第で事件には慣れつこの筈の自分ではあるが、本日の邂逅には仰天した。なんと三十年ぶりに權現床《ごんげんどこ》の一《いつ》ちやんに巡り合つたのだ。

發端はかうである。

例によつて正午前に東京放送會館五階の言語課に出勤して、米軍携帶食の積んである棚の前で、「綠にしようか靑にしようか、それとも茶色がいいかしらん」と唱へながら晝食を物色してゐるところへ、ミス栗田が入つてきていきなり、

「一時半からＢＢＣの豫約がとれましたよ」

といつた。「ＢＢＣ……？」と鸚鵡返しに聞き返すと、ミス栗田は一語づつ區切るやうに發語した。

「バーバー・ビューティ・クラブ」

「なんですか、それは」

「占領軍専用の床屋さんと美容院のこと。お濠端に第一生命館といふビルがあるでせう」

「GHQ、すなはち聯合軍總司令部のあるビルですな。濠端の天皇ことマッカーサー元帥の居城だ」

「そこのPX、ポスト・エクスチェンジ、日本語に直すと米陸軍基地内賣店かな、そのPXの中に理髪室があるのね。それでそのPX理髪室の支配人が元帥直々の命令で、BBCといふのを組織したの。東京には占領軍に接收された建物がたくさんあるでせう。この東京放送會館は半分接收だけど、帝國ホテル、有樂ホテル、第一ホテル、山王ホテル、丸ノ内ホテル、大正ビル、日比谷帝國生命館、三信ビル……名前を上げたら際限《きり》がないけれど、燒け殘つた西洋建築は全部といつていいぐらゐ占領軍に押さへられてしまつた。さういつた接收された建物の中にはたいてい理容室や美容室があるのね。さうしたところがマッカーサー元帥の命令で倶樂部を結成、衞生知識の徹底と技術の向上を目指してゐる。それがBBCよ」

說明しながらミス栗田はこつちを廊下に誘ひ出すと、しつかりドアの鍵を閉めた。ホール少佐はミス栗田に日に一度は「なにかの彈みで言語課に迷ひ込んだ日本放送協會の職員が言語政策關係の書類を見ないとも限らないから五分以上は部屋を空にしないこと、空にする場合は鍵を掛けることを忘れるな」と注意するさうだ。ミス栗田はドアの握りを何度も回して確かめてから、「これでよし」と呟いて階段の方へ歩き出した。

「今のところはエレベーターを遠慮しておきませう。乗り合せたアメリカさんが山中さんの匂ひをいやがるかもしれませんからね」

「心配御無用、いつだつて階段を使つてゐますよ」

「僻《ひが》んぢやいけなくてよ。帰りはちやんとエレベーターに乗れますから。ついでだから會館の中を案内してあげます」

東京放送會館は地上六階、地下一階の鐵筋コンクリートの建物である。民間情報教育局は主として五階と六階を占領してゐる。ミス栗田によれば、スタヂオは全部で十三、一階から五階までの北側と西側にあるとのことだ。東側と南側は道路に面してゐるので、そこからの騒音を避けて北と西に配置されたらしい。道路に面した部屋は事務室や職員の執務室に充てられてゐるさうだ。

幅が二間もある大理石の階段を四階に降りて行くと、階段の横に「擬音研究室」と名札のかかつた部屋があつて、開いたドアから内部の會話が廊下へ漏れ出てゐる。

「豆を盗まれただと?」

チヨビ髭にベレー帽の中年男が若い男を怒鳴りつけてゐるのが見えた。

「だから部屋を出るときには鍵を掛けておけといつたぢやないか」

「すみません」

「今夜の放送劇は波の音が主役みたいなものなんだぞ。豆なしでどうやつて波の音を拵へるんだよ」

「……すみません」

「すみませんですめば進駐軍も警察もいらないよ。豆泥棒め、いまごろはどこかで煎り豆をたらふく喰つてゐるぞ」

「どうしませうか」

「新橋のマーケットへ行つて闇の豆を探すんだ。演藝課の庶務に泣きついてお金を貰つて行け」

若い男は自分たちの前を走り抜けて階段を轉がるやうに驅け降りた。その頭の上からベレー帽が大聲を降らせた。

「慌てて轉ぶんぢやないよ。怪我でもしてみろ。本番が終つてから、煎り豆が食へなくなつちまふぞ」

三階の階段の正面に大きな扉があつた。扉の上に「第一スタヂオ」といふ札が掲げてある。ここが、「農村に送る夕べ」や「戰地に送る夕べ」を放送してゐたあの有名なスタヂオかと感心しながら二階へ降りる。ミス栗田が、「第一スタヂオはとても大きい。いつか守衛さんの許可を貰つて入つてみるといいわ。入口は三階にあるけど天井は五階の天井と同じ高さ、つまり

三、四、五と三つの階を打ち抜いてつくられてゐるのね」と説明してくれた。二階には小さなスタヂオが竝んでゐた。一階に降りると、階段のすぐ横が内玄關になつてゐる。

「あすこがＢＢＣよ」

ミス栗田が内玄關の向う、長い廊下のはるか奥を指した。カーテンを張つたガラスの扉が見えた。ガラスの上に金文字で「ＢＢＣ」と書いてある。扉の脇の白い柱に「日本人お斷り」と大書した紙が下つてゐた。

「あすこに入るにはうんと綺麗にならなくちやね」

ミス栗田は階段を地下に降りて行つた。

「山中さん、こつち」

地下に降り立つた途端に目の前が白くなつた。眼鏡が曇つたのだ。どこかから盛大に蒸氣が出てゐる。眼鏡を外すと、目の前に一間四方の穴が空いてをり、そこから湯氣が流れ出てゐた。その湯氣の中からぼんやりと現れた守衛さんが、ミス栗田を見て、「やつ、いつも携帶食をありがたうございます。子どもらが狂つたやうに喜んでをります」とむやみに低頭してから、戸を閉めて去つた。

「ここが浴室なの。六、七人が一遍に入れるぐらゐ大きいさうよ」

「こんな御時世に晝から湯が沸いてゐるんですか。豪勢な話だな。流石は日本放送協會だ」

「ここのアメリカさん、みなさん、日本式のお風呂が好きなの。日本人職員のために朝湯や晝湯が沸いてゐるわけぢやないのよ」

たしかに入口の横の柱に「午後五時まで日本人は入るべからず」といふ貼紙がしてあつた。

「でも、今の時間ならアメリカさんはみんな食事で出てゐるから、ゆつくり入れると思ふわ。それにCIEの事務局からも、守衛室からも許可を貰ひました」

「わたしが入るんですか」

「今日は山中さんをどこまでも綺麗に仕立て直さなくちや。それがわたしの仕事。でも、その前に行つておかなくちやならないところがあつた」

「行つておかなくちやならないところ……?」

「さう、みんなが夢の倉庫と呼んでゐるところ」

ミス栗田は薄暗い廊下をぐんぐん奥へ歩いて行く。角を曲つてすぐ「CIE倉庫」といふ札の下がつたドアがあつた。

「十分後に迎へにきますね」

ミス栗田が中を覗き込んでからいつた。

「持つて出ていいのは、コンビネーション下着が二着、ワイシャツが二枚、上着が二着、それからズボンが二本です。それ以上はだめですよ」

ドアの隙間から微かに戰前の匂ひが漂つてきてゐた。それも昭和十一、二年ごろの、ものが豐富にあつたころの百貨店の洋服賣場の匂ひ、純毛の服や生地が發する、溫めた牛乳とよく似たあの匂ひだ。

「では十分後に」

中に挨拶してからミス栗田は角の向うへ姿を消した。中に誰か先客がゐるらしい。おそるおそる中へ入つて、入口でしばらく棒になつた。廣さは國民學校の教室ぐらゐか、周りがコンクリートの壁に圍まれてゐるせゐでまるで大きな箱のやうだが、その巨大な箱のいたるところに衣類の山がいくつも聳え立つてゐたのだ。入口から奧へ裸電球が四つ下つて、衣類の山を照らしてゐる。こちらから二つ目の山が上着でできた山だつた。さう氣付いたとき、自分はすでにその山に突進してゐた。すぐに山のてつぺんになんとも言ひやうもなく上品で、しかも丈夫そうな黑い上着を見付けて、うおうと叫び聲を發しながらそれを手繰り寄せた。

「こら、泥棒」

山の向うで聲がした。その聲の大きなこと、まるで新橋のマーケットで三個十圓の握飯を賣つてゐる名物婆さんのやうだ。

「これはわたしが選んでおいたものだ。わたしに權利がある。早く手を放せ」

それでも放さないでゐると、ぬつと顏が現れた。

「ニューヨークのブルックス・ブラザースの上着なんだぞ。三つ釦《ボタン》の上物だぞ。今日の掘り出し物なんだ」

ぜんたいにハンペンのやうにのつぺりとしてゐるが、右の小鼻に大きな疣《いぼ》があり、その疣から生えた毛が一本、震へながら揺れてゐる。一度見たら一生忘れられなくなる顔だ。

「権現床《ごんげんどこ》の一ちやんぢやないのかい」

「……え？」

「おれ、その疣の毛を三回ぐらゐは抜いたことがあるぞ」

「待てよ、その将棋の駒みたいに角ばつた顔は、ああ、團扇屋の信ちやん……」

「さう、その信ちやん。一ちやんたらぜんぜん變つてないなあ」

「信ちやんも昔のまんまだなあ」

「悪いけど、この三つ釦はおれが貰つとくよ」

「……うん」

一ちやんはしぶしぶ上着から手を放した。一ちやんとは小學へ上る前から一緒に遊んだ仲である。歳は一つこつちが上、一ちやんはいつもこつちの後ろを歩いてゐた。早い話が、こつちが親分で一ちやんが子分、お菓子も玩具もなにもかも一ちやんから取り上げて喜んでゐたものである。そのときの癖がしぶとく生き残つてゐたらしい。

「信ちゃんたら、こんなところでなにをしてゐるんだい」

「ここのＣＩＥの言語課に雇はれてゐるんだけどね、ボスといふのがいやに身なりにうるさいのさ。それで着るものを探しにきたところ」

「それならいつかはこのビルのどこかでばつたり出逢ふ運命にあつたんだな。おれも週に一度はここへ顔を出すんだ」

「すると一ちゃんは、放送の仕事かなんかしてるんだ」

「ちがふ。ここのバーバーを見回りにくるんだよ。ＢＢＣつてものがあつて、おれ、そこの理事長をしてゐるもんだからね」

「……ＢＢＣの理事長？」

「名前は偉さうだけど、やつてゐる仕事は占領軍御用理髪師のまとめ役のやうなものです」

「それにしたつて大したものだ。あの一ちゃんが理事長か。御出世だね」

一ちゃんが根津から消えたのは大正の初めである。小學を卒《お》へると親父さんについて床屋の修業を始めたのだが、三越の少年音樂隊に憧れて、おつかさんのへそくりをそつくり持ち出しサキソフォンを買ひ込んだ。親父さんはカンカンになつて怒つた。當時、サキソフォンはすこぶる高價な樂器だつた。調髪用の椅子が一臺半は買へるぐらゐ高かつた。親父さんは一ちゃんの横面を二度三度と毆り付けながら勘當を言ひ渡し、その日のうちに樂器を店へ返してしまつた。そして翌朝、一ちゃんの姿が見えなくなつた。

それからはいろんな噂が根津一帯を飛び交つた。大阪の實家へ親戚の法事に歸つた駄菓子屋の小母さんは大阪三越の少年音樂隊で一ちゃんが金屬の大皿（シンバルのことらしい）を叩き合せてゐるのを見たといひ、城ケ島見物に行つた乾物屋の小父さんは横須賀の海兵團軍樂隊で一ちゃんがぴかぴか光る笛（ピッコロのことらしい）を吹いてゐるのを見たといつた。その都度、一ちゃんのおつかさんが勢ひ込んで確かめに出掛けたが、いつも肩をすぼめて歸つてきた。やがて一ちゃんの妹にお婿さんがきて權現床を繼ぎ、それを潮に一ちゃんのことは根津の人びとの口に上らなくなつたのだつたが。

「家出してからどこへ行つてたんです」

コンビネーション下着の寸法を合せながら訊いた。

「サンフランシスコ航路の定期船に乘つたんですよ」

一ちゃんは純毛の靴下をせつせと風呂敷に包んでゐる。

「船には專屬樂團が乘り込んでゐるから、賴み込んで樂團の坊やになつたわけです。ところがいつまでたつても樂器を持たせて貰へない」

「どうして？」

「才能がなかつたんですな」

「さうかなあ」

「自分でもさうと分つた。さうするうちに船の理髪室の親方に見込まれて、その弟子になりました」

「それなら家出することもなかつたんだ」

「それがさうでもない。船で覚えた片言の英語が役に立つて、親方ともどもサンフランシスコのホテルの理髪室に引つ張られました。それからはずつと向うで働いてゐましたよ。日本に歸つてきたのは昭和十六年の秋です。神戸にゐました」

「そのとき、根津に歸つてきたらよかつたのに。だいたい御兩親が可哀相ぢやないですか」

途中で言葉を呑んだ。一ちやんの親父さんは南京陷落祝賀行列のときに酒を飲み過ぎて根津の藍染川《あゐそめがは》に嵌り、おつかさんも一年後にその後を追ふやうにして亡くなつてゐる。

「一昨年、帝國ホテルの理髪室に移つてきて、人づてに兩親のことや妹夫婦が店を疊んで青森の淺蟲に疎開したことを知りました。淺蟲は御亭主の故郷らしい。そのうちに訪ねようと思つてゐますが、なにしろ忙しくてね。さうさう、米軍兵士の例のGI刈り、あれは何日ごとに鋏を入れるか、知つてゐますか」

「さあて、そんなこと考へてみたこともないが」

「十日に一度刈ることになつてゐるんですよ。陸軍の規則でさう決まつてゐるんですな。そこでもう一問、東京に進駐してゐる米兵は何名か」

「三萬三千だつたかな」

「その通り。さうしますと、一日當り三千三百名の米兵が床屋にかかることになる。一人の理髪師が一日にこなせる數はだいたい二十名といつたところです。そこでさらにもう一問、三千三百名をＧＩ刈りにするには何人の理髪師が必要か」

なかなか答を出せないでゐるのを見て、一ちやんがじれつたさうにいつた。

「百六十五名ぢやないですか。これだけの人數を毎日、確保するのは容易なことぢやない。手間賃、割増賃のほかに純毛の靴下やコンビネーションを景品に付けてやらないと職人が集つてくれません。ＢＢＣの理事長といへば人聞きがいいが、その實は人集めの親方のやうなものです」

こつちは割當て分の衣料を選び終へてゐたが、一ちやんの方は今度はコンビネーションの包みを拵へるのに夢中になつてゐる。身の上話を聞いたせゐか、時折、のつぺりとした顔のところどころ、たとへば額や兩の頰に古リンゴの皮のやうな皺の寄るのに氣付いた。

「二百四十萬の東京都民にすまないことをしてしまつたと思つてをります」

包みの上に乗りかかるやうにして中味を締めながら一ちやんが妙なことを言ひ出した。

「自分にもつと勇氣があれば、占領軍は東京に進駐してこなかつたかもしれんのですからね」

一ちやんの話をまとめるとかうなる。マッカーサー元帥が厚木飛行場から横濱のニューグランド・ホテルに入つたその日のこと、突然、帝國ホテルの理髪室に身なりのいい高級將校がやつてきた。

「髭を剃つてほしい」

將校はさう告げて椅子に坐つた。占領軍の客は初めてである。職人たちはさつと緊張した。主任の一ちやんが剃刀を構へて近づくと、將校は微かに躰を硬くしたやうだつた。

「自分は向うでずいぶん人種差別にあつてきてゐる。日本に歸國する際は財產を沒收されてもゐる。なによりもこいつらは原子爆彈を二發も落して平氣の平左でゐやがる。生かしちやおけねえ。さう思ひました」

しかし、理髮師を信じて無防備のまま椅子に横になつてゐる人間の喉を切ることにはためらひがあつた。客の信賴を裏切ることはできない。一ちやんは心を鎭め丁寧に髭を剃つた。剃り終へたときは一ちやんはもちろん、その將校も汗でびつしよりになつてゐたといふ。

「後で分つたんですが、この高級將校は第八軍團長のアイケルバーガー中將だつたんですよ。中將は東京の治安狀況を探りにきたんです。殺されるのは覺悟の上で床屋の椅子に坐つてみよう。職人が大人しく仕事をするやうならマッカーサー元帥に東京へきて貰はう。もしも職人が剃刀を喉に當ててくるやうなら東京は劍呑である、元帥には横濱にとどまつていただく。さういふつもりで中將は理髪室に入つてきたわけです。つまり斥候役だつたんですな。中將は横濱に戻つて、東京は安全ですと報告したさうです。あのときは日本人としては情けないと思ひました。でも職人としてはあれで良かつたんだとも思ふし、なんだか複雑な氣分でしたな。まあ、こんなことがあつて、GHQのPX理髪室に呼ばれ、さらにBBCの理事長なるものを仰せつかつたわけ……」

一ちゃんが包みを作り終へたところへミス栗田が顏を出した。一ちゃんと一緒に風呂に入つたことは付け加へるまでもない。湯船の中で一ちゃんは、

「信ちゃんの頭、おれにやらせてくんないか」

といつたが、そのときの口調に、藍染川でとんぼ釣りをして遊んだころの明るい響きがちらと交じつてゐたやうな氣がする。

（十日）

我が家の朝の御膳に坐るのは四日振りである。汁はいつもの臭い芋味噌仕立てだが、今朝の汁の實がかはつてゐる。細く刻んだベーコンが油といつしよに浮いてゐるのだ。舐めてみると、芋味噌の臭みとベーコンの柄の悪さが相殺されて丸い味になつてゐる。妙に感心して箸の先のベーコンを眺めてゐるところへ、古澤のおぢいちゃんとおばあちゃんが二階から降りてきて目

を丸くした。

「みごとな髪型ですなあ。きれいな七三です」

「その上着は純毛なんぢやないんですか。それにズボンにも筋がぴんと入つて。まあまあ、どこの紳士かと思ひましたよ」

「進駐軍の拂ひ下げらしいですよ」

妻が臺所から焼き立ての卵焼を大皿に載せて運んできた。圓盤投げの選手が持つたら思はず投げたくなりさうなぐらゐ大きく厚い。

「こちらも進駐軍の乾燥卵です。毎日、代り映えしませんが」

卵焼には大量のコンビーフが入つてゐた。妻の横の火鉢では食パンが金網の上で香ばしく焦げてゐる。バターの大罐もある。どれもこれも娘たちが持ち込んだものと思ふが、かうしてみると我が家はまるつきりアメリカのお情けで成り立つてゐるやうだ。

「以前、この近くに權現床といふ理髪店がありましてね、小さい頃、そこの一ちやんといふ子とよく惡さをして遊んだものですが、昨日、東京放送會館でばつたりその一ちやんと出つくはしました。三十三年振りの再會です。時を得顔とは一ちやんのためにあるやうな言葉で、なんと彼は進駐軍のための理髪師の總元締に出世してゐたんですよ。帝國ホテルの地下に事務所を構へて二百名近い日本人理髪師を動かしてゐる。たいした勢ひです。この頭はその一ちやんにやつてもらつた。マッカーサーの頭も三度に一度は一ちゃんがやるさうです」

「なるほど、信介さんの頭も出世しなさつたものだ」

「出世したのは一ちゃんですよ。わたしの頭は舊態依然たるもので……」

「お濠端の天皇の髪の毛を刈つたバリカンがそのまま信介さんの頭に當るわけでせう。一種の出世といへるのではないですか」

「マッカーサーには特別のバリカンを使ふんですよ。いや、マッカーサーだけではない、進駐軍將兵のためのバリカンを日本人に使つてはならない。日本政府が出した『理髪師、美容師ニ關スル特別衞生規則』でさう決められてゐるさうですよ」

「なるほど。たしかにわたしどもの頭は不潔ですな。多くの日本人が頭に虱を飼つてをるし、しらくも集《たか》りも少くない……」

齒のない口でパンをしやぶりながらいふおぢいさんの袖をおばあさんが引いた。

「およしなさいな。せつかくの卵焼がおいしくなくなつてしまひます」

おぢいさんは剃つた頭を撫でると少し小さくなつて汁を飲んだ。もちろんおぢいさんは虱の巣になるのがいやで頭を剃つたわけではなかつた。去年の五月の空襲で息子夫婦と孫夫婦を一度に失ひ、一人殘つた孫娘まで帝國ホテル住ひのアメリカ軍高級將校の「圍ひ者」になつてしまふといつたやうなことがあつて頭を丸めたのだつた。在家法師を志したのかもしれない。みんなそのことを思ひ出したのだらう、静かに朝餉《あさげ》が濟んだ。妻が本物の焙茶《はうじちや》を出した。茶筒に乾燥卵を詰めて行くと、それと交換に茶の葉を一杯に詰めて返してくれるところがあるさうで、まつたく進駐軍物資は萬能である。

「さつきの特別衛生規則ですが、どうも厄介なものらしいですよ」

縁側の陽溜りにおぢいさんを誘つて話のつづきをした。

「これはいふまでもなく日本政府がGHQの意向を汲んで出した規則なんです。進駐軍兵士の頭を刈るときは、バリカンはそのつどその兵士の目の前でばらばらに分解して石鹸で洗ひさらにクレゾール液に浸けて消毒しなきやならない、タオルは理髪室で洗濯してはだめで一回使ふごとにクリーニングへ出さなきやならない、髭剃り用のブラシは不潔だから使つちやならないなどなど萬事規則づくめ、能率が上らなくて困ると、一ちやんは頭を抱へてゐました。なにしろ二百名足らずの理髪師で日に三千三百名をGI刈りにするといふのが彼の仕事なんです。その悩みはわからないでもない」

「しかしタオルも石鹸もクレゾール液もそれからクリーニング店も進駐軍が手配してくれるんでせう」

「そりやさうですよ」

「それならいいぢやないですか。その一ちやんといふ人は困つた顔をしてゐるだけぢやないですかな。なにしろ鬼より怖い進駐軍命令といふやつでタオルや石鹸やクレゾール液が總元締のところへどつと集つてくるんでせうが。上手に横流しをすれば相當な利益になりますよ」

「さういへば一ちやんは手首に金張りのオメガをして、同じ手の薬指に寶石かなんかはめてゐたな」

「さうでせう。世の中なんてさうしたものですよ」

「しかし、それにしてもアメリカ人はきれい好きなんですね」

「それがじつは回蟲で參つてゐるらしい」

「……回蟲?」

「孫の旦那のアメリカ軍將校がこんなことをいつてをつたさうですよ。GIたちがたいてい回蟲持ちになつてしまつた。GHQが慌てて調べてみると、犯人は日本の野菜だつた。日本では畑に人糞を施す。それが原因……」

「なるほど」

「そこでGHQはさつそく横濱の方に水栽培で野菜を作る計畫を立てたさうですな」

「なんですか、その水栽培といふのは」

「土の代りに水で野菜を育てるわけですな」

「できますか、そんなことが」

「できないことではないでせう。日本でも研究してをつたやうです。何年か前の科學朝日で讀んだことがある」

一代で東京の東部地區第一の農耕機具と肥料の問屋「古澤殖産館」を築き上げただけあつて、おぢいさんは田んぼや畑のことになるとむやみに詳しい。

「GIたちの間に燎原の火のやうに性病がひろがつてゐるさうだし、そこへもつてきてGIたちがつぎつぎに回蟲持ちになつて行く。そこでGHQは日本人をまことに不潔で汚い國民であると考へてゐるのではないかな。そして床屋をも同じ目で見てゐるのでせうな」

おぢいさんの洞察力に大いに感心しながら家を出た。冬の青空を背景にしてゐるせゐで上野のお山がいきいきと盛り上つて見えてゐた。

自分の新しい勤務先は日本語のローマ字化を進めようとしてゐる勢力の本據地ともいふべき民間情報教育局（CIE）の言語課である。御大將のホール課長を言ひ負かすには、泥棒を見て繩を綯《な》ふの誹《そし》りはまぬがれないだらうが、とにかく日本語の勉強を怠つてはならない。そこで新聞社に出ておいでの隣組の高橋さんのところへ寄つて教へて貰はうと思つた。それに家を出て自活してゐる高橋家の一人息子の昭一君の消息が聞き出せるかもしれない。彼はうちの清と一緒に行動してをり、彼が無事なら清も無事といふことになる。

高橋さんの裏口に回らうとしたら、斜め後ろでいきなり釘を打つ音が上つた。驚いて振り返ると、角《かど》の家に大工さんが三人も入つてゐる。屋根がきれいに剝ぎ取られて、そこに白い柱が十本以上も立つてゐた。

「ほう、二階を上げるのか」

大工さんたちの鮮やかな手の動きにしばし見とれてゐた。材木がない、職人が拂底してゐる、たとへ材木や職人が見つかつてもべらばうに金がかかる。いや、札束などいくらあつても小さな物置一つ建たないのが今の世の中だ。生活物資と交換できなければ材木も職人も動かない。さういふ御時世に二階の普請とは豪氣な話である。

「お仙ちやんはアメリカさんから布地でも手に入れたのかしらん」

この家はもともとは兄のものだつた。その兄が去年五月の大空襲で果無《はかな》くなつてからは美松《みまつ》屋《や》のお仙ちやんが住んでゐる。お仙ちやんは兄の思ひ者だつたから、ここに彼女が住むことに異存があるわけではないが、自分はなるべくこの家の前は通らないやうにしてきた。なにしろ娘の文子や武子がお仙ちやんと同居してゐるのだ。若いころのお仙ちやんは淺草の千束《せんぞく》や象潟《きさかた》あたりの花街で鳴らした藝者である。文子と武子が帝國ホテルでアメリカの高級將校の夜のお相手をするやうになつたのは必ずや彼女の入れ知恵にちがひない。さう思ふと前を通るたびに文句の一つもいひたくなる。だからなるべく通らないやうにしてゐるのである。

「ちやうどコーヒーを淹れたところなんですよ」

表のガラス戸が開いて、ともゑさんが涼しい聲をかけてきた。

「お急ぎでなかつたら一杯いかがですか」

「文子や武子はどうしてをりますかな」

「ここ二三日ずうつと、……お仕事で出たつきりですわ」

お仕事といふ言葉をともゑさんは低く曖昧に發語した。少くとも文子の「お仕事」はわかつてゐる。ホール課長の出張先へくつついて行つたのだ。武子にしても似たやうなものだらう。

「時子さんに可世子さんに芙美子さん、三人とも今朝は早く帝國ホテルに出てゆきました。今日はお仙ちゃんとあたしがお留守番なんですよ」

去年の五月に初めて會つたとき、ともゑさんは取手の大きな造酒屋の若奥様だつた。あの後、御主人を亡くした上、腦に變調をきたした舅と二人の子どもを抱へて苦勞の連續だつたはずだが、その苦勞をきちんと着付けた着物の下にひつそりと仕舞ひ込んでゐる。地味に結つた束髪や睫毛の長いやさしい眼から、進駐軍の將校相手に春を販《ひさ》いで生計を立ててゐる女だとだれが信じられよう。

「ピーナツもあるんだよ、信介さん」

赤い綿入れを羽織つたお仙ちやんが顔を出した。眞つ赤な口に煙草を咥へてゐる。

「アメちやんのピーナツだよ、おいしいよ」

こつちの方は其《そ》れ者上《しや》りと一目で知れる。

寄らぬといへば角が立つ。自分はともゑさんの後について内部へ入つた。兄は、廣い土間に机と應接椅子を置いて、あるときは金貸し業、またあるときは口入れ業といふ具合になんだかわけのわからない商賣で世渡りしてゐた。その土間がいつの間にか板敷きになつてゐる。驚いたのは左手の壁を一杯に塞いでゐるガラス戸入りの立派な本棚だ。中にはむづかしさうな書物がぎつしりと詰まつてゐる。

「あの兄がこれほどの讀書家とは思はなかつたな」

「あの人が讀んだのは株式新聞の數字だけよ」

お仙ちやんがピーナツを罐のままこつちへ渡してよこした。一つかみ取つて罐を返した。

「お仙ちやんが讀むわけはないし……、ひよつとするとこれはともゑさんの？」

「水戸の女學校で國文學を教へてゐたことがあるんです」

ともゑさんがコーヒーをくれた。

「取手の家を整理してこつちへ持つてきました」

「ともゑさんは東京女子高等師範を出てゐるんだよ。國文科なんだよ。すごいでせう」

お仙ちやんが自分のことのやうに自慢氣にいひながら大工さんたちをコーヒーに招んだ。

「なにかしつかり勉强なさつた方だとは思つてゐましたが、さうですか、高等師範でしたか」

ともゑさんの學歴とコーヒーのおいしさに感心して唸つた。

「勉強をやり直したくなりまして。それに將來、子どもが讀むかもしれませんし、どうしても手放すことができませんでした」

「さうだ。お子さんはどうしてらつしやるんです。たしか福島のお兄さんのところに預けていらつしやつたはずだが」

「一週間もしないうちに坊やたちがここへ來るの。それで二階を上げることにしたんだよ」

お仙ちやんがいふと、奥の左手の勝手口にしやがんでコーヒーを飲んでゐた大工さんの一人が大聲を上げた。

「よく轉入の許可が出ましたなあ。去年九月の東京の人口が三百四十萬、それが去年の暮には四百萬を超えたつていひます。一ト月に二十萬づつ増えてゐる勘定だ。食ふものはない、住むところもないところへさうやたらに人が増えては東京が成り立たなくなるといふので、エムが足止め令を出したはずですよ」

エムとはマッカーサーのことだ。巷の新語の一つである。

「いくらエムの命令だつて足止めは無理だよ」

別の大工さんがいつた。

「集團疎開で出て行つた子どもがまだ十萬以上も東京に歸つて來れずにゐるんだぜ。縁故疎開で出て行つた家族も同じ運命だ。そこでどこの田舎も滿杯さ。そこへもつてきて外地から七百萬から八百萬の引揚者が歸つてくるといふぢやないか。いまいつたやうに田舍は滿員だろ。そしたら東京や大阪に腰を落ち着けるしかないだらうが。まだまだ人は增えると思ふぜ」

「入つて來たらMPに擊たれるよ」

「擊たれても入つて來るさ」

「そんなに心配してくれないでもいいんだよ。こつちには飛び切り上等の手蔓があるんだから。さあ、そろそろ仕事に戻つとくれ。一週間で普請を終へてくれたらぽんと洋モクを彈むよ。十個入りのラッキーストライクを五本、どうだい」

あつといふ間もなく大工さんたちは持場へ戻つて行つた。

自分はコーヒーを飲みながら、昨日、警視廳官房祕書課で原紙を切つた日報を思ひ出してゐた。それは代々木署が代々木原に警官を二十名、見張りに立たせることになつたといふ記事だつた。燃料不足の都民が代々木原の松や楢や欅の大木に目をつけて討伐を始めたのである。最初に盜みに來たのは神田や淺草の住民だつたさうで、これが火付け役になつて夜になるとあちこちから大八車が集つて來た。それを見て奮ひ立つたのが地元の代々木深町の町會で、この一月八日の夜、町會總出で五百本の大木を伐り倒してしまつた。たまたま現場をMPが通りかかり、代々木署に、「いくら神道廢止の日本でも、明治神宮に連なる代々木原が禿げ坊主になつてよいとは思はれない」と申し入れ、そこで見張りの警官が立つことになつたといふ。そんな有様だからGHQの足止め令もわからないではない。

「手蔓といふのはGHQの偉い人かなんかでせうが、しかし大丈夫ですかな」

「……はい？」

「お子さんと住んだりして面倒なことになりませんか」

「あたしの仕事を子どもが知つたら不良にでもなるんぢやないか、さう心配してくださつてゐるんですね」

「ちよつと違ふ。なにしろ開闢以來のひどい時代だ。そこを生き拔いて行かなくてはならんのですから難儀な話です。生きるためならたいていのことは許される。人殺しと泥棒以外のことならなにをやつたつていいとさへ思ひます。そのへんの事情はお子さんにもわかるはずです。だれもあなたを咎めやしませんよ」

「それぢやなにが面倒なことになるのかしら」

「お子さんたちの父親はアメリカの空襲で命を失くした。今度は母親をアメリカに奪はれてしまふ。お子さんたちにとつてはアメリカが兩親の仇といふことになりますな。そこが心配だ。そのへんにぐれる要素がありさうです」

すると意外なことが起つた。ともゑさんが低く聲を漏らして笑ひ出したのだ。

「アメリカが相手だからこそいまの仕事を選び取つたんですよ」

「……選び取つた？」

「なにせ物價が一ト月で二倍にもなるやうな悪性インフレの世の中です。お金があつたところでたいした支へにもなりません。でも、とにかく、取手の家屋敷を整理した蓄へがありますから、かつぎ屋や露天商をしたつて食べていけたと思ひます」

ともゑさんはもう笑つてゐない。からだの隅ずみにまで自信の素《もと》を流し込んだやうに毅然としてゐる。

「かつぎ屋にならなかつたのは、はつきりとした覺悟があつてのことです」

「覺悟……？」

「さうですわ。必要があつたからこそ、夜毎、アメリカの高官と枕を交してゐるんです」

「どんな必要ですか？」と問ひ返したが、ともゑさんが口にした「枕を交す」といふ妖しい一句に思はず舌がもつれて文末のあたりがふにやふにやになつてしまつた。

お仙ちやんが勢ひつけて膝を漕ぎ前へ出てきた。彼女もまた派手な化粧の下から自信を噴き上げてゐる。

「たとへば信介さんとこの文子ちやんと武子ちやん、二人とも姉さんの絹子さんを神様みたいに尊敬してゐたわね。女學校二年生で全東京女子商業珠算競技大會に出て、個人ノ部で六位になつたといふ算盤の天才。お勤めは三菱商事本社の金屬部。その上、空襲警報が出た晩はともかくあとは毎晩のやうに付文が屆き、おかげで山中家は一度もお風呂の焚き付けに不自由しなかつたといふほどの根津小町。そして東京一の肥料問屋の古澤殖產館へお嫁入り。まるで仕合せを繪に描いたやうな娘だつた。その絹子さんを文子ちゃんたちがどれほど誇りに思つてゐたか、信介さんだつて知つてゐるはずだよ」

「お仙ちゃんの話は毎度御菜《おかず》が多くてよくわからん。なにがいひたいんだね」

「だからさ、その絹子さんを文子ちゃんたちから奪つた奴はだれかといつてゐるんですよ」

「そりゃアメリカが落した爆彈だよ」

「だらう？　だから文子ちゃんと武子ちゃんはアメリカさんと寢てゐるんぢやないか」

「どうもそこのところがよくわからんな」

「鈍いんだよ、信介さんは。よく考へてごらんな。古澤の時子ちゃんから、兩親を、兄を、そして絹子さんといふやさしい義姉を奪つたのはだれだ」

「それもアメリカの爆彈だ」

「牧口可世子ちゃんは四谷の油問屋のお孃さんだつた。黑川芙美子ちゃんのおうちは高輪の岩崎家の副執事。でも、可哀相に今ぢや二人とも天涯孤獨の身の上だ。だれの仕業かしらね」

「やはりアメリカの爆彈だ」

「そしてあたしの場合はどう。女手一つで必死の思ひ、やうやつと育て上げた十九の一人息子をレイテ沖でアメリカの戰鬪機に撃ち落されるやら、淺草のお店をアメリカの爆彈で燒かれるやら、揚句の果ては大事な旦那の命まで召し上げられるやら……」

「わかつた。この家に集つた七人の女はみなアメリカを憎い仇と思ひ詰めてゐる。さういふことだな」

「さうさ」

「問題はそこから先だ。その憎いアメリカになぜ二つとない、……からだを任せなきやならんのだ」

「仕返しのためぢやありませんか。アメリカさんにあたしたちを不仕合せのどん底に突き落した付けをたつぷり拂つて貰はうと思つてゐるんだ。そのためにはやつこさんたちに近づいておかなくちやならないでせうが。連中と特別ねんごろな仲にならなくちや仕返しができないの。覺えておいてちやうだい」

「復讐か」

そのとき寒氣が走つた。ある考へが槍の穗先のやうに閃き自分の心を刺し貫いたのだ。

「さうもいへるかしらね」

「黴毒《ばいどく》をうつさうといふんだな」

まるで腰巻の奥が見えてゐますよと注意されでもしたやうにどきつとして二人がこつちの顔を見つめた。

「自分のからだを犠牲にする覺悟でだれかから黴毒を貰つてくる。そして、なんだつけ、黴菌の名前……」

「黴毒トレポネーマだよ」

「さう、そのトレポネーマ菌をアメリカにうつす。いかにもお仙ちゃんが考へ付きさうな手だ。うちの文子たちを唆《そそのか》したのもあんただらう。とにかく悪いことはいはない。馬鹿な計略はよしなさい。命あつての物種《ものだね》……」

「ときたら畑あつての芋の種と受けるのがお座敷の作法だけど」

お仙ちゃんがさうまぜ返し、それを切掛けに二人は火がついたやうに笑ひ出した。

「笑つてゐる場合ぢやないでせうが。なにもからだを痛めてまで仕返しをすることはないぢゃないですか」

「考へることが古いんだから」

「講談小説の讀みすぎですよ」

二人で囃し立ててから、まづともゑさんが眞顔に返つた。

「あたしたち、もつと大きいことを考へてゐるんですよ」

「大きいつてどんな……」

「アメリカの占領政策をひつくり返してしまふ」

今度は自分がズボンの前が開いてますよと注意されでもしたやうにどきつとなつて二人を見た。それにしても、ともゑさんの形のいい小さな口がどうしてこんなとてつもなく大きなことを吐き出せるのか、それが不思議だ。時間をかけて氣を鎭めてから訊いた。

「いつたい占領政策のなにをひつくり返さうといふんです」

「この國をこの國でなくしてしまふやうな政策、それを壞します」

「たとへばどんな……？」

「今はちよつと。あたしたちは互ひに、だれにも口外しないと約束し合つてゐますから」

「本氣なんですか。本氣でそんなことを考へてゐるんですか」

「はい」

「それからね、信介さん、あたしたちの話、よそで喋つたりしたら祟つてやるわよ。いいわね」

「いへますか、こんな馬鹿なことが。しかし、どう考へたつて、たつたの七人であのＧＨＱに對抗できるわけがない」

「やつてみなければわからないと思ひますわ」

また三人の上に沈默が降りた。聞えるのは二階の釘の音ばかり。しばらくしてからお仙ちゃんがぽんと膝を叩いた。

「さうさう、もう一ついつておかないと。あたしが若い子たちを唆したんぢやありませんからね、信介さん。仕返しがしたいと最初に言ひ出したのは武子ちやんなの。そこのところ誤解しちやいやよ」

「でもお仙ちやんが軍師なんだらう」

「ともゑさんですよ、軍師は。あたしの役どころは指南番。もちろん手の足りないときは現場に出るけどね」

「指南番?」

「ともゑさんはとにかく、ほかはみんな若いんだもの。まだねんねなのよ。實戰の經驗に乏しいの。とかくすると河岸の鮪《まぐろ》よろしくただ寢つ轉がつてゐるだけ。それぢやすぐにも飽きられちまふから、あたしが象潟仕込みの聲の出し方、懷紙の使ひ方……」

「もういい」

「ところがみんな呑み込みがよくてねえ」

「聞きたくない」

耳に手をあてがつて本棚の前に行きそのまま立つてゐた。まだ二十歳前の武子がなんといふ大膽不敵な決心をしたものだらう。あの子は三人の娘の中で一番の色白で、そのせゐか至つて肌が弱かつた。十一月の聲を聞くともう霜燒が出て兩手の甲がカルメ燒のやうに脹れ上り兩足の甲は鰹節より太くなる。そして正月が過ぎて寒に入ると、その脹れたところがぐぢやぐぢやに崩れて雪燒《ゆきやけ》になつた。三月の末、九州あたりから花便りが聞えてくるやうになると嘘のやうにきれいに治つてしまふが、それまでの間、患部にワセリン軟膏を塗りガーゼを當てその上から包帶を卷いてゐなければならない。その手當をしてやつてゐたのが絹子だつた。ガーゼや包帶を洗ふ役も絹子が引き受けてゐた。手の雪燒もたいへんだが、足が崩れるともつと辛い。患部が靴に當つて痛み、歩くのにさへ難儀する。見かねた絹子が毎朝のやうに武子に肩を貸し學校まで送つて行つてゐたのではなかつたらうか。そんなにまで優しかつた姉の命を無殘に斷つた無差別爆擊。眞つ先に仕返しをと言ひ出した武子の氣持が分らないでもない。しかしそれにしても、とさう思ひながら自分はなんといふこともなしに本棚の中の書物の背文字を眺めてゐたが、そのうちにあることに氣がついてはつとした。じつのところ、二人から聞いた話を忘れてしまふほど驚いてしまつたのである。『漢字の形音義』、『漢字起源の研究』、『國語の中に於ける漢語の研究』……ともゑさんの藏書と、自分の上司であるＣＩＥの言語簡略化擔當官、あのホール言語課長が帝國ホテルの自室の壁に積み上げてゐた書物の山とに共通してゐる本がむやみに多いのだ。

「最近、だれかに本を貸しましたか」

「いいえ」

ともゑさんが怪訝さうにこちらを見た。

「どなたにも貸してゐませんけれど。この本棚の本は教科書のやうなものですから、ないと困るんです」

「教科書といふと？」

「みんなで國語の勉強をしてゐるところなのさ。昔とつた杵柄といふのかね、ともゑさんて教へるのがとても上手なんだ」

いふが早いか、お仙ちやんは奥との境の鴨居にぶら下げてあつた小さな黒板に寄つて、

「ニカイの女は木がヘンだ、ロロタイチロのイヌ、サムライのフエはイチインチ」

と唱へながら、櫻、獸、壽、と漢字を三つ書いた。たしかに櫻は二貝の女は木が偏であるし、獸を分解すればロロタイチロのイヌになり、壽も同じ原理である。

「ね、覺え易いぢやないか。あたし、商賣柄もあつて、壽といふ字をよく使つたものよ。でもそのたびに忘れて字引きの御厄介になつてばかりゐたわ。でも、サムライのフエはイチインチと覺えたからはもう忘れない。ともゑさんからかういふのをたくさん教へて貰つてゐるところ」

「口唱記憶法といふんですよ。漢字はむづかしくて、覺えにくい。漢字學習は地獄の責め苦だといふ方が多いけど、そんなことはないんです。樂しく勉強するやり方はたくさんあるんです」

聞いてゐるうちに思ひついたことがある。ともゑさんにホール課長の理論が論破できるだらうか。

「日本から一切の文字がなくなつてしまつても大丈夫だといふ意見をどう思ひますか。文字がなくなつても話し言葉が殘るから一向に構はないといふんですな」

「愚論ですわ」

「どうしてでせう」

「話し言葉は必ず變化します。變る運命にあるんです。でも書き言葉はその話し言葉の變化を超えた次元で、それぞれの概念を直接的に、そして視覺的に、はつきりした形で表すことができますわ。なんだかむづかしい言ひ方になつてしまつた。……言ひ直します。話し言葉はもともと變つて當り前なんです。ふはふはしてゐて自由自在、それが話し言葉。書き言葉の方は殘ります。たとへるなら話し言葉は船で、書き言葉は錨でせうか。錨があるおかげで船は流されずにすみます」

「なるほど」

「ですから、書き言葉のおかげで、時間的には、何百、何千年にもわたつて綿々と文化が傳へられるわけですし、空間的には一億の同胞と交渉を持つことができます。そして書き言葉は、今を遠い未來へと繋ぐこともできる。この仕事は話し言葉にはむづかしいんぢやないかしら。ですから文字がなくても日本語が殘るなんて樂觀的すぎるわ」

「ローマ字も書き言葉でせう。漢字や假名をやめてローマ字にするといふのはどうです」

「ですからそれでは縱の、時間的な繋がりが斷たれてしまひます。未來の日本人に昔のことがわからなくなります」

このともゑさんと新聞社に出ておいでの高橋さんがこつちについてゐてくれるならホール課長の理論に勝てるかもしれない。

（十一日）

朝の八時半にいつものやうに警視廳の官房祕書課分室へ出勤して「廳內通信」を刷つた。今の正式な身分は――終戰連絡委員會中央事務局からの辭令によれば――聯合軍總司令部民間情報敎育局（つまり泣く子も默るＣＩＥの）言語課常雇といふことだけれども、しかし警視廳の「廳內通信」のガリ版切りの仕事はどうあつても手放さない決心だ。その理由は自分にもよくわからないが、直感がさう教へてくれてゐる。昨今のやうな天地逆さまの世の中では個々人の直感に頼つて生きるしかないのだ。

ところで本日の「廳內通信」の最大の記事は總司令部渉外部から寄せられた日本警察宛の激勵文だつた。

〈日本の新聞は近頃、犯罪激増を傳へてゐるが統計は現在の日本には犯罪の波が起つてゐないことを立證してゐる。卽ち警視廳の公式數字による一九四五年九、十、十一の三ケ月の犯罪件數は人口變動を參酌して考へても一九四〇年の同期間に於けるよりも低下してゐることを示してゐる。日本の新聞の論調はしきりに「犯罪の波は警視廳創設以來最大のものである」といひ、「激增する犯罪に對する警察當局の哀れむべき不適切」といふが、これらの言葉は事實とかけ離れたものであるばかりでなく、變動の激しい現下日本の社會においては非常に危險な評言ですらある。日本警察は新聞論調に落膽することなくこれまで通りそれぞれの任務に精勵されたい。〉

刷り上つたものを祕書課に屆けてから、本鄕バーのおやぢさんが惠んでくれたコーヒーを啜りながら改めて手許に殘した一枚をじつくり讀んでみた。それにしてもなぜ總司令部が激勵文をわざわざ警視廳へ送りつけてきたりしたのだらう。

「そいつは外部に發表になるんだね」

おやぢさんがさう訊くから、

「正午の定例會見で記者たちに今朝の『廳內通信』を配るらしいよ」

と答へた。

「梅谷事務官が『いつもより五十部多く刷つてくれ』といつてゐたのも、それを見越してなのぢやないかしらん」

「だとしたら簡單なからくりぢやないですか。總司令部は間接的に新聞に壓力をかけてゐるんだよ。總司令部が警察に肩入れしてゐるといふことがわかれば、新聞は警察批判の筆を抑へるだらうからね」

「總司令部も面倒見がいいんだね」

「自分のためなのさ。總司令部としては、占領はうまく行つてゐる、治安がうまく保たれてゐるという評判が國外まで聞えて行つてほしい。だから新聞に正直なことを書かれては困るといふわけだ」

「なるほどね」

さういへば、今朝の「廳內通信」には、第一復員省（ついこの間まで、すなはち去年の十一月まで陸軍省だつたところだ）と第二復員省（これまた海軍省だつたところ）の二人の次官が共同執筆した上奏文も載つてゐた。

復員軍人の多くが闇屋になり、さては「特攻くづれ」といふ忌はしい名の下に強盜にまで轉落する者さへ出てゐることはだれもがよく知るところである。歡呼の聲と日の丸の旗の波に送られて戰場へ發つた兵士たちが敗軍の身を破れた軍服に包んで故國へ歸つてみれば、迎へるのはあまりにも冷たい目、そこで闇屋に成り下り、出刃を逆手に構へて盗みに入る氣になるのもよくわかる。さらに共產黨が横濱と舞鶴に設けた復員兵士救濟委員會に驅け込んで入黨する復員軍人もたいへんに多いさうである。そこで天皇が二人の次官を呼びつけて、「なんとかならぬか」と御下問になつたといふのは有名な話である。今朝の「廳內通信」に載つた上奏文は天皇のその御下問に對する二人の次官の答で、かうである。

〈一部農村出身者を除き大多數の復員軍人は環境の激變と世間の冷遇及び正業を以てしては生活不可能な現下の經濟狀態から生活意欲を失つて虛脫の狀態にあり、中には反動的に惡に走る者もあります。現在のところ闇商人或いは强盜などに轉落した者は全體として僅少であり、且つ敎育程度も比較的低い下士官、兵の出身者に限られてをりますが、このまま放置すれば、將來、將校階級もこの風潮に走る危險性が大きく、知能的にも意志的にも兵より優れた者の多い將校であるだけに今後の狀態には憂ふべきものがあります。これ等失業復員者に對しては一般失業者と同じやうに職業補導協會などが救濟事務に當つてをりますが、復員者の場合は精神的に虛無化してをりますので善導效果は少しも上つてゐないのが事實であります。物心兩方面からの强力な善導方法が早急に必要かと思はれます。〉

こいつを原紙に切りながら何度も呆れた。解決策を求められてゐる當事者が手を拔いた憶測ばかり竝べて、じつに吞氣至極である。大元帥陛下はかつて股肱の臣であつた陸海軍の高官から、ていよくあしらはれておいでだ。さらに兵士を指して將校よりも知能と意志の力が弱いといふなど、いつたい何樣のつもりでゐるのだらう。舊軍のお偉方は天皇と兵士を馬鹿にしてゐる。

「一般人は闇と橫流し、復員軍人は闇と强盜、アメリカ兵は追ひはぎと强姦。犯罪はたしかに戰前戰中の何倍にもなつてゐるんぢやないのかね。そんなことはだれが見てもはつきりしてゐるよ。マッカーサーだけがそれを認めたくはないのさ」

本鄕バーのおやぢさんがコーヒーカップを持つて出て行かうとしたので、その背中へ、

「濠端の天皇はなぜ現實を認めたくないんだらう」

と訊くと、おやぢさんが、

「名君を氣取つてゐるんぢやないのかね」

と返してきた。

「吾輩の統治するところに犯罪などといふものが起つてゐるはずがないと思つてゐるんだらうね」

今日は土曜日、ＣＩＥの言語課は休みである。根津へ戻るとさつそく角のお仙ちやんの家へ

飛んで行き、晩の七時半、徳川夢聲の朗讀、『風と共に去りぬ』が始まるまで、日本語に關する本を三册も讀み、ともゑさんから日本語についていろいろ教へてもらつた。今度の月曜日は、CIEの言語課長であり、日本語簡略化擔當官であり、三十四歳にしてすでに四つの大學を卒業し二つの博士號を持つ男であり、そして娘の文子のなにでもある、あのホール少佐に論戰を仕掛けなければならない。そこでその豫習に勵んだわけである。

（十二日）

朝飯をすませるとすぐに隣組の高橋さんの家へ行つた。日本語の講義をねだらうと思つたのである。

「根津の權現樣に行つて話しませんか」

見上げると一面に恐ろしくなるぐらゐ青く澄んだ空がひろがつてゐる。風もない。

「今日、新しい煙草が發賣になるさうなんです。できれば一個手に入れたいと思ふんですが」

「平和、でしたつけ」

「ピースです。兩切りが十本入つて七圓ださうです」

「横文字ですか。ついこの間まで、横文字を口にした途端、非國民といふ聲と一緒に石が飛んできたことを思ふとなんだか夢のやうですな。ときに煙草なら授業料代りに持つてきてをりますが」

風呂敷の結び目を少しほどいてラッキーストライクの箱を見せてあげた。高橋さんは一瞬とろけるやうな表情になつたが、それでも、話の種になりますから手に入れることにしませうといつて表通りへ歩いて行つた。權現の境内まで煙草屋を三軒あたつたけれど、どこも賣り切れ。三軒とも朝の五時ごろから行列ができ、九時に賣り出して十五分後にはもうなくなつてしまつたさうだ。

「大した人氣ですな。さつそく明日にでも早起きして竝んでみませう。四、五個手に入れてそつくり差し上げます」

さう慰めると、高橋さんは首を横に振つた。

「日曜と祭日にしか發賣しないんですよ。それも一人一個に限るといふ條件がついてゐる。もともと平和といふものは手に入れるのがむづかしいから仕方がありませんがね」

社地の西外れにある例の文豪憩ひの石に腰を下ろしたところで、高橋さんに十個入りのラッキーストライクの大箱を風呂敷ごと差し上げた。高橋さんがぽつりぽつりと日本語の講義をはじめたとき、繼布のあたつた二重まはしをひらひらと飜した町會長の青山基一郎氏が愛想笑ひを浮かべながら寄つてきた。

「これはこれはご清遊ですな」

いくら日が照つて風もないとはいつても一月半ばの戸外だ、こんな寒いところで清遊する馬鹿がどこの世界にあるものかとむつとしてゐると、青山氏は二人の間にするりと割つて入つて、「いやあこれは權現樣のお導きですわ。信ちやん、じつはお願ひの筋があつてお宅へ參上しようと思つてゐたんでした」

信ちやんとはなれなれしい。そつぽを向いてゐると、

「一本、ちやうだいできますか」

いやなこつたといふ暇も與へず、青山氏はこつちが手にしてゐたラッキーストライクから二本拔き取るや、一本は耳に挾み一本に高橋さんの煙草を借りて火を點ける。手妻でも使ふやうな早業だ。

「四所帶同居といふのはつらい。あんまり息苦しくてならないから、かうやつてなるべく外を出歩くやうにしてゐるんでさ」

新派の主人公よろしく眉の間に二本ばかり皺を立てながら青空へ向けて煙を吹きあげる。なにを氣取つてゐやがると口の中で呟いて、こつちも煙を吹きあげる。

「四所帶同居なんぞこの根津では常識ではないですか」

權現樣の御加護もあつてかそつくり燒け殘つた根津へ、僅かな縁故に縋つて大勢の被災者たちが雪崩を打つて集つてきてゐる。

「なにもあなた一人だけが苦勞してゐるわけぢやないでせうが」

「そりやさうですわ。ときに洋モクはおいしいですな」

「マッカーサーがわが國の政府に、東京の人口は三百萬人以内に抑へるやうにといふ指令を出してゐます」

人當りの柔らかな高橋さんが青山氏を慰めていつた。

「八月十五日以後の東京に、復員者や疎開家族や海外からの引揚げ者がなんと一日當り一萬人の割合で殺到してきてゐるさうです。それなのに東京には食べるものもなければ住む家もない、もちろん勤め口もない。おまけに下水道はめちやめちや、電車は鮨詰め……」

「東京を走る電車の窓ガラス、一日平均五十枚の割りで盗まれてゐるさうですがね」

自分は「廳內通信」で讀み齧つた數字を上げた。高橋さんは頷いてつづける。

「とにかくここは人の住むところではない。このままでは東京は巨大な貧民街か生き地獄になつてしまふ。そこで總司令部が人口三百萬以内といふ指令を出した。人口を抑へておいて、その間に東京を整備しようといふわけです。マッカーサーの指令ですから、これは效くんではないでせうか。つまり青山さんの惱みもそのうちに解消する」

「それはどうでせうな」

青山氏は煙草を丁寧に揉み消して吸殼にしてから、そいつを空いた方の耳に挾んだ。

「なにしろその指令には特例が付いてゐますからな。東京再建に必要と思はれる者については轉入を許すつていふんだから、大工や佐官や鳶職でこれからも根津の人口は増える一方ですよ」

せつかくの慰めの言葉に逆ねぢを喰はせるんだから、禮儀知らずな男だ。

「用は何です」

ずばりと訊いてやつた。

「こつちには大事な話があるんですが」

「總司令部に就職なさつたさうですな」

相變らずの地獄耳だ。

「おめでたうございます」

「それで……?」

「うちの同居者の中に失業中の者が三人もゐる。この連中になにか適當な仕事があつたらと思ひましてな」

「言語課なんですよ、わたしの職場は。CIEの言語課、進駐軍の要員を雇ひ上げるところぢやない。それぐらゐわかりますね。進駐軍の仕事がしたければ他を當つたらいかがです。たとへば小石川勤勞署とかアメリカンクラブとか」

「それが英會話も英文タイプもできない連中ばかりなんでしてね。おまけに看護婦免許も運轉免許も持つてゐない。ですから信ちやんの顏が頼みの綱。キャンプの食堂の皿洗ひにでも世話していただければありがたいんですがね。ＧＩさんの中には食事をしない人があつて、その人の分の殘飯は日本人従業員に回つてくるのが決まりださうぢやありませんか。それから日本人コックたちは殘飯が出るやうにうんとこさ料理をつくるんだとも聞きました。わざと料理をあまらせてあとで従業員で分けるんださうですな。じつに麗しい同胞愛ではないですか。それからＧＩ諸君はパンなども兩端は切り捨てて眞ん中しか食べないさうで、パンの耳は従業員に拂ひ下げになるとか。さうなると我が家の食料難などいつぺんに解決いたしますわ。進駐軍のパン工場の従業員は、パンが一日一本、自分のものになるともいひます。この噂が本當かどうかもたしかめたい。うちの三人をどこかのパン工場へ斡旋いただけたら一生恩に着ますよ」

「ごめんですな」

「ほほう」

青山氏がすつと立ち上つた。

「わたしに恩を賣つておくと先ざきお得だと思ふんですがねえ」

「理由は二つ。第一に、いまも申し上げたやうにわたしの勤め先はＣＩＥの言語課であつて、進駐軍要員の斡旋所ではない。第二に、去年、わたしは青山さんの密告によつて輕三輪をお上に召し上げられ、そればかりか刑務所にまで叩き込まれてしまつた。あなたは忘れておいでかも知れないが、わたしの心に刻みこまれた口惜しさは生涯消えることはないと思ふ。ですからたとへ言語課が要員斡旋所だつたとしても、あなたのために働かうとは思ひませんよ。ついでに申し上げておく。わたしを信ちやんと呼ぶのはやめていただきたい」

「東京セブンローズ」

青山氏は新劇の役者みたいに氣取つていつた。

「響きのいい名ですなあ」

「セブンは複數だからローゼスとなるべきなんぢやないのかな」

高橋さんが疑義を挾んだが、青山氏はそれには構はずもう一度うつとりと呟いた。

「東京セブンローズ」

「なんですか、それは」

「七人の美人によつて結成されたあるグループの名ですよ、信介さん。あなたの出方一つでは、この名が東京中にひろまるかも知れませんよ」

七人と聞いてどきんとした。

「第一の薔薇は、噂では三十六、七歳、淺草の藝者上り。長年磨きをかけたその技巧で、GHQの高官たちに人氣があるらしい」

美松家のお仙ちゃんのことか。

「第二の薔薇は、これも噂では三十一、二歳、北關東の舊家の未亡人。女優にしたいやうな美貌の持主で、しかも高等師範といふ女子にしては最高の教育を受けており、GHQの佐官級の要人たちの想ひ者」

ともゑさんのことをいつてゐる。なんてことだ。

「第三の薔薇。これまた噂では十八、九歳。大きな商家の娘。空襲で家族その他すべてを失つた。小柄で可憐、少女のやうに初々しく、GHQ要人たちの垂涎の的」

牧口可世子さんだ。それにしてもこの男は角のお仙ちゃんのところにゐるあの七人の經歷をどこで知つたのだらう。七人とも普段は地味な形《なり》をしてゐるはずなのに、いつたいだれがその素性を……。

「第四の薔薇。同じく噂では十八、九歳。さる大財閥の執事の御令嬢。空襲ですべてを失ひ、今はGHQのさる高官の庇護を受けてゐる。寶塚の男役のやうに目と鼻が大きく、すらりとした美人」

黑川芙美子さんだ。七人が帝國ホテルで〈働いてゐる〉のを知る者は、うちの家族のほかにだれもゐないはずだが。

「第五の薔薇。同じく噂では二十歳。千住の大きな商家の末娘で、異國風の美女。活潑にして快活。庭球をよくし、晝はコートで夜はベッドで、ＧＨＱ高官を喜ばせてゐる」

古澤の時子さんのことだ。

「第六と第七の薔薇は姉妹である。姉は柳腰の楚楚たる美人で、ＧＨＱの海軍將校のオンリーさん。妹は花さへはづかしめる美女……」

「それ以上わけのわからんことをいふのはよせ」

「わけがわからないといふことはないでせうが。あなたはよく御存じのはずだが」

「消え失せろ」

「消えろと仰るなら消えもしませう。でも四、五日したらお宅へ伺ひますよ。その日まで、東京セブンローズの噂はだれも知らない。けれどもそのときの話次第では、根津の住民全員が彼の美女たちの驚くべき素性を知るやうなことになるかもしれませんな」

町會長は二重まはしの裾を旗でも振るやうに大きく飜して社殿の方へ歩き去つた。

高橋さんは默つたまま、二本、三本とラッキーストライクを煙にしてゐたが、その内に、

「戰時中はお上を笠に着て居丈高に、今は下手からもの柔らかに、いつも人を脅しにかけるんだから敵ひませんな。あんな卑劣漢をもう相手にしちゃいけません」

と小聲でいつた。

「放つておきなさい」

「しかし、じつをいふと、町會長のいつたことは、その、なんです、中《あた》らずといへども遠からずで……」

「岐阜に愛媛、栃木に茨城、どれも字畫が多いし、讀みも難しい地名のやうに見えますが、その縣に住む人間にとつてはちつとも難しいことなぞありやしません」

高橋さんはこつちを遮つて、拾ひ上げた小枝で地面に「巖」といふ字を書いた。

「わたしの名前にしてもさうで、高橋巖の巖の字などは小學一年生のときからちやんと書けてゐました。そこで字畫の多いのがたくさんあるから漢字は難しいなどといふのは取るに足らぬ俗論です」

（十三日）

「字畫の多いのがたくさんあるから漢字は難しいといふのは取るに足らぬ俗論です」

午後二時、東京放送會館五階のCIE言語課に現れたロバート・キング・ホール少佐にかう議論を仕掛けた。もちろん、昨日、權現樣で高橋さんから教はつたことの受け賣りだ。

「よろしいですか、少佐。日本の小學一年生でも、たとへば、鯱《しやち》や湊《みなと》や錦や邱《きう》といふ字が讀めるし、また書けもするんですよ」

少佐用の机の備へ付けの便箋に少佐愛用のパーカー萬年筆でそれらの字を書いてみせた。

「小學一年生になぜそんな藝當ができるのか。じつはこれらの漢字は小學生の大好きな力士の四股名なんです。ラヂオや新聞で、鯱ノ里、出羽湊、九州錦《くすにしき》、大邱山《だいきうざん》といふ四股名を初中終《しよつちゆう》、讀みかつ聞く。だから連中には難しいとは思へない」

「おもしろい話ですね」

日本語改造を目論む三十四歳の言語簡略化擔當官は、ミス栗田が運んできたコーヒーに砂糖を入れながら頷いた。

「つづけてください」

「また、彼等は、壇、襷、櫓、掬、蹴、裾といつた漢字も難なく讀みますし、中には書くことのできる子もをります。小學一年生がですよ。信じられますか」

「その祕密はまたも相撲にある。さういふことですね」

「その通り。相撲の決まり手に佛壇返しといふのがあるんですな。ですから壇の字を讀んだり書いたりすることができる。襷反《たすきぞ》り、上手櫓、掬投げ、二枚蹴り、裾拂ひ。かういつた決まり手から子どもたちは漢字の讀み書きを覺えるんです。さういふ次第で畫數の多い漢字がかならずしも難しいとはいへません」

「僕の知るところでは漢字の數はおよそ五萬あります。その五萬の漢字がすべて相撲で使はれてゐるとは思へないが」

「話はまだ途中です」

こつちにもミス栗田がコーヒーを配つてくれたので、一口飲んで氣を落ち着けた。

「一方では字畫の馬鹿に少い字もあります、がしかし……」

便箋に「丶」と書いて示した。

「これが讀める日本人はごく少數です」

昨日、高橋さんに教はるまでは、自分にもチンプンカンプンな字だつた。

「この字の讀みは……」

「音《おん》はチュ。意味は燃える火、あるひは燈火」

「……當り」

内心では舌を巻いた。アメリカ人にしておくのは惜しいと思ひながら便箋に「丨」と書いた。

かういふべらばうな物知りは中國人になつた方がいいかもしれない。

「これが讀めたら東京帝大の國文科教授になれますがね」

「コンといふ音でせう。その意味は上下に貫き通すこと」

空恐ろしくなつてきた。四つの大學を卒業して博士號を二つ持つてゐるといふ話はどうやら本當のやうだ。高橋さんから仕入れた材料がもう一つ殘つてゐたのを思ひ出して便箋に「乂」と書くと、

「ガイ」

即座に答が返つてきた。

「交差した刃物を象つてゐる。つまり草を刈る刃物のことですね。意味は、刈る、だつたかな」

娘の文子の「旦那」はここで椅子にふんぞりかへつた。

「ほかに質問は？」

「例題はもういいでせう」

「もうおしまひですか、つまらないですね」

「これから結論に入るんです。いま實驗したやうに、漢字の難易は畫數の多い少いと關係がない。普段から見慣れてゐる漢字はたとへどんなに畫數が多からうと難しくはない。逆に日常で見かけない漢字は畫數が少くても難しい」

「それで……？」

「ですから、漢字はややこしいから廢止にするといふのは短絡した考へ方だと思ふわけです。それに日本の漢字には振假名といふ強い助太刀がついてゐますからな。これは讀みにくいと思つたら、迷はず假名を振ればよろしい。さういふわけですから、日本語をわざわざローマ字にしないでもいいんです」

「今のお父さんの論には致命的な缺陷があるんぢやないかな」

お父さんと缺陷、この二つに思はずたじろいだ。

「……缺陷？」

「讀むといふことに關してはお父さんはたしかに百パーセント正しい。しかし書く場合はどうでせうか。薔薇といふ字は讀めても、なかなか書けないでせう。わたしはそのことをいつてゐるんです。黴毒に假名を振れば小學生であらうと讀むことができる。でもよほど書き取りの勉強をしないと黴毒は書けない。おわかりですね」

「そんなことはない」

一昨日、ともゑさんから教はつたことが閃いた。

「分解して覺えればいいんだ」

「どう分解するんです？」

「たとへば戀……」

便箋に、糸シ糸シト言フ心ト唱へながら戀と書いてやつた。熊は、ム月ヒーヒードンドンドンドンだ。ドンといふたびに點を打つた。それから魚は、クつ田は四匹。盗まれるのは、次の皿だ。

「そして、親。立木の横で見てゐるといひながら書けばいいんですな」

「わかります」

どういふわけかホール少佐は兩手で顔を覆つてしまつた。

「どうしたんです」

「お父さんは立木の横から心配さうにじつと文子を見守つてゐる。それが日本の親なんですね。僕には辛い光景です」

「……はあ？」

「でも僕の誠意は疑はないでください。文子と正式に結婚しようとは思つてゐるんですよ」

こつちは「親」といふ字の口唱記憶法を披瀝しただけだつたが、ホール少佐は、親が辛い氣持を訴へてゐると取つたらしい。いい機會だ。この期を逃してはならぬ。

「わたしには娘が三人をりました。長女はあんた方の落した爆彈で死にました。そして次女はあんたに適當に遊ばれてゐます。正直にいつて、これは親にとつては切ないことなんですよ」

「わかつてゐます」

「今すぐにとは申しませんが、そのうちにきつぱりとけぢめをつけていただきたい」

「僕を信じてください」

「信じても無駄ネ」

後ろでばかでかい聲がした。振り返ると、軍服の金髪女がこつちへやつてくるところだつた。

「山中さん、その方がドノバン大尉よ」

受付の席からミス栗田が両手をメガホンにしていつた。

「言語課の主任さんよ。日本語がたいへんお上手です」

「それはどうも」

慌ててお辞儀をしたが、その雲を衝くやうな大女はホール少佐の前に仁王立ちになり、英語でなにかしきりに怒鳴りはじめた。口の周りに金色の産毛のやうな髭を生やかし、両頬にそばかすを散らかしてゐるが、たいへんな美人である。横顔は下ろし立てのトランプの女王《クイーン》のやうで、じつに輪郭が正しい。英語のやりとりだから何をいつてゐるのやら見當もつかないが、ホール少佐が取つちめられてゐることだけはたしかだ。そのうちに少佐が椅子から立つと、大尉の肩を抱くやうにして部屋を出て行つた。

「少佐と大尉はなにを話し合つてゐたんです」

自分の席に戻りながらミス栗田に訊いた。

「作戰會議でないことだけはたしかだが」

「大尉が聞いちやつたのよ」

「なにをです」

「少佐と山中さんの話をですよ。そして嫉妬したわけ」

「嫉妬した……？」

「大尉は少佐とできてゐるの」

「まさか……」

「だつて見ちやつたんだもの。先週の月曜の夕方、忘れ物を取りに戻つたら、少佐の机がぎしぎし鳴つてゐる。はてなと思つて衝立の上から覗いてみたら、まさにその最中だつた」

「ははあ……」

「ドノバン嬢ときたら凄いのよ。右手を少佐の首に巻き付けたまま左手でわたしに行け行けつて合圖するんだから。度胸があるのね」

「ふうん」

「山中さんのお嬢さんもかはいさうに」

「……」

「うちの少佐、ＧＨＱで一番の女たらしだつて評判なの」

自分はすぐ席を立つて家へ歸つてきてしまつた。明日はあの色男に辭表を叩きつけてやることにしようと思ふ。


（十四日）

本日から東京放送會館五階に日本放送協會で働く職員のための食堂が日に三回、開かれることになつた。朝は六時から八時まで・晝は十一時から二時まで、そして夜は五時から八時までの三回だといふ。

警視廳の官房祕書課分室から會館五階のCIE（民間情報教育局）の言語課へきてすぐ、ミス栗田からこの話を聞いたとき、これからはアメリカさんと一緒に食事をすることになるのかしらんと思つた。會館の半分を聯合國總司令部の各局が使用してゐる。また二階には、ロイター、UP、AP、INSなど、聯合國記者團の記者室がずらりとならんでゐる。そこで會館はどこもかしこもアメリカ人であふれてをり、時分どきになると、彼等は五階へ上つてきて、エレベーターホールの北側の、白いテーブル掛けのかかつた食卓がずらりと竝ぶ食堂へ入つて行く。ドアの開閉のたびにホールへ流れ出すバターやコーヒーのいい匂ひ。その匂ひを嗅ぎ、白いテーブル掛けを見るたびに羨ましく思つてゐたから、この話がほんたうならまことにありがたい。

じつのところ、自宅で夕餉の卓に坐るのがとても怖い。もしも休暇かなにかで町會長青山基一郎氏いふところの例の「七輪の薔薇」のうちの一輪が歸つてきたらと思ふと途端に飯が不味くなるのだ。さらに薔薇の女たちの姿が目に入つたら腹が立つやらバツが悪いやらで尻悶《しりもだ》えして居たたまれなくなつてしまふだらうと考へて、飯の塊が小石のやうに咽喉に支へる。そのうちに、我が子や他所様《よそさま》から預かつた娘さんをアメリカ人高官の手活《てい》けの花にして平然としてゐる妻にきつと毒を含んだ言葉をぶつけてしまふ。ついでに一人息子の清の家出はお前の仕様が悪いからだと怒鳴り、それにこの一年のうちに息子を失ひ家を失ひ今また孫娘を失つて急に頭の働きがぼんやりとのろくなつた古澤のおぢいさんやおばあさんの顔を見るのが切なくて、つひに砂を嚙んでゐるやうな晩飯になるのが常である。だが、ここで晩飯が食へれば、午後九時の放送終了時まであちこちのスタヂオを見學して時間をやりすごし、家の中が寝鎮まつたころに歸宅できるではないか。

「ちよいと行つてみませんか」

こちらの誘ひにミス栗田はパーマ頭を派手に横に振つて、

「もう偵察してきちやつたの。メニューはすいとん一本槍よ。あれならこの部屋でアメリカさんの携帯食をいただいてゐた方が利口だわ」

と、棚から青箱ランチを一つ下ろした。

「アメリカさんの隣りですいとんを啜るのもおもしろいぢやないですか」

「言ひ方が悪かつたみたいね。キッチンは同じなんだけど、肝心の食堂はあちらとは全然、別になつてゐたの」

「なんだ、さうでしたか」

「北向きの廊下にテーブルと木の丸椅子が置いてあるだけよ。さあ、召し上れ。今、コーヒーを淹れますわ」

ミス栗田はこちらへ青箱ランチを滑らせてよこした。

「や、どうも。これはこれでありがたく頂いておいて、とにかく様子を見てきますよ。それにしても、協會のお偉方はなんだつて急に食堂なんぞつくる氣になつたんでせうな。こんな御時世ぢや小麥粉を手に入れるつたつて容易なこつちやないでせうに」

「言ひ出したのはダイク准將らしいわ」

「CIE局長の、あのダイクさんですか」

背中に孔雀を刺繡したジャンパーを羽織つて會館の廊下を飛ぶやうにして歩いてゐる、長身で馬面のアメリカさんを思ひ浮かべた。年の頃は四十代後半、白金の細縁眼鏡の奥の大きな目玉はいつも相手を睨みつけてゐるやうで、とつつきが悪い。けれどもエレベーターなどで一緒になると、これが案外に親切で、敗戰國民のわれわれに先を譲つたりする。なんでも孔雀の模樣は、NBCといふアメリカの放送會社のマークださうで、彼は戰さに出る前はそこの販賣擔當重役だつたといふ。本來の勤め先を忘れないやうに會社のジャンパーを着て働いてゐるらしい。もしもこの噂があたつてゐるとすれば、偉い割りには子どもつぽいところがあるといはなければならないだらう。

「協會の職員がてんでにお部屋で食事をつくるでせう。そのときのお米を炊く臭ひ、魚を燒く臭ひ、澤庵の臭ひ、さういつた日本人の臭ひが全館に立ち籠めて、アメリカ人たちは日に三度、氣が狂ひさうになるらしいの。それで館内では煮炊きは禁止、その代り食堂を設けて、材料は總司令部がなんとかするといふことになつたみたい」

「ぢやあ純毛の小麥粉のすいとんが食へるわけだ」

部屋から出ると時計回りで北廊下へ向つた。

放送會館の正面は日比谷から芝へ抜ける大通り（アメリカさんたちの言ひ方では「Aアヴェニュー」）に臨み、言語課の部屋はこの大通りを見下ろす位置にある。職員のための通用門がある會館南側は、細い道路を挾んで三井物産館と向ひ合つてゐる。會館の西側の路地の向ひ側は、三年半前の昭和十七年に、戰時新聞統合で「都新聞」と「國民新聞」とが合併させられてできた東京新聞社だ。東京唯一の夕刊專門紙で大した人氣がある。さういへば藝者の艷種や藝能界の噂話がよく載る都新聞は、遊郭があつた根津では、一時期、新聞の代名詞になつてゐた。「ラヂオは藝者の敵」といふ記事などは今でもそつくり覺えてゐる。たしかラヂオ放送が開始されて間もない大正の末頃の記事で、「藝者もラヂオを敵にしてゐるといふ。その理由として第一にラヂオが始まつてからお客が減つたといふ。それは一家團欒でラヂオを聽く爲だとある。第二にラヂオを聽くと顏にしわがよるといふ。何故ならあまりのおもしろさに目尻にしわをよせて笑ふからだと。またラヂオは色を黒くするといふ。これは眞空管から紫外線を放射するからとある……」といつたやうな文章だつた。ほとんどがよた話だが、當時は本氣で信じてゐたものだ。

會館の北側は富國生命ビルに密着してゐるが、それは内部《こつち》からは見えない。もともとが協會所有の樂器を置いておくところで、そこで窓といふものが一切ないのである。鰻の寝床か羊羹の容器のやう、いやに細長いところに電燈笠が七つ八つ行列してをり、その下に長卓がいくつも竝べてある。壁に、

「味噌味すいとん豚肉入り五圓」

「鹽味すいとんベーコン入り五圓」

「外食券不要。但し職員以外は利用禁止」

と書いた短冊が三枚、貼つてあつた。豚肉やベーコンといふ文字を見て頭がくらくらとなつた。こんな頼もしい文字を食堂の壁に見るのは何年ぶりだらう。それに五圓は安い。歩いて五分の新橋驛前の闇市では、正體不明の汁にぷかぷか浮いてゐる痩せたすいとんが一個七圓もするのだ。

奥の壁に大穴が空いてゐて、その先が厨房である。調理人が食券係を兼ねてゐて、「味噌味と鹽味とを一杯づつ」とお札を二枚出すと、「一人一杯が規則なんだ。それに鹽味は賣り切れ

だよ」とふなりお札を一枚こつちへ放つてよこし、ついで紙切れの食券をくれた。がすぐさま、その食券を取り上げ、引き換へにすいとんを盛つた丼を渡してよこした。食券のやりとりをする分がなんだか無駄なやうな氣がして、ひとこと文句をいひたくなつたが、丼にころころと肥えたのが五個も入つてゐるのを見て驚き、出かかつた文句はたちまち涎で溶けてなくなつてしまつた。

ほぼ満席である。入口に近いところまで戻り、向ひ合つてなにか熱心に話し込んでゐる二人の職員の横に坐つてまづ汁を啜つた。殘念ながら芋味噌で、特有の腐つた味がした。たのしみにしてゐた豚肉はハムの切れツ端である。おそらくアメリカさんが朝食に食べのこしたハムエッグかなんか放り込んだにちがひない。ただしすいとんは本物で歯ごたへもたしか、ずしんと腹にこたへる。

「樂器は全滅つてわけか」

横の中年者がネクタイの裏側をナプキン代りにして口の端を拭ひながら、眞向ひのジャンパー姿の若い男に訊いてゐる。

「ええ、八割方はやられたさうです」

若い男は中年男に大きな土瓶から薄い茶をついでやつてゐる。茶は飲み放題のやうだ。さすがは日本放送協會である。

「第六スタヂオのピアノまで持つて行かれちまつたさうぢやないか」

「樂器ケースを抱へて、きちんとした服裝で入つてきたさうです。守衞室は、ごくらうさまといひながら頭を下げて內部へ通した。ところがその樂器ケースは空つぽ。そして、出るときは當協會御自慢のストラディヴァーリやグアルネーリが入つてゐたといふわけですね」

「考へやがつたな」

「プロなんですよ」

「しかしピアノはどうやつて持ち出したんだらう」

「分解して運び出したんぢやないですか。さうとしか考へられませんよ」

「困難は分割せよ、だな」

「なんですか、それは」

「さつき書き上つてきた臺本にあつた科白だよ。デカルトの言葉ださうだがね」

「なるほど、名言だなあ」

「それで一味は何人なんだ」

「二十人前後だつたとかいつてゐました。櫻井潔とその樂團といふ觸れ込みだつたさうです」

櫻井潔とその樂團はいま都內の劇場で引つ張り凧だ。この正月も淺草大勝館に出演して、入場者新記錄を樹立したはずである。だから守衞室の前を「櫻井潔とその樂團です」と名乘つて通れば「ははあ、軽音樂の時間にでも出演するのだな」とだれもが考へる。それでゐてよほどのファンでもないかぎり樂團員の顏なぞいちいち覺えてゐないから、これまただれにも怪しまれない。うまい手を發明したものだと感心しながら三つ目のすいとんに齧りついてゐるうちにはたと箸が止まつた。若い職員が、

「通用門の守衛室が覺えてゐるのは、二人のバンドボーイだけださうです。二人とも中學生ぐらゐで、一人は鼻の付け根に大きな黑子があつた。その黑子の少年は番組の中で獨奏するのだといつて、ハモニカを吹きながら守衛室の前を通つたらしい。まつたく大膽不敵な話ですよ。曲はカルメンの中の鬪牛士の歌だつたといふんですから揮つてます」

といつてゐたからだ。うちの淸の親友、高橋さんのところの昭一君にも黑子がある。それもよりによつて鼻の付け根に。おまけに昭一君はハモニカの名手である。これまたよりによつて鬪牛士の歌を得意にしてゐる。自分は思はず若い職員に、

「もう一人の少年は、兩手の甲にひきつれの痕がありませんでしたでせうか」

と訊いてしまつた。

「雪焼の痕なんですが」

「さあ、僕は靑少年部の庶務で聞いてきたことを話してゐるだけで、實際に見たわけぢやないんです。でも、なにか心當りでもおありなんですか」

「いや、べつに……」

「あなたはよくスタヂオに見學にいらつしやいますな」

中年職員がはつきりとこつちへ向きを變へた。

「部署はどちらでしたつけね」

「協會の職員ぢやないんです。ＣＩＥの言語課の雇をしてをります。鼻の付け根に黒子のある子と聞いて、うつかり口を挾んでしまひましたが、考へてみるとわたしの知つてゐるのは女の子でした」

「でも、もう一人の男の子がどうのこうのと仰つてたんぢやないんですか」

「氣になさらんでください。單なる言ひ損ひです。つまらん勘違ひなんです」

二人はしばらくこつちを觀察してゐたやうだが、そのうちに中年職員がばかばかしいといつた表情で首を振つて立ち上つた。若い職員もそれを潮時に丼を返しに奥へ去つた。

淸と昭一君の家出先は分つてゐる。この胸の中の騷ぎを鎭めるためにも、一度、様子を見に行かねばならない。それも早い方がいい。

（十五日）

家業の團扇作りが全盛の頃、月に一度は淺草橋に通つてゐた。澁紙問屋が藏前にあつたからだ。柳橋検番からの注文で、川開きに藝者衆が得意先へ配る名入りの夏團扇を四千本も拵へたこともある。景氣のいいときには仲間を誘つて川べりの料亭に上つたりもした。行きつけは生意氣にも一流の柳光亭。三度に一度は、女將が大事さうに桐の小箱を持ち出してきて、

「これをなんだとお思ひになりますか。あの島崎藤村先生がフランスへいらつしやるときに、文壇の先生方がうちで渡歐送別會をなさつたんですけれど、そのときに藤村先生がお使ひになつたものなんですよ」

前口上も、ものものしく赤い盃を取り出して見せた。よほどそれが自慢だったらしい。

「御存じかどうか、藤村先生は明治三十九年からフランスへいらつしやる直前まで八年ばかり、この近くにお住みになつておいでで、さう、所書きは淺草區新片町一番地、ここから歩いて三分もかからないところなんですよ。そこで奥さんを亡くされて、それからそこで姪御さんとなにやらややこしい關係におなりになつて、それが因《もと》でフランス行きを御決心なさつたやうですが、ともあれ、さういふわけで、このへんは先生にとつてうれしくも悲しいところ。ですからお懐しいんでせう、今でもよくおいでくださいます。そのたびにこの盃をお出しするんですよ」

その柳光亭の跡を右に見て、神田川を背に總武線のガードを潜り抜け、さらに北へ一町も行くと、淸たちの家出先のある一角になる。そのへんからは燒け殘つてゐるが、前後左右から空

襲の煙に燻《いぶ》されたのだらう、家竝みがなんとなく黒く煤けてゐる。所書きをたしかめて、板塀で圍まれた仕舞屋《しもたや》に入つた。もつとも板塀は裸にされて、骨組みしか殘つてゐない。板はたぶん薪になつてしまつたのだらう。案内を乞ふと、膝の抜けたモンペに綿入れの半天を羽織つた婆さんがすつぽんのやうに背を曲げて現れた。前齒が二、三本抜けてゐるが、艶《つや》の方はもう全部抜けてゐる。清といふ者が御厄介になつてゐるはずですがと問ふと、

「清ちやんも昭ちやんも、まだ學校から引けてゐませんよ」

と答へた。

「待たせていただきたいのですが」

「どうぞ。でも、ここでなにを見ても見なかつたことにしてくださいよ」

謎めいたことを呟きながら玄關からすぐの六疊の茶の間に招じ入れてくれた。欅の長火鉢で鐵瓶が鳴つてゐる。

「今どき鐵瓶とは珍しい」

「坊ちやんが岩手で手に入れてきたものですよ」

座布團は新しくてふはふはしてゐる。

「坐るのがもつたいないやうな新品ですな」

「坊ちやんが誂へさせたんですよ。お茶をどうぞ」

驚いたことに上物の番茶だ。

「こんな番茶も珍しい」

「坊ちゃんが埼玉から買つてきたんですよ」

おまけに茶受けに干し柿が出た。

「今日は珍しいものづくめだ。勤め先を午後は休んだんですが、いや、來てよかつた。それにしてもこんな立派な干し柿がまだあつたんですなあ。かういふものがあるうちは日本もまだ大丈夫だ。捨てたものではない」

「坊ちゃんが山形から運んできたんですよ」

「これも坊ちゃんですか。よくまあ一人でいろんなものを手に入れてくる坊ちゃんだ。八面六臂の大活躍ですな。いや、大したものだ」

「何人もゐるんですよ、坊ちゃんが。階上に六人、階下に四人。淸ちゃんと昭ちゃんを勘定に入れないで十人の坊ちゃんがゐる」

「お婆さんと坊ちゃんたちの續柄はなんです？」

「憚りにしやがんでゐたもので防空壕に入るのが遲れたんですよ。そしたら防空壕が直擊を喰つた」

「それは運がよかつた」

「悪かつたんだよ、家族はみんな壕の中にゐたからね。嫁や孫と一緒にあちらへ行きたかつたよ」

「……それで、お婆さんと十人の坊ちゃんとのご關係は……？」

「拾はれたんだよ」

「ほほう……」

「去年の十一月まで上野の地下道で浮浪者をやつてゐたんだ。そこへ坊ちゃんたちが通りかかつて、家にこないかつていつてくれた。炊事と掃除と洗濯をしてくれれば、いつまでだつてゐていいよつてね」

「なるほど」

十日ばかり前、文書課分室へやつてきた清がこんなことをいつてゐた。

……飛行服のおにいさんがさる飛行基地から東京へ歸還してみると家族が直撃彈で全滅してゐた。大學へ復歸して學業を再開するうちに、都民が食糧不足で困窮してゐることに氣づいて、仲間と語らつて「東京學生援米團」なるものを組織し、共同生活を始めた。早くいへば闇米の擔ぎ屋グループをつくつた。ぼくと昭ちゃんはそのおにいさんたちと一緒に暮らすんだ。

さうすると、ここがそのおにいちゃんの家で、なおかつ東京學生援米團の本部なのか。

「ときに清は元氣にやつてゐるでせうか」

「ああ、臺所をよく手傳つてくれるよ。利發な子だ」

「昭一君は……?」

「洗濯が上手だね」

「一昨日の夕方から夜にかけて、こちらの坊ちやんたちは家にをりましたか。それとも留守にしてましたか」

「一昨日の夕方……?」

婆さんは上目使ひに天井を睨み上げると、ひとしきりなにか唸つてゐたが、やがてドッコラショといふ掛け聲と共にゆらりと立ち上り、茶の間と臺所との境柱にかけてあつた小黑板に顔を近づけた。

黑板には、∫、=、≠、∞、<、∈といつたやうな奇妙な符丁が數字を交へてびつしりと書き込んである。どうやら東京學生援米團の行動豫定表であるらしい。警視廳の雇をしてゐるうちに、自分も門前の小僧なみに習はぬ推理を得意とするやうになつたやうだ。

ところで、今日も正午まで警視廳官房祕書課分室で『廳內通信』のガリ切りと印刷をやつてきたのだが、すでに「僞《にせ》櫻井潔とその樂團の一件」は警視廳に報告されてゐた。もちろん警視廳は都下の犯罪事件を捜査する總元締だから報告があつて當然だが、祕書課からの原稿に書いてあつた事件の概要は、職員用食堂で耳にしたものとは細部でいくつか違ひがあつた。食堂で聞いたのは噂話の次元、こちらは新橋署からの正式報告、どちらが信ずるに足るかは自づと明らかだが、祕書課の原稿によると、事件が起きたのは一昨日、すなはち一月十四日の午後四時半ちやうどである。十數人の樂士たちが樂器ケースを抱へて職員通用門から入つてきたとき、守衞室主任が通用門ホールの大時計で時間を確認してゐるから、それはたしかだ。

マネージャーらしいのが守衞室のカウンターまでやつてきて、

「今夜七時半からの『希望音樂會—輕音樂の夕べ—古賀政男旋律集』に出演することになつてゐる櫻井潔とその樂團です」

と名乘った。

「飛行館ホールからの實況中繼ですが、飛行館の方はその準備でばたばたしてゐるので思ふやうに練習ができない。今夜は古賀先生御自身もお出になるし、今人氣絶頂の霧島昇さんも御出演になる。われわれとしても今夜は大いに張り切っていい演奏をしたい。そこで擔當の職員と相談して、こちらの第一スタヂオで練習することになつたわけです。練習は一時間もあれば充分です」

カウンターに備へ付けてあるスタヂオ運行表をたしかめると、第一スタヂオでは、午後八時からの「農村に送る夕べ」が豫定されてゐた。內容は、和田肇《はじめ》のピアノ獨奏「俗曲集」と木村若衞の浪花節「鹽原太助江戸日記」の二本立て。それほど準備に時間がかからない。話は少しばかり横に逸れるが、NBCの元重役で今CIE局長のダイク准將の「ラヂオは民衆のもの」といふ指導もあつて、このところ聽取者參加番組が大流行である。「農村に送る夕べ」は、「輕音樂の夕べ」ともども、その聽取者參加番組の目玉になつてゐた。そこで、三十秒やそこいらでは聽取者の入れ替へは不可能とみて、「輕音樂の夕べ」の方を飛行館ホールから實況してゐるわけだ。

さて、守衛室主任は、ピアノと浪花節の二本立てなら、聽取者のための席づくりを勘定に入れても、準備に二時間もあれば大丈夫だと考へた。それに運行表にも「六時から使用」と書いてある。

「五時半までには空けてくださいよ」

さう念を押して主任は樂士たちを內部へ通した。

このときの措置がなつてゐないと、後で主任は上司から散々に油を搾られたらしい。Aアヴェニューをへだてて向ひ合つてゐる飛行館ビルの五階スタヂオへ飛んで行き、擔當職員に事情を聞くべきではなかつたか。往復しても五分とかからないのにどうしてその勞を惜しんだのか。あるいは、館內電話で三階の輕音樂部と連絡をとるべきではなかつたか。

〈……いづれも後からの知恵であり、無理な注文だと思はれる〉と、新橋署の刑事は注釋をつけてゐた。といふのは、これまでもさういふやり方で融通をつけてゐて事故がなかつたのだし、しかも今度はマネージャーのそばに終始、制服着用のアメリカ軍將校が一人、付き添つてゐたのだ。その將校はマッカーサーを眞似てレイバンの野戰用サングラスをかけ、一文字に結んだ口にコーンパイプを咥へてゐた。

「日本人の女性歌手や有名樂團に付きつ切りになつて應援して回つてゐるアメリカの軍人さんは珍しくありませんから、この人もてつきりその組だと思ひました。なによりかにより、下手にぐづぐづしてゐるとその將校さんに怒鳴られさうな氣がしたのです」

上司に主任はさう辯明したさうだが、たいていの日本人なら主任に味方するだらう。みんなアメリカさんに怒鳴られやしないかと恐れてゐるからである。

〈……であるから、この事件は日米合作の新型であると思はれる。このやうに占領軍將兵の犯罪はますます巧知を極めてきてをり、また、日本人との共同で行はれる傾向も強まりつつある。したがつてこれからは一段の警戒と細心の注意が必要である。〉

原稿はさう結ばれてゐた。

二人組の少年のことも書いてあつた。右の交渉のあひだ、一人は入口近くでハモニカを吹きつづけ、もう一人は辭典らしきものに讀み耽つてゐた。そして二人は樂團員たちと一緒に館內に入つて行つた、と。

「一昨日は月曜だつたね」

婆さんが火鉢の前に戻つてきた。

「坊ちやんたちは、朝歸りなさつたよ」

「清や昭一君もですか」

「さうだよ。なにもさう頭を抱へなくともいいのさ。吉原みたいなところへ出かけてゐたわけぢやないんだから。奥羽本線の一番列車で歸つてきたんだ。お米やら干し柿やらをうんとこさ擔いでね」

「それからどうしました」

「あたしのつくった朝御飯を食べると、腫れた目を擦りながら學校へ出かけて行きました。感心な若い衆ぢやありませんかね」

「清たちは何時ごろ歸つてきましたか」

「だいぶ遲かつたやうだね」

「正確には何時でしたか」

勢ひ込んで訊ねたところへ、板を打ちつけた格子戸がからからと開いて、無精髭を生やした若い男が入つてきた。五分刈りの地藏頭のあちこちに白い暈《かさ》がかかつてゐる。

「婆ちやん、貰ひにきたよ」

こつちを見つけて急に聲が低くなり、

「おや、お客さまかい」

「清ちやんのお父さんだよ。それに見ても見なかつた振りをしてくださることになつてゐる。だから心配しないでいいんだよ」

「……そりやどうも」

男は勝手に上つて、腰に巻き付けてゐた布袋を外しながら奥の座敷へ行く。婆さんが押し入れの襖を引くと、下段がそつくり大きな箱になつてゐた。

「ようく見てゐてくんなよ」

男は箱の中に入れてゐた兩手をそつと外へ出した。一升桝を持つてゐる。

「一つ」

婆さんが指を折つた。

「頭の白癬《しらくも》だけどさ、だいぶよくなつてきたぢやないか」

「おかげさまでね」

「でも、ちよつとよくなつたからつて安心しちやいけないよ。藥はあるんだらうね」

「援米團さまさま。かうやつて利のいい商賣をさせてもらつてゐるから、高い藥も買へるといふものだ」

「今度はどこの御用なんだい」

「龜清《かめせい》さん。アメリカさんを御招待するのが、このごろの日本のお偉いさんの流行なんだとさ。お米、いくらでも持つてらつしやいといつてるよ」

「卸し元がここだなんていつちやだめだよ」

「口が裂けてもいふものか。直接《ぢか》に取引きされちや、おれの出る幕がなくなつてしまふぢやないか」

「そりやさうだね。はい、それで二十だよ」

火鉢へ戻つてきた婆さんは、こつちが目の玉を大きくしてゐるのを見て、

「見ても見なかつた。分つてゐるね」

にやりと笑つて茶を淹れた。

ぱんぱんに膨れ上つた袋を抱きかかへて、男が火鉢の横に坐り、出されたお茶をえびす顔で啜つた。

「清ちやんにでも聞いといてくんないかな。マッカーサーと野坂參三とどつちが偉いかつてさ」

「なんだつて」

「野坂參三だよ」

「だれなんだい、その人は」

「日本を逃れて外國で暮らすこと十五年といふ共産黨の大親方だよ。その大親方が一昨昨日《さきをととひ》の晩の十時に東京驛へ凱旋してきたんだ。九時から十時までに賣れた入場券が千五百枚だつてさ。出迎への人が五、六十人、ホームからあふれて線路へこぼれ落ちたつていふよ。婆ちやんは新聞を讀んでゐないのかい。紙面の半分が野坂參三の記事で埋まつてるよ。それも何日もだよ」

婆さんは男から受け取ったお札を數へるのに熱中してゐてなにも聞いてゐなかつた。そこで自分が婆さんの代りを務めることにした。

「マッカーサーと比べてどうなさるんです」

「友だちと賭けたんですよ。その友だちつていふのが、マッカーサーの方が偉いといふんです。去年の八月三十日、マッカーサーが厚木飛行場へ降り立つたときの兵力はわずか四千二百だつた。一方、日本にはまだ三百萬の帝國陸軍軍人がゐて、うち三十萬は自他ともに許す精鋭部隊だつた。そんなところへたつたの四千二百で乗り込んでくるんだからマッカーサーは偉いと言ひ張るんです。それにたいしておれは、たつた一人で敵地に潛つてゐた野坂參三の方がもつと偉いと言つた」

このとき格子戸がからりと開いて、清が三和土に足を踏み入れたが、こつちを認めると回れ右をして飛び出して行つてしまつた。

「どちらも人間を怖いと思つてゐないんですよ。そのへんはよく似てゐますな」

答になつてゐない答を置いて表へ飛び出すと、二町ばかり追ひかけたが、つひに柳橋の手前で見失つてしまつた。なぜ逃げたのだらう。答が出てゐる。やはり樂器盜賊團の二人組の少年とはたぶん淸と昭一君なのだ。

（十六日）

「各地で少年强盜團による事件多發」

鉛筆の毆り書きの文字の行列がいきなり目に食ひ込んできていつぺんに眠氣がさめた。思はず鐵筆を放り出して目をこすり改めて今朝の「廳內通信」の原稿を睨みつける。原稿はその先をかう續けてゐた。

「良家の子弟を交へた少年强盜七人組が十二日、警視廳搜查一課と野方署の手で檢擧された。この七人は元憲兵大尉久米昭（三十）に率ゐられた國民學校や中等學校の生徒たちで、親たちの監督が行き屆かないのをよいことに自轉車の搔拂《かつぱら》ひで九臺をせしめ、一臺千二百圓ぐらゐで賣捌《うりさば》いてゐるうちに、最近の世情に刺激されてだんだん惡の道へ深まり、日本刀、短刀などを手にいれて杉竝區西荻窪六〇七會社員五十嵐顯吉《けんきち》氏（四十）方に押し入り、『天狗黨の者だ。金がいるから出せ』と夫妻を脅迫したが、素人と見破られて未遂に終り、次いで十日午後十時半ごろ同區向井町一ノ一〇二勅使河原彥十郎氏（六十四）方を、『電報電報』のかけ聲で家人をおびき出し、日本刀で脅かしたが、これまた逆に騒がれて逃走してゐたものである。この種の少年强盜團は都內ならびに各地の大都市に頻發してをり、關係諸方面におかれては嚴重なる注意を要する」

昨日、淸と昭一君は、糾問に出かけて行つたこつちの姿を見るや、すばやくドロンを決めた。それこそなにより雄辯な證據、あの二人は强盜の手下に成り下つてしまつた。それも「電報電報」のかけ聲で家人をおびき出すといふやうな生易しいものではない。首領がだれかは知らないが、とにかく何者の手先となつて日本放送協會から何十もの樂器を盜み出すといふまがまがしい大仕事の手傳ひをしたのだ。娘二人は進駐軍軍人の想ひ者、家出した一人息子はまだ中等學校二年生といふのに强盜團の走り使ひ、いつたい我が家は何に祟《たた》られてゐるのだらう。

すりこぎ棒よりも重く感じられる鐵筆をのろのろ動かして原紙を切つた。今朝の「廳內通信」にはもう一件、記事があつて、それは靑山南町三丁目町會が木炭の自給を始めたといふ報告である。

「この三丁目町會では昨秋以來一かけらの燃料も配給がないのに業を煮やし、須藤町會長の提唱で、空襲で半分燒失した靑山墓地の木立や枯木を原料に木炭の自給を始めた。すなはち墓地の入口廣場に土窯《どえう》を二つ造り、福井縣から本職の炭燒きを招いて、現在日產三十俵を持續してゐる。この調子でゆくと一月半ばまで、町內三百世帶に洩《も》れなく配給、三月までには各家庭に

五、六俵はゆき渡るといふ。しかも値段は公定價格よりはるかに安く一俵二、三圓見當ださうである。青山署と赤坂區役所はともに炭燒きを中止させようと試みたが、『それならば燃料を配給せよ』と抗議が殺到、そこで『始めてしまつたものは仕方がない。特例中の特例として許可する』といふことで處理した。なほこれを傳へ聞いた神田區や麴町區の町會のいくつかが、宮城《きゆうじやう》の田安門から乾門《いぬゐ》までを底邊とし竹橋を頂點とする三角形地帶の立木を伐採し、木炭自給を計畫してゐるといふ。畏れ多くも聖上《せいじやう》のおはす宮城の立木、その聖木が民草の燃料になるやうなことがあつてはならない。警視廳の面目にかけても斷乎これを阻止すべきである。擔當官は兩區役所とも連絡の上、神田署と麴町署の兩署をしてよろしく協力せしめ、田安門と竹橋とを堅く警備するやう指導されたい。群衆に抵抗の氣配があれば、GHQにより昨日から携帶を許可された拳銃を威嚇發射するも可」

刷り上げた二百枚を本廳の官房祕書課に屆けて、日本放送協會の東京放送會館へ向つた。さつきの報告が頭にあるせゐか、日比谷公園の木の連なりがなんとなく疎《まば》らになつたやうに見えた。

「信介、こちらへきなさい」

會館五階の言語課に入つた途端、言語課長で日本語簡略化擔當官のロバート・キング・ホール海軍少佐の彈んだ聲が礫《つぶて》のやうに飛んできた。

「いま、まゐります」

返事はしたもののなんとなく氣色が悪い。名前の呼び捨ては親愛の情を表してゐるのだとミス栗田はいふが、慣れてゐないこちらとしては、呼ばれるたびにどきッとして心臓が早鐘になる。それに内縁といふ但書きは付くものの今のところ彼にとつてこの山中信介は義理の父親ではないか。その義父を呼び捨てにするなどは東洋では流行らない流儀だ。自分は机の前で出來るだけもたもたしてゐてやつた。ついでに小聲でミス栗田に訊く。

「伯母さんが遺産をのこして死んだとか、少佐から中佐に昇格したとか、やつこさんになにかいいことがあつたんでせうか。ばかに機嫌がいいやうだ。ひよつとしたら痔が治つたのかな」

「痔ですつて」

「娘の文子がさういつてゐた。やつの泣き所は痔ださうです」

「初耳だわ」

「無理をすると、決まつてそいつが膿《うみ》を持つらしいんですな」

「見かけはロバート・テイラーと張り合ふぐらゐの美男子だけど、じつは汚い持病を持つてゐたわけね」

ミス栗田はたらこを二本竝べたやうな口を開け放しにして感心してゐる。赤い舌に白いガムが絡まつてゐるのが見えた。

「いつたいなにがあつたんです」

「ローマ字改革案が完成したみたいよ」

「やつこさんはまだ日本語をローマ字で書かせようと企んでゐるわけですか」

「さうみたい」

「日本語のローマ字化など百害あつて一利なしと、あれほど説明してやつたのにいつまでもしつこくこだはるお人だ。往生際の悪いやつだ」

「信介、なにをぐづぐづしてゐますか」

少佐の聲に少し尖りが出てきてゐる。

「わたしは聯合軍將校の中で一番忙しい男だといはれてゐるんですよ」

他人様の使ふ言語に餘計な差し出口をしたりするから忙しくなるんだ、そんなお節介を焼かなきや暇もできるのにと、胸の内で毒づきながら奥へ行き、四つの大學を卒業して博士號を二つ痔疾を一つ持つてゐる三十四歳の金髪碧眼と大きな机を挾んで向ひ合つた。机の縁にでかい靴を乗つけてふんぞり返つてゐた少佐が、

「信介、お吸ひなさい」

大きな赤玉模様のラッキーストライクをぽんと投げてよこした。

「袋ごと、どうぞ」

アメリカ人は日本人と見れば挨拶代りに煙草を投げてくる。ずいぶんばかにしてゐると思ふ。日本人が全員、乞食といふわけぢやないんだ。頭を何度も強く横に振つて斷ると、少佐は今度は机の引き出しから、刻み煙草の袋と煙管を一本、出してきた。

「信介にはこちらがよろしいですか」

戰前、根津の古道具屋でやたらに見かけた煙管である。火皿から吸口まで身ぐるみ鐵で出來た伸《の》べ煙管だが、途中で管が左右に開く仕掛けになつてゐる。

「ほう、夫婦《めをと》煙管ですな」

「知つてましたか」

「知つてゐるつてね、あなた、これでもあたしは根津の人間ですよ」

明治の初めごろ、根津一帶はすつぽり遊廓街になつてゐて、たとへば最盛期の明治十八年には遊妓の數が九百四十三人、妓樓に上つた客の數が五十萬人、なんでも吉原より流行つたさうで、これは餘談だが、のちに坪內逍遙博士の奥さんとなる加藤せきといふ女《ひと》も、その頃、根津第一の大見世、大八幡《おほやはた》樓に花紫と名乘つて出てゐた。この花紫の揚げ代は一晩一圓、これは當時の最高値。物置の奥に放り込んである明治十八年刊の東京遊女細見《さいけん》にちやんとさう書いてある。

「それは、根津の遊女たちが布團の上で客と仲よく吸ひ合つた夫婦煙管だ。夫婦煙管など全國どこにでもあつたにちがひないが、根津の遊女たちは、そのどこにでもある煙管を商賣の道具にうまく使つたわけですな」

「さういふことは學術書には一切、書いてありません。たいへん勉強になります」

頷きながら少佐は手帳にパーカーで手早く書き留めてゐる。

「ところがこの根津と、當時、日本にたつた一つの帝國大學とが隣り合せになつてゐたんですな」

「さうです。京都に日本で二番目に帝國大學が出來るのが明治三十年ですから、たしかに明治の十年代、二十年代には、帝國大學は東京本郷に一つしかなかつた」

よく知つてゐる。ここいらがむやみに大學を出たこの男の怖いところだ。

「おまけに第一高等學校が根津のそばへ引つ越してくることになつて……」

「一高が本郷向ケ丘に移轉するのは明治二十二年、さらに目黒の駒場に移轉するのが昭和十年です」

「とにかく、我が國最高の教育機關が二つも遊廓のそばにあつては具合が惡い」

いちいち物知りぶられては話がはかどらないから大きな聲を出した。

「明治二十一年六月、根津遊廓はそつくり深川の洲崎《すざき》に移りました。しかし、その際に、遊女たちは夫婦煙管を根津に置いて行つたんですな」

「なぜですか」

「客が遊女と一緒に煙草を吸つても始まらないと思ふやうになつたんでせうな」

「ですから、どうして？」

「客の頭が進歩したんでせう」

「さういふのは進歩とはいひませんよ」

「とにかく、戰前の根津の古道具屋にはその夫婦煙管がたくさん出回つてゐたんだ。そのうちに鐵の供出が始まつてお上《かみ》に召し上げられ、一本のこらず鐵砲の彈丸になつちやひましたけどね。あなた目がけて飛んで來た彈丸の何發かは夫婦煙管で出來たやつだつたかもしれませんよ」

「わたしは戰場へ出てゐなかつた。アメリカ國內各地に設けられた民政學校をいくつも掛け持ちしながら日本語の教官をしてゐましたからね」

「……民政學校？」

「占領國においてアメリカ軍はどのやうな占領行政を行ふべきか、それを教へる學校のことです。大學卒の優秀な青年に、日本語はもちろんのこと、アメリカ占領下の日本の公安はどうあらねばならないか、食糧政策はどうするのか、生産をどう軌道に乘せるべきか、燒土の復舊作業はどうあるべきか、交通は、通信はどうするのか、さういつたことを教へるわけです。民政學校は一九四二年に、日本式にいへば昭和十七年にすでにできてゐました」

「ずいぶん手回しがいい」

「この戰さはアメリカが勝つにきまつてゐましたからね」

口惜しいけれど、この話題になつたら默るほかはない。開戰當時の彼我の國力の差がこのところつぎつぎに明らかになつてゐるからだ。新聞は連日のやうに、〈開戰時の統計によると、アメリカの鐵の生産高は日本の八倍、自動車の生産高は日本の八百倍、國民所得は日本の十八倍もあつた。このことから考へても、あれはまつたく無謀極まりない戰爭だつた〉などと書き立ててゐる。だから少佐に威張られても仕方がないのである。それにしても新聞は今ごろになつてよくもぬけぬけとそんなことが書けたものだ。戰さの始まる前に書いてくれなくては仕方がないぢやないか。

「はつきりいひますが、日本人は占領するといふことについてまつたく無神經です。なにしろ一人の民政官を育てようともせずに、アジアを占領しようとしたのですからね。日本政府の命令で占領下のアジア各地へ出かけて行つたのは、民政といふ言葉があることすら知らない青年學校の先生や小學校の退職教師、あるいは海外で一旗揚げようといふ連中だつた。彼等には方法論がない。だから天皇は神の子で日本は神國であるといふやうなひとりよがりのイデオロギーを押しつけるしかなかつたわけです。わたしたちの占領政策は國際法に基づいて打ち立てられた民政論に支へられてゐる。方法論のない日本人とはちがふのです。信介、煙管で一服つけたらどうです」

「吸ひたくありません」

「では、信介、この夫婦煙管とラッキーストライクをよく見てください」

少佐は机から靴を下ろすと肘掛け椅子に坐り直した。

「たとへていふなら夫婦煙管が文化で、ラッキーストライクが文明です。わかりますね」

「まるでわかりませんがね」

「ラッキーストライクは日本でも南洋でも南極でもシベリアでもどこででも通用します。だれだつてこれが煙草であることが分りますし、だれだつてマッチを擦ればすぐさま煙草をたのしむことができます。つまり普遍性がある。さういふものを文明といひます。ところがこの夫婦煙管はどうでせうか。たしかにこの鐵の管には細かく彫刻がしてあつて美しい。しかし刻み煙草がないと使へませんし、使ひこなすには若干の說明が必要になる。すなはちこれは日本でのみ通用するものである。つまり通用する範圍が限られてゐるわけです。かういふものが文化です」

「なにがいひたいんです」

「ローマ字は文明で、漢字と假名は文化です」

話が突然向うの都合に合せてうまく繋がつてしまつた。將棋でいへば卑怯な待ち駒をされたやうな氣分だ。

「ローマ字、別にいへば、ラテン字母。英語では二十六文字ありますが、このローマ字は、いま世界中で行はれてゐるもつとも一般的な文字です。といふことはラッキーストライクのやうに普遍性がある」

「日本語を夫婦煙管にたとへられても困る」

「譬《たと》へを持ち出さなくてすむなら、わたしだつてさうしたい。しかし理屈のわからない人が相手では譬へで說明するしかありません」

「理屈がわからない?」

「さう。さういふ理屈のわからない人たちを相手にしなければならないときは、キリストであれ釋尊であれこの世の眞理を譬喩《ひゆ》で表現するんです。わたしはそれと同じことをしてゐるだけですよ」

自分をキリストやお釋迦樣になぞらへてゐる。少し怖くなつてきた。

「信介、これがわたしの日本語改造案です。英文と日本語文と二タ通り書きました」

少佐は引き出しから二種類の書類を取り出した。一つは英文タイプのもの、もう一つは丸善製の原稿用紙に漢字と假名をびつしりと書き連ねたもの、どちらも枚數は五、六枚。

「内容は同じです。どちらを讀みますか」

英語のできない人間だと知つてゐるくせにそんなことを聞くのだから嫌味だ。日本語文の方を取ると、日本語の達人がいつた。

「わたしは信介を標準的な日本人であると考へてゐます。だからこの言語課の雇員になつてもらつた。その信介が日本語のローマ字化に猛烈に反對してゐる」

「當り前でせうが」

「といふことは日本人の大多數も反對するにちがひない。わたしはさう思ひました。そこでローマ字へ移行するためにはある程度の準備期間が必要だと考へて、昨夜一晩徹夜してこれを案出したのです。心を空しくしてわだかまりのない態度で讀んでくださるやう希望します」

少佐は全文をきちんと楷書で書いてゐた。

日本語ローマ字化への早道
——二段階改造案覚書——
民間情報教育局言語課長
言語簡略化擔當官
米軍海軍少佐

ロバート・キング・ホール述

日本語をいますぐローマ字化すると、多くの日本人から反感を持たれるおそれがあるので、必ずしも得策とはいへない。そこで本官は、「カタカナからローマ字へ」といふ二段階の改造案を發案し、いまここに謹んで聯合國最高司令官閣下に提出するものである。閣下におかれては、この三月に來日し、日本の教育制度全般にわたつて視察して日本政府にその改善策を提出する任務を有するアメリカ教育使節團に、この案を提示されるやう、切にお願ひする次第である。

まづなによりも軍事占領下の日本にあつては、あらゆる表記はすべてカタカナをもつてするべきであり、漢字で書かれたものの使用はかたく禁止すべきである。

その理由の第一に、漢字の禁止は戦前戦中の皇國思想や政治宣傳との接觸を禁じる上に大いに効果がある。過去の日本においては重要な文書はすべて漢字で書かれてゐるが、カタカナ専用の後、十年二十年と經《た》てばたいていの者は漢字が讀めなくなるはずであり、日本人は自然のうちに過去の獨善的な皇國思想を忘れるであらう。

第二に、カタカナ表記には、どうしても「分かち書き」の知識が必要になる。この分かち書きの知識は日本語をローマ字化する際にもなくては叶はぬものであるから、カタカナ専用はそのままローマ字を學習することに通じる。

第三に、漢字抜きで、つまりカタカナ専用文を書くには、なによりもまづ日本語の文章が易しく改められなければならない。言ひ換へれば、むづかしい漢字を廢して口語を用ひなければカタカナ専用文は書くことができないのである。この國の知識層は長い間、俗より雅を、私よりも公を、口語よりも文語を尊重してきた。そのために知識層と一般人との乖離《くわいり》は絶望的なほど大きい。しかしカタカナ専用によつて平明な文章を書くことが正しいといふことになれば、この問題は簡單に解決するであらう。話は少し逸《そ》れるが、この國ではときをり言文一致運動といふものが發生する。これは書き言葉と話し言葉との乖離を埋める運動であり、これまでこの國の文學者たちはこの言文一致のために多大の苦勞を强ひられてきた。カタカナ専用文はかうした辛苦からこの國の文學者たちを救ふことになるであらう。さらに平明な文章はローマ字文にも必須のものである。したがつてここでもまたカタカナ専用はそのままローマ字を學習することにも通じるのである。

第四に、カタカナ専用によつて、占領業務の中で最大の難事といはれてゐるあの「検閲作業の大澁滯」は立ちどころに解消するであらう。日本語文の検閲には最高の漢字識別能力が要求されるが、その能力を持つ者の數はまことに少い。話はまたも脇へ逸れるが、だれもが知るやうに、話し言葉としての日本語は信じられないほど易しい。音節數は百十四個前後しかなく、これは現在知られてゐる言語の中ではハワイ語の八十個に次いで少い。當然、音韻構造も簡單で規則的であるから（その證據にあの整然として美しい「五十音圖」を見よ）、大學卒業程度の學力を持つ者であれば、數ケ月間で日本語が話せるやうになる。原則として、一個の音節に一個のカタカナが對應し、それを百十四組、記憶すればよいのだから易しいのは當然である。ところがひとたび書き言葉となるや、カタカナのほかにそれと同數の平假名がある上に、「惡魔の文字」と世界中の言語學者から恐れられてゐる漢字があり、この惡魔と昵懇になるためには最低三年の歲月が必要になる。しかし繰り返していふが、漢字と平假名がなければ、つまりカタカナ專用文ならばこれほど易しい言葉もない。數ケ月の訓練で多數の檢閲官が養成できるだらう。さうなれば檢閲業務は格段に圓滑化するはずである。

第五に、カタカナの使用によつて、兒童たちの學力は驚異的に飛躍するだらう。これまでこの國では、初等教育のためのほとんどの時間が漢字の習得に費やされてきた。だが、カタカナ專用となれば漢字習得に使はれてきた時間がそつくり餘るから、それを他の分野の學習に充てることができる。これによつて兒童たちはいち早く生產活動に從事することができ、日本の教育水準を低下させることなく勞働力の供給をふやすことができるやうにもなる。さらに漢字學習に時間をとられてゐたために、これまで日本の小學校卒業者には民主社會の市民にふさはしい言語能力と常識を養ふことができずにゐた。その證據に現代の問題や思想を扱つた新聞記事や論文を讀みこなすことのできる日本人は意外に少いのである。そこでカタカナ專用は近い將來においてものをよく讀む民主的な市民を生み出すはずである。

第六に、カタカナ專用は外國との接觸を容易にするであらう。なぜといふにカタカナ專用は外國人にたやすく日本語を習得させるからである。このたびの戰爭が刺激となつて多くの外國人が日本語と日本文化に關心を示し始めてゐる。これらの新しい動きを視野に入れるならば、いまこそカタカナ表記體系を採用すべき秋《とき》であると思はれる。また、カタカナ專用は、通商上の業務能率を向上させずにはおかないだらう。なぜといふにカタカナ專用は、自動鑄《ちう》植機《しよくき》(ライノタイプ機)や標準型タイプライターの使用を可能にするからである。歐文タイプライターの文字盤をカタカナのそれと置き換へるだけで、日本の官界、學界、產業界での能率は信じられないほど向上するであらう。

第七に、カタカナは日本人が發明した數少いものの一つであり、またたしかに優れたものの一つである。その意味においてカタカナ專用は、いまや地に墮ちた日本人の民族としての誇りをもう一度、蘇らせずにはおかないはずである。

第八に、昔から日本人は國家的大改革が得意であつた。明治維新による西歐化がその一例であり、たとへば產業化の速度は過去のいかなる國よりも速かつた。これは日本が極端な中央集權制をとつてゐることに原因するが、このことはさらに「お上に弱い」といふ國民性を養つてきた。この國民性をうまく使へばカタカナ専用は抵抗なく日本人に受け入れられるはずである。戦前戦中であれば敕令が、現在であればGHQ指令が切り札である。これ一つでカタカナ専用は容易にひろまるにちがひない。

第九に、カタカナ専用の説にしても、ローマ字化の説にしても、すでに日本人にはなじみの深いものであるといふことに注目したい。維新以來、前島密の漢字廢止論を皮切りに、南部義籌《よしかず》のローマ字論、大槻文彦らの假名論など日本語改造論は陸續として現れ、枚擧にいとまもないほどである。つまり漢字廢止もカタカナ専用も、そして日本語のローマ字化も、すでにこの國の内部から自然發生してゐるのであつて、かならずしも本官が火付け役といふわけではないのである。いまこそ日本人はこれらの先達の聲を聞くべきではないか。

結語としていふ。たしかに漢字にはある種の藝術的價値が内在してをり、それはカタカナやローマ字などのやうな音標文字體系では決して傳へられないものである。がしかし、近い將來においては、漢字は一般的な書き文字として全廢されるべきであり、代りに音標文字が、つまりカタカナが、次いでローマ字が採用されるべきである。

そして日本人が民主社會の市民として成長しつつ、つひに國際社會の一員となるためには、カタカナよりもローマ字の方が數段有利であることは付け加へるまでもない。ちなみに本官は、カタカナからローマ字への移行期間を十年と見てゐる。

外國人がここまで上手に日本語文を綴るのかと感嘆する一方、内容にたいする怒りも込み上げてきて、なにをどういつてよいのかわからず、ただうんうん唸つてゐると、少佐がこつちの手から書類を取り上げながらいつた。

「信介、感想を聞かせてください」

「これは實行されるんですか」

「民間情報教育局長のケン・ダイク准將もわたしと同じ意見を持つてゐます。今朝、説明したところ、いちいちうんうんと頷いておられた。もちろんワシントンの國務省も贊成してくれると思ひますよ。ベントン國務次官補はわたしの意見にはいつも敬意をはらつてくれてゐますからね。あとは聯合國最高司令官の署名があればよろしい。さうしてこれが教育使節團の公式見解になる」

「ぢや、やはり實行されるんだ」

「わたしが知りたいのは、日本人がどう反應するかです。だからこそ、信介の感想が聞きたい。そのために部外祕の書類を見せたんです」

「冗談ぢやねえや、だ」

「氣に入らない……？」

「ああ、氣に入らないの骨頂だね」

「氣に入らないの骨頂《こつちやう》？　おもしろい表現だ。手帳にメモしておきませう」

「わたしから目を逸らさないでもらひたい。いいですか、あなたは漢字と皇國思想とを同じものだと思ひ込んでゐる。しかし漢字から皇國思想が生れたわけぢやないんだ。その證據に漢字だらけの文で反戰思想を說いた人だつて大勢ゐるんですからな。たいていが牢屋にぶちこまれましたけれどね。第二に音標文字を使へば民主主義社會になるといふのがをかしい」

「さうですか」

「さうですかなんてとぼけてちやいけませんよ。ドイツはどうなんです？　イタリアはどうなんです？　どちらもあなた方からいはせれば反民主主義の、ファシストの國でせうが。でも、どちらもローマ字を、音標文字を使つてゐるぢやないですか」

「なんにでも例外はあります」

「ものはついでだ、一氣に引導を渡してやる。あんたの論には致命的な缺陷がありますな」

「ありませんよ」

「それがあるんだ。あんたは振り假名といふものがあるのを知らない」

「知つてゐます。しかし振り假名については、この國の有力な作家の山本有三さんが、昭和十三年に廢止論を提唱して決着がついたはずです。彼は、振り假名があると難しい漢字を使つてしまふ、目を悪くする、醜悪である、印刷の效率が落ちると主張しました。それに新聞や雜誌が贊成した……」

「のべつ字を書いてゐるからつて國語問題について作家がいつも正しいことをいふとは限らない。あたしにいはせりや山本有三センセイはまちがつてゐましたね。ええもう大馬鹿のこんこんちき。振り假名は音標文字だつたんですよ。あれが廢止されて以來、すつかり漢字を讀むのが難しくなつてしまつたんだ」

「わかりました。信介はもう席へ戻つてよろしい」

「もうひとことといはせてもらひますよ。よろしいか、ホールさん、あなたはその書類を一晩徹夜して書いたといひましたね」

「ええ、昨夜は一睡もしてゐません」

「だから冗談ぢやないつていふんだ。何億もの日本人が何千年もかかつて作り上げてきたものを、たつた一晩で引ツ繰り返さうだなんて、傲慢も傲慢、傲慢の行き止まりだ」

「あなたからもうなにも聞きたくありません。ただ、この書類のことはもうなかつたことにしてください」

「約束はできかねる。うちの向ひに新聞記者がおいでだ。その人は國語問題についてはわたしのお師匠さんなんです。お師匠さんの意見も聞いてみますよ」

「それはいけない。他言は許しませんよ」

「言語課雇の辭令は返上する。馬鹿馬鹿しくてこれ以上つきあつちやゐられませんや」

そのまま部屋を出ると、新橋から地下鐵で淺草へ出て、松竹新劇場でキドシン一座を觀て歸つてきてしまつた。


（十七日）


もともと暢氣な性質で昨日のことを今日に持ち越して思ひ惱むやうな人間ではないのに、昨日の午後、ホール言語簡略化擔當官と口爭ひをしたときの昂奮がまだ頭のどこかに留まつてゐるらしく、今朝はどうも氣分がをかしい。若布《わかめ》汁と鮭の鹽引きを御菜《おかず》に銀シャリの御飯といふ近ごろでは超豪華版の朝食の前に坐つてもまだ氣が晴れぬ。それでもおいしいことはおいしいから澁面のまま三杯目の茶碗を差し出すと、妻が御飯の上にたつぷり嫌味を振りかけてよこした。

「朝からこんな贅澤な御膳にありついてゐるといふのに、なにがおもしろくないんでせうね。働き者の娘を二人も持つたことに少しは感謝しないと罰があたるんぢやないですか」

「その文子だが、まだ、あのバカヤローのオンナになつたままなのか」

「バカヤローのオンナ……？」

「例のホールといふ海軍少佐のイロをいまだにやつてゐるのかときいてゐるんだ」

「我が子を指していふのに、オンナだのイロだのはないでせう」

妻がきつとなつて茶碗をおいた。

「あの娘たちをアメリカさんのオンナとかイロとか呼ぶ日本人は、それがたとへ父親のあなたであつても許しませんよ」

竹箸が妻の右手の中でぱしッと音をたてて折れる。所帯を持つて二十五年になるが、妻がこれほどの力持ちだとは思はなかつた。なんとなく氣壓されて、飯の上に鹽引きの皮を乗せ茶をかけて默々と食つた。妻は食事をやめて飯櫃の向うに置いてあつた新聞の、「盛り上る人民食糧管理」、「足踏みしてゐる男女共學」、「政府の憲法改正案、總選擧前に公表か」といつた見出しをぼんやりと眺めてゐたが、そのうちに顔をあげ、こつちをしつかりと見据ゑていつた。

「あの娘たちにはあの娘たちの考へがあつてアメリカの軍人さんとつきあつてゐるんですから、口の利き方にはくれぐれも氣をつけてくださらないと困ります。たとへば文子とホールさんだけど、當人たちは結婚しようと思つてゐるかもしれないぢやありませんか」

「今となつてはそれもできない相談だな」

「あなたがホールさんと口論したからですか」

「ほう、知つてたのか」

「さつき帝國ホテルから歸つてきた文子が、お父さんたら子どもみたいにすぐ癇癪玉を破裂させるんだからつて嘆いてゐましたよ。あなたといふ人はほんたうに大人氣《おとなげ》ないんだから」

「それぢやあいふが、あのホールといふアメリカ人は、ちつとばかり學問があるのを鼻にかけて、われわれ日本人から假名や漢字を取り上げようと目論んでゐる。さうしておいて今度は日本人にローマ字を押しつけようと企んでもゐるんだ。許しておけるか、そんなことが。日本人なら喰つてかかつて當然ぢやないか。お前にしてもだな、そこに置いてある新聞が上から下までローマ字だらけになつたらどうするんだ。まるで讀めやしないよ」

「そのときはまたそのとき。五十の手習ひでローマ字でもなんでも覺えますから、心配はいりません」

「お前さんがどうすればいいかうすればいいといふ話をしてゐるんぢやない、さういふ低次元の話ではないのだ。日本文化の傳統が、今、この昭和二十一年でちよん切れてしまふかどうかの大事な分れ目だといつてゐる。いつてみれば、これは日本文化の危機なのだよ」

「天下國家がどうしたかうしたといふ話はもうごめんですね」

妻は食器をお盆に移すと、布巾で卓袱臺の上をごしごし拭きながら、

「……滿蒙《まんもう》は帝國の生命線、昭和維新、高度國防國家建設、非常時の波高し、國民精神總動員、擧國一致、堅忍持久《けんにんぢきう》、代用品時代……」

からかふやうな調子でずらずらと唱へた。

「大東亞新秩序、紀元二千六百年、月月火水木金金、一億一心、大政翼贊、八紘一宇、玉碎、どれもこれもぴかぴかの漢字、かういつた御立派な漢字で男たちが天下國家を論じて、それで日本はどんな國になりましたか。少しでも立派な國になりましたか。答は出てます。すつかりだめな國になつてしまつた」

「少しはかつての自分の姿を思ひ返してみるがいいんだ」

卓袱臺を叩いて應酬しながら鼻の奥がきな臭くなるのを感じてゐた。夫婦喧嘩を始めるときは奇妙にこの臭ひがしてくる。

「大日本婦人會の襷《たすき》を大袈裟にかけて『進め一億、火の玉だ』と連呼しながら、そこの不忍通《しのばず》りを嬉しさうに提燈行列してゐたのはどこのだれだ」

「馬鹿だつたんですよ、わたしたちも」

「上野廣小路に『贅澤は敵だ』といふ幟《のぼり》を立てて、娘さんの晴れ着の袂を鋏で切つてゐたのはどこのだれだ」

「反省してます」

「洋髮の御婦人のパーマネントの髮も鋏でジョキジョキとやつてゐたな」

「でもね、女の方がずつと罪は輕いんですよ」

「なにをいつてゐやがる。女も男と同罪ぢやないか」

「政府や陸軍や海軍に一人でも女がゐましたか」

妻は布巾を團子に丸めて投げつけてきた。

「帝國議會に一人だつて婦人代議士がゐましたか。女は一度だつて漢字を振り回して天下國家を論じたことはなかつたんぢやないんですか。ええ、漢字を振り回すことそのこと自體、禁止されてゐた。さういふわけだから、日本がこんな有様になつてしまつたことに、女は男の萬分の一ほども責任がない」

虚を衝かれて言葉が出ない。口を空しくぱくぱくさせてゐるだけだ。たしかに、この二十年間の、外との戰さに女は責任がないかもしれない。

「だからこそ漢字をローマ字に改めないと新しい日本は始まらないといふホールさんのお考へが分るやうな氣がするのよ。それにしても、玉碎なんて嫌な漢字でしたね。玉でもない者が死んで玉などといはれるのは二度とごめんですよ」

「ずいぶん屁理屈が達者になつたものだ」

理屈は捨てることに決めた。ここは好き嫌ひでものをいふしかない。

「とにかくお前がなんといはうと、ホールなんて男を認めるわけには行かないからな。たとへ奴が文子に結婚を申し込んできても、わたしの目の黒いうちはそんなことは許さない」

「あなたが決めることぢやありませんよ」

「この家の戸主はいつたいだれだと思つてゐるんだ」

思わず布巾を投げつけた。

「だれがここの主人なんだ」

「文子と武子に決まつてゐるでせうが。なにしろわたしたちはあの二人の働きで食べてゐるんですからね」

かつとなつて、卓袱臺を引つくり返さうとしたが、いつもと勝手がちがふ。妻が両手で上から押さへつけたのでびくとも動かない。仕様がないから卓袱臺の脚を思ひ切り蹴飛ばしてやつた。それにしても妻がこれほどの力持ちだとは思つてもゐなかつた。いつ力をつけたのかは知らないが、まつたく油斷のならない御時世になつた。

警視廳へ着くのにいつもの倍も時間がかかつた。卓袱臺の脚に妙な具合に當つたらしく右足が痛んで思ふやうに歩けなかつたからである。やうやつと官房文書課分室に辿り着いて靴下を取つてみると、藥指の爪がすこし剝がれかかつてゐる。本郷バーのおやぢさんから借りた木綿絲を藥指の先に巻きつけて爪と肉をくつ付けようとしてゐるところへ、

「今日の原稿はこれ一枚だ」

文書課の梅谷事務官が藁半紙を一枚ひらひらさせながら入つてきた。

「こいつを印刷物にしたら、すぐＣＩＥの言語課へ顔を出しなさい。さういふ要請がＣＩＥから文書課に入つてゐる」

「あすこは昨日でやめましたよ」

「いろいろあつたやうだが、アメリカさんに盾をついてはいけないな。こつちへとばつちりが飛んできたらどうする氣なんですか」

「日本人全員にとばつちりが飛ぶ話なんですよ。だから言語課長に盾ついてやつたわけです。いいですか、梅谷さん、あのホールといふ課長は日本語を……」

「その先は聞きたくない」

梅谷事務官は兩手をあげて後退しながら話を遮つた。

「占領軍の政策にはできるだけ係はりたくないんだよ」

「重大なことなんですよ、これは」

「電話口でさつきホール課長はわたしにこんなことをいつた。『ところであなたはミスター山中から、昨日のわたしと彼との議論についてなにか聞きましたか』つてね。聞いてゐませんと答へたら、『ぢやあ、これからも聞かないやうにしなさい』とかう返つてきた。山中さんはどうも危いヤマを踏んでゐるらしいな」

「危いヤマ……？」

「ひよつとしたら山中さんは、あちらさんの機密に觸つたんぢやないのかな。氣をつけなさいよ」

本廳舎へ小走りに引き返して行く梅谷事務官の靴音を聞きながら、まつすぐここへきてしまつたことを後悔してゐた。妻とのいさかひにかつとなつて隣組の高橋さんのお宅に寄るのを忘れてゐたが、先づ高橋さんにホール課長の計畫を話しておくべきだつた。高橋さんは新聞記者であり、自分にとつては日本語の敎師である。高橋さんならホールの計畫が祕めてゐる由々しさに理解を示してくださるはずだ。

「今日はどうあつても高橋さんに會はねばならぬ」

自分にさう言ひきかせながら鐵筆を握つたが、「廳內通信」の原稿には驚くべきことが書いてあつて、思はず鐵筆を床に取り落してしまつた。

日本人からマッカーサー元帥あての手紙は、總司令部を經て、日本側、警視廳に回されるのが原則であるが、中にさうでない手紙のあることが判明した。それも內容が天皇制に係はるものは回されてこないやうである。たとへば、昨年九月、名古屋市千種區の熊澤寛道《くまざはひろみち》（五十六）といふ雜貨商がマ元帥にあてて出した手紙もその一つ。熊澤はその手紙で、

「自分こそ正眞正銘の天皇である。それを證《あか》す品々は山ほどあるので、マ元帥閣下におかれ

ては、天皇の地位をこの熊澤に返すやう、ぜひとも命令を發していただきたい」

と主張してゐるといふ。

總司令部はこの手紙を、昨年十二月、アメリカの新聞記者にのみ示した。そこで熊澤宅に、「タイム」「ライフ」「ニューヨーク・ヘラルド・トリビューン」「スターズ・アンド・ストライプス」などの記者が取材に押しかけてきてをり、それを怪しんだ千種署が、本廳から出向した小林事務官と協力して内偵、右の事實を摑んだものである。

なほ、小林事務官の報告によれば、この「熊澤天皇」の他にも、愛知縣に「外村天皇」や「三浦天皇」を、高知縣に「横倉天皇」を、鹿兒島縣に「長濱天皇」を、岡山縣に「酒本天皇」を、そして新潟縣に「佐渡天皇」を僭稱する者がをり、それらのいづれもがマ元帥にあてて地位囘復を訴へる嘆願書を出してゐる。

總司令部がこれら自稱天皇の手紙を日本側に囘さうとしないのは、發表の時機を窺つてのことであらうと思はれる。もつとも效果的な時を見計らつて一氣に發表、天皇制にゆさぶりをかけ、國民の反應を見ようといふのではないか。自稱天皇に對する批判が烈しければ國民は依然として天皇制を支持してゐると見る、自稱天皇の林立を歡迎し、かつお笑ひ草にするやうであれば國民は天皇制をあまり必要としてゐないと見る。そのやうな戰略があると思はれる。

本廳が得た情報によれば、熊澤天皇についての記事を、近々、「ライフ」と「スターズ・アンド・ストライプス」が掲載するとのこと。それを機に都下において天皇制打倒デモなどが頻發することも豫想されるので警戒を要する。

なほ、地方のみならず都內にも天皇を僭稱する者があると思はれるので、これにも嚴重な警戒が必要である。

去年の暮れに小林事務官が忽然と姿を消した謎がこれで氷解した。特高刑事時代の彼は、なんの罪もない平凡な一國民であるこの山中信介を、去年の六月から九月まで、足掛け四ケ月にわたつて、千葉縣の八日市場刑務所に閉ぢ込めておいた憎んでもあまりある人物だが、腐れ縁といふのだらうか、彼の姿が見えないとなんだか淋しい氣がしてならぬ。彼の消息が知れて氣が晴れて、今日の清朝風のガリ版文字は我ながら惚れ惚れするやうないい出來だつた。

本廳の文書課へ印刷物を屆けると、痛む右足を引きずりながら日比谷公園を拔けて東京放送會館に向つたが、公會堂へさしかかるあたりで、だいぶ以前から黑ツぽい男に尾行されてゐることに氣づいた。こつちが右足を庇つて休むたびにそいつも立ち止まるのだ。さり氣なく風體をたしかめると、だぶだぶの、しかし上物の羅紗地の黑外套を着込んだ小柄な四十凸凹《でこぼこ》の男である。羅紗地の黑いスキー帽を目深にかぶつてゐる。顏の面積の半分以上が黑いヒゲで覆はれてをり、足元も黒の半長靴《はんちやうくわ》と全身黒づくめである。公會堂の柱に寄りかかつて右の靴を脫いで、靴下の上から藥指をいたはりながらちらッと樣子を窺ふと、こつちに尾行された經驗がなく、向うも尾行の經驗に乏しいからだらう、雙方の視線がガチッと合つてしまつた。

「失禮いたしました」

男は黑々としたヒゲの間からにいッと白い齒を覗かせたが、すぐに心配さうな表情を作つて、

「足をどうかなさいましたか」

「足を引いて步く男がそんなに珍しいんですかね」

皓齒には皮肉をもつて返し、

「大審院のあたりから、わたしの足に興味を持つておいでのやうでしたな」

ラッキーストライクの袋から一本拔くと、ゆつくりマッチを擦つた。

「これでも勘は銳い方でしてね」

「じつは根津のお宅からつけさせていただいてをりました」

驚いてマッチの火を自分で吹き消してしまつた。ヒゲ男はジッポを取り出しながら近づいてきて、

「今朝から山中さんのお宅の前で待たせていただいてをりました。それから警視廳の通用門で二時間半……」

「前にどこかでお目にかかりましたかな」

「初めてです」

「なのにどうしてわたしの名前を御存じなんです。だいたい根津から尾行するなんてひどいぢやないですか。わたしがなにか法に觸れるやうなことをしましたか。いつたいあんたは何者なんです。ひよつとしたら特高さん……？」

「今どきそんなものは存在してをりませんよ」

「ぢやあ、いつたいあんたはなんなんだ」

「どうぞお靜かに」

ヒゲ男は兩手で圍つたジッポの火をこつちへ差し出した。ラッキーストライクの先がぶるぶる震へてゐるので、なかなか火が點《つ》かない。

「駒込片町で米國商事といふ會社をやつてをります。はつきりいへば闇屋のおやぢですが」

「ほう、闇屋さんでしたか」

やうやく火の點いたラッキーストライクを思ひ切り吸ひ込んで、煙をヒゲのあたりへ盛大に吹きつけてやつた。

「それで御用の筋は……？」

「山中さんは警視廳にもアメリカさんにもお顔が利くと伺ひました。そこでなんとかわたしどもを助けていただけないかと思つて朝からお後を追ひかけてゐたやうな次第であります」

あります調になつたところを見ると元軍人か。

「それならすぱつと聲を掛けてくださいよ。膽を冷やしましたよ、まつたく」

「いざとなると氣後れしましてね。やはり青山にお願ひして正式に紹介していただくべきでありました」

「青山といふと、根津宮永町の町會長の、あの……？」

「はい。その青山基一郎がわたしの妻の兄なんであります。申し遲れましたが、姫田三郎と申します」

馬糞紙にガリ版で刷《す》つた名刺をくれた。

米國商事
社長　姫田三郎
本郷區駒込片町三十番地
第三號壕舍內

刷り文字を眺めてゐるうちに懷しさがこみあげてくる。膽寫インキに特徴があつたのだ。黑インキに僅かに白インキが混ぜられてゐる。そのせゐで謄寫インキ特有のギトギトした照りが白で中和されて穏やかで品のいい黒になつてゐる。

「結構な趣味の名刺をお持ちですな。神田鈴蘭通りの第一東光社でお作りになつたのかな。それとも新橋兼房町の第二東光社かな」

ヒゲ男は目を丸くした。

「第二東光社ですが、どうしてそんなことが分るんでせうか」

「種明しをすれば簡單なことなんですよ。先づかういふインキの使ひ方をするのは東光社しかない。次に現在、白インキを持つてゐるのは、日本廣しといへど東光社だけである。一昨年の秋、神田鈴蘭通りの大旦那が白インキを漬物壺で十四、五個、福島の山の中に疎開しておいた。それが今、ものをいつてゐる」

姫田氏はインキの講釋に聞き惚れてゐる。

「第三に、わたしは神田の東光社で謄寫技術を習得しましてね。なにを隱さう、神田の大旦那がわたしの師匠なんですよ。ですから混色インキの祕法にも通じてゐるわけです」

「さうでしたか」

「おつと、風の通り道で立ち話をしてゐてはそのうちに人間つららが二體できてしまふ。向うに移動しませう」

東光社の混色インキの名刺を持つてゐる人間なら信用できるのではないか。自分はさう考へて姫田氏を公會堂入口の庇の下へ誘つた。

「それで、わたしになにをしろとおつしやるのか」

「長い話になりますが。ＣＩＥへいらつしやらないといけないんぢやないんですか」

「なあに、あんなところは晝飯に間に合ふやうに行けばいいんです」

「では……」

姫田氏は棒でも呑んだやうに直立不動の姿勢をとつた。

「八月十五日正午の、あの玉音放送を、自分は千葉縣茂原《もばら》の第二五二航空隊基地で謹聽してゐたのであります」

同じ日、こつちは茂原に近い八日市場の刑務所にゐたが、これは自慢にならないから口には出さなかつた。

「基地には、本土決戰に備へて三十八機の零戰五二型が待機してをりました」

「姫田さんは飛行機乘りだつたんですか」

「いや、基地守備隊に配屬されてゐたのであります。玉音放送の後、その場に茫然と立ち盡くしてをりますと、相談したいことがあると、中隊長から肩を叩かれました。相談といふのは、中隊が備蓄してゐる三ケ月分の食糧や被服類の分配についてでありました。中隊は武装解除された上で解散といふことになるが、隊員に山ほど背負はせて歸しても備蓄品が餘る、貴様ならどうするか」

「それであなたのお答へは？」

「中隊が解散するといふことは、もう喰つて行くことができないといふことでありますから、餘つた備蓄品で闇屋をやつてはどうでせうかと進言しました」

「大膽不敵な答ですな」

「それで、米五十俵、麥二十俵、メリケン粉十袋、味噌と醬油おのおの三十樽、砂糖と鹽それぞれ七袋、そのほか毛布百枚、軍靴三十足を元手に、中隊長以下有志七名で闇屋を始めたのであります。それが米國商事なのです」

「なにも問題がないぢやないですか」

なんだか馬鹿馬鹿しくなつてきた。

「それだけあれば當分は左團扇でせうが」

「しかし、賣り喰ひではいつかは行き詰まつてしまひます。今のうちに一氣に物資を處分し資金を拵へて、映畫館を二館、建てようといふことになりました」

姫田氏は懷中を探つて二枚、名刺を出した。

「これがそつちの方の名刺であります」

最初の一枚には、

テアトル駒込

總支配人　姫田三郎

本郷區駒込片町三十番地

第三號壕舍內

とあり、もう一枚にはかうである。

セントラル駒込

副支配人　姫田三郎

本郷區駒込片町三十番地

第三號壕舍內

もちろん、いづれも東光社の混色インキで刷られてゐるが、それにしても馬鹿に名刺の好きな男だ。

「映畫館と名が付けばどこもかしこも超滿員です。映畫館が二館あれば、有志七名、家族を合せて五十名が生きて行くことができます。上手に經營して、三館、四館と增やしてゆきたいと思つてをりますが」

「いつたいなにが問題なんです」

「これからその核心に入るところです」

姬田氏はヒゲ面をぐつと近づけてきた。

「新宿の運送店と話がついて、木炭トラックを五臺、借り受けることになりました。燃料の木炭三十俵の都合もついて、五臺のトラックに、米三十俵、麥十三俵、毛布五十枚その他を積み込んで駒込を出發しました。昨日の未明のことです」

「それだけの物資をどこに隱してゐたんですか」

「防空壕を倉庫にしてをりました。第一號壕舍には食糧、第二號壕舍には被服類……」

「物資の行先は？」

「愛知です。刈谷《かりや》の材木問屋と、物資と引き換へに木材を渡すといふ約束ができてをりました。ところが出發して間もなく多摩川手前の六郷土手で警官から停止を食らひました」

「突つ切るわけには行かなかつたんですか」

「最近の警官はGHQから拳銃の携帯を許可されてをります」

收物資の一覽表でして……」

「あ、さうでしたな」

「拳銃で脅かされて、トラックごと品川署に押收されてしまひました。經濟統制令違反だといふのです。たしかにさうには違ひありませんが、しかしこのままでは映畫館を經營するといふ夢が消えてしまふ。それどころか七家族が全員、日干しになつてしまひます。ときにこれが押收物資の一覽表でして……」

姬田氏は外套の內隱しから大事さうに藁半紙を出して示した。

「咄嗟に思ひついて警官に申し立てました。『わたしは主人に使はれてゐる人間である。このまま歸つたのでは主人に申し開きができない。たしかに警察によつて押收されたといふことを證據立てる書付けのやうなものがほしい』……。さう叫んで粘りに粘つてをりますと、向うも根負けしたと見えて、この一覽表を書いてくれたのであります。警官はこれを手渡しながら、『貴樣の主人に必ず出頭するやうにいふんだぞ。これだけ大量の闇物資となれば押收だけではすまない。貴樣の主人にきつい お灸を据ゑてやらなくてはならん』と、さういつてをりました」

「上官思ひのあんたとしては中隊長殿を叱られに出すわけには行かないといふわけですか」

ぴんと來てさういつた。

「そこで、このわたしに中隊長殿の代役をやれとおつしやるんだ。冗談ぢやない、そんな損な役回りをだれがやるものですか」

「先潜《さきくぐ》りをして勝手に話を作らないでくださいませんか」

「しかしあんたはわたしに頼みたいことがあるといつてゐたはずだ」

「もうしばらく話を聞いてやつてください。じつは、押收された物資を取り戻す方法を考へつ
いたのです」

「……ほう」

「世の中で一番強いのはだれでせうか」

「八月十五日までは軍人が一番でしたな。その次が特高で、三番が警察官、その後に地震、雷、
火事、親父とつづく。なんだか廣澤虎造の森の石松をやつてゐるやうな氣分だが、とにかくそ
んなところが強いもの番付でせうか」

「八月十五日以後はどうですか」

「アメリカさんに決まつてゐる。中でも一番強いのが濠端天皇のマッカーサー、二番が憲兵、
つまりMP……」

「それですよ、山中さん。あなたのお顔でMPを一人、ご紹介願へませんでせうか」

「仰ることがよく分らんが……」

「MPが品川署にジープで乗りつけて行つて、署長にかういつたとします。『君たちが押收し

た物資は米軍が調達したものである。それを押收するとはなにごとか』と。どうなるとお思ひですか」

「署長以下全署員が米搗きバッタの如くにペコペコする、そして押收物資はそつくり返つてくる」

「でせう?……お禮はいたします。この話に協力してくれるMPをご紹介くださいませんか。そのMPには禮金をうんと彈みます。できれば二世でお金に困つてゐるMPがいいんですが」

「そんな好都合なMPがゐるもんですか」

「ですからそこのところを曲げて……」

「いくらわたしが曲げようとしても、向うが曲らないんぢや仕様がないでせう」

「後生です、拜みます」

姫田氏はいきなりコンクリの通路に正座すると手を合せて拜んだ。

「できないことは、やはりできないと申しあげるしかない。あなたのお話は聞かなかつたことにしますよ」

姫田氏を振り切つて東京放送會館五階の言語課に行くと、ミス栗田がかういつた。

「ボスからの傳言よ。今日中に是非とも山中さんと話がしたいんだつて。だから部屋から出ずに待つてゐてくれつて」

現在、夜の八時である。話がしたいといつてゐたホール少佐はまだ現れない。窓からは眞向ひの飛行館の壁に寄りかかるやうにして張つてゐる姫田氏の姿がちらちらと降る雪の紗幕を通して見えてゐる。今日の午後からずつと同じ姿勢をとつたままだ。それにしても不思議である。言語課が會館の五階にあつて、しかもその窓が飛行館に面してゐることを彼はどうして知つてゐるのだらうか。

（十八日）

よく晴れた土曜日である。

B29の撒いた爆彈で東京が燒野原になつてから、遮るものがないせゐか以前よりもきびしく冷たい風が吹き拔けるやうになつたやうな氣がするが、今朝は久しぶりに寒風がやんでゐる。こんなありがたい日は家の緣側で日向ぼつこでもしてのんびり過ごすに限るが、前日、妻と所帶を持つてから初めてといふ大喧嘩をしたこともあつて家の中では無言の行である。それに土、日曜日となると進駐軍高級將校どもの「お人形さん」になつてゐる娘たちが歸宅する公算も大きい。女たちが顏を揃へれば、どうせまた、

「男つて、どうしてここまで役に立たないものなんでせうね」

といふ大合唱が始まるにちがひないのだし、それぐらゐなら文書課分室で本郷バーのおやぢさんと世間話でもしてゐた方がずつとましである。

出がけに高橋さんのお宅に寄つた。うちの文子をお人形さんにしてゐるホール言語簡略化擔當官の「日本語ローマ字化への早道・二段階改造案」、あれを高橋さんがどう批判するか、それが聞きたかつた。あの改造案にマッカーサーが署名して、三月に來日する教育使節團の公式見解になつたりしたら、それこそ一大事だ。漢字と假名が消える。日本語が日本語でなくなつてしまふ。だいたいだれが日記をローマ字で書かうなどと思ふものか。そんな奇妙な藝當は石川啄木一人でたくさんだ。たとへ請賣りの付燒刃とそしられようとも高橋さんの意見をこつちの武器にして、ホール少佐の理屈を叩きのめしてやらなければならない。

「主人は長野に出かけてをりますよ」

さういひながら奥さんが勝手口へ出てきた。朝御飯の最中だつたやうで目の端に卓袱臺が見えてゐる。飯茶碗の中は草色がかつた黄色で、たぶん甘藷を混ぜた粥だらう。

「長野といふと、やはり食糧の買ひ出しですか」

「それが出張なんですよ。農地改革の現状を知りたいといふアメリカの新聞記者の案内役を仰せつかつたんださうです。一昨日の晩に急に決まつて、慌てて支度をしてゐました。長野から秋田へ回るといふ話でした」

「お帰りはいつになりませうか」

「一週間から十日といつて出ましたが」

これは弱つた。ぐづぐづしてゐるとホール少佐が改造案を上へあげてしまふ。

「ご用件は……うちの昭一のことでせうか」

こちらの氣落ちした表情を見て、奥さんは息子さんのことを話しにきたと思つたらしい。

「うちの子がまたなにか仕出かしたんでせうか」

昭一君はうちの清といつしよに強盜團の手先になつてゐるといふ見當はつけてゐるが、奥さんはまだそのことをご存じないやうだつた。餘計な心配をさせても始まらないから、

「一昨日、二人に會ひました」

むりやり頬をゆるめてお見せした。

「奥さんもご承知の東京學生援米團、あすこの淺草橋の本部で元氣に勉強してをりましたよ。なにしろ住込みの婆やさんがゐて、炊事から洗濯までなんでもやつてくれるといふんですから、豪氣な話です。若殿様みたいな暮しをしてますよ。大學生から英語を教はつたりもしてゐるやうですな」

「でも、秋田や山形へ闇米の買ひ出しに行つてゐるんでせう。あの子が擔ぎ屋だなんて」

いきなり奥さんはエプロンの端を目に當てた。

「まだ中學の一年なんですよ」

「擔ぎ屋をやるのは週に一度だけ、さう決めてゐるさうです。ですから學業の妨げにはならんでせう。これでも役に立つてゐるんだよと胸を張つてをつたですな。經濟警察が赤羽や上野の驛を守りかためてゐる。すると二人のどつちかが囮になつてわざと警察官に捕まり、それから、『母親が空襲で死に父親は中風で寝たつきり、妹や弟がお腹を空かせて待つてゐるんです』と泣き口說くんださうです。その隙に學生援米團は四方八方へ蜘蛛の子となつて散らばつてしまふ。なんとうまい考へぢやありませんか」

「闇屋にしようと思つて育てたんぢやありません」

「闇屋を馬鹿にしちやいけないんぢやないでせうか。お上に任せておいたんぢや東京都民が三日と保たずに餓死してしまふ。これは昨今の常識でせう。それぐらゐ三つ四つの子どもでさへ知つてますよ。闇屋諸君が苦心慘憺して食糧を都内に運び入れてくれてゐるからこそ、あたしたちもかうやつてどうやらかうやら生きて行けるんです。長女の絹子の舅、彼は絹子もろとも燒夷彈の直撃を食らつて死んぢまつたんですが、いつもかういつてました。闇屋は決死の運送業者なんだとね。それに引き替へ、お上はノー天氣なトンチキ野郎だ。なにしろ、自分たちはなにもできないくせに、都民の生命を支へてくれてゐる運送業者たちを取り締まらうとしてゐるんですからな」

途中から奥さんにいつてゐるといふよりは自分に言ひ聞かせてゐたやうな氣がする。

「子どもが家出をして闇屋の手下になつたと考へるから氣が揉めるんです。健氣にも家から獨立、運送關係の仕事に携はつて苦學してゐるのだとお考へになればいい、いや、あたしは斷然さう信じたい」

「清ちやんなんかと、あんまり仲がよすぎたからいけないんです」

奥さんは顔に當てがつてゐたエプロンを少し辷《ず》り落して恨みのこもつた目つきでこつちをぐさりと刺した。大正の末から二十年以上も隣組の間柄、それどころか、朝餉の醬油、夕餉の惣菜を貸し借りしてきた仲だが、こんな目や、「清ちやんなんか」といふ言ひ方は初めてである。からだの中を小刻みに戰《をのの》きが走り、それがすぐに怒りに變つた。

「それは一方的な御意見といふものだ。奥さんらしくないぢやないですか。だいたいが小さい頃からなにをするにもうちの清は年上のくせに昭一君の家來だつた。うちの清を引つ張つたのは昭一君の方かもしれない」

「うちの子に家出をする理由はないんです。でも清ちやんは、なんといつてもお姉ちやんたちに感化されて……」

やはり話はそこに落ち着くのか。アメリカさんに娘を差し出してゐる家は、全員が色眼鏡で見られるのか。怒りが急に引つ込み、すぐ、自分を支へてゐる突ツ《つ》支《か》へ棒が一本ぽきりと折れたやうな寂しさがきた。

「御主人も同じ御意見ですか」

「主人は口數が少なくなりました。なにも申しません」

さつきから路地の出口あたりで黑づくめの男が煙草の煙をしきりに日溜まりへ吹き出してゐる。昨日、接觸してきた例の姫田三郎といふ男が返事を待つてゐるのだ。奥さんに一禮しておいて、自分は姫田氏とは逆の方向へ歩き出した。

お日様に向つて歩いてゐるうちにいつの間にか廣い通りを南へ進んでゐる。通りの眞ん中を、巨大な、黑褐色の瓦礫の山脈が北から南へ連なつてをり、通りの反對側の車道は瓦礫で隱されてゐてまつたく見えない。反對側の眺めといへば、瓦礫山脈の稜線を人の頭の天邊だけが南へ北へと動いてゐるだけだ。背の高い姫田氏の額がときをりこちらの歩道へ陽光を照り返してくる。

この山中信介が、二人の娘を通して米軍高級將校を知つてゐること、辭意を表明したとはいへまだGHQ民間情報教育局言語課の雇であること、もう一つ、本來の勤め先の警視廳官房文書課分室がPMO（東京憲兵司令部）本部と同じ建物にあるといふことなどから、姫田氏は、「品川署に押收されたトラック五臺分の闇物資を取り戻すためにジープに乘つたMPを紹介してくれ」と頼んできた。冗談ぢやない。そんな危い話に乗るMPがゐるものか。しかしなんといつて斷つたものか。思案しながら歩いて行くうちに、戰車らしいのが三臺、瓦礫の山の上をうんうん唸りながら這ひ囘つてゐるのに出つ喰はした。

近づいて見ると、大日本帝國陸軍の主力戰車、九七式戰車改だつた。いづれも砲塔をすつかり取り外されて操縱士席が丸見えだ。兵隊服の男たちが捻ぢり鉢巻でハンドルにしがみついてゐる。戰車の前には大きさが疊一枚ぐらゐの厚い鐵板が取り付けられてゐて、その鐵板が瓦礫を少しづつ動かして行く。

「たしかにここいらへんの瓦礫は早く片づけておく必要があるでせう。なにしろアメリカ兵が大好きな銀座に近いですからね」

氣がつくとそこは交差點の道標杜のそば、隣りにいつの間にか姫田氏が立つてゐた。見上げると、南北を指す白色の道標に黒ペンキで10TH STREETと書いてある。東西を示す道標はZ AVENUEである。するとここは昭和通りに日比谷から月島へ行く通りが直交する三原橋の交差點か。お日様を追ひかけてゐるうちにずいぶん遠回りをしてしまつた。

「それにしても土建會社といふやつは、やることが素早いですねえ」

姫田氏が戰車の胴體を指さした。そこには白ペンキで土建會社の社名が書き込んであつた。

「お上から安く拂ひ下げてもらつた戰車でお上の仕事をする。儲かつて堪へられんでせう。なにもかも自力でやらなければならないこちとらとは大違ひだ」

「昨日のお話ですがね、あれは聞かなかつたことにしますよ」

斷りをいひ、Z AVENUEを西へ、競歩選手も顔負けの早足で歩き出した。

「警視廳の分館には二、三十名もMPがゐるぢやないですか」

日比谷交差點を過ぎ、人通りが少くなつたのを見計らつて、姫田氏が追ひついてきた。

「お金が欲しくて仕方がないといふMPが一人ぐらゐゐるでせう」

「しつこい人ですなあ。いつておきますが、みんな眞面目な連中ですよ。だいたいが、警視廳本館一階、法務省側の消防部長室、あすこに司令官のラブキ少佐が入つてゐるんですよ。ですから分館にゐるのは、いつてみればその御小姓衆みたいなもの。品行方正、その上、優秀な奴ばつかりだ」

「それぢや築地の元海軍經理學校に駐屯してゐる連中はどうです」

「キャンプ・バーネスのことですか」

「さう。あそこにもMP大隊がゐる。分館へも始終、出入りをしてゐるんでせう。それなら山中さんと顔馴染みのMPがゐていいはずだ。といふのは、お金に困つてゐる奴ほど日本人に近づいてくると思ふからですが」

「MPに知り合ひはをりませんよ」

「失禮ですが、あなたへの紹介料も用意させていただいてゐます。五千圓ぐらゐでしたら今日中にお渡しできますが」

「やはりこの話は聞かなかつたことにしませう。それにあなたとも會はなかつた。いいですね」

「新橋の烏森に天華倶樂部《てんかくらぶ》といふダンスホールがありますが、そこがわたしどもの巣です。吉報を待つてをります。山中さん、どうか助けてください。これには七世帯五十名の命運がかかつてゐるのです」

姫田氏は土下座をしたやうな氣配だつたが、それには構はずに自分はずんずん警視廳へ入つて行つた。

分室の前で本郷バーのおやぢさんが日向ぼつこをしながら玉葱の皮を剝いてゐた。手を上げて挨拶すると、おやぢさんが庖丁で分室を指した。

「お客さんだよ」

それからこつちへ寄つて小聲でいつた。

「素敵な別嬪さんもゐたものだねえ」

窓越しに覗き込むと、ともゑさんの横顔が見えた。木の椅子にやや俯き加減にかけて、膝の上のハンカチを靜かにいぢつてゐる。窓から差し込む陽光に、細い首筋が白く、彫りつけたやうにくつきりと浮かび上つてゐた。

「信介さんも隅におけない。いつたいあんたの何なんです」

「あたしが大家であの女《ひと》は店子。それだけのことです。水戸街道に取手といふところがありますが」

「利根川の渡し場がある町だな」

「そこの造り酒屋の未亡人ですよ。おぢいさんは近くに爆彈が落ちてから氣が變になつて市川の病院に入つたきり、それにお子さんを二人、福島の親戚に預けてゐる。三人に仕送りしなきやならないからたいへんです」

まさか、密かに想ひを寄せてゐる女《ひと》だとはいへない。ましてや、帝國ホテルを根城に米軍高級將校を相手に春を賣る、いま評判の七人組「東京セブンローズ」の副頭目だとはなほさらいへない。

「うちに間借りをして、日本水道會社へ通つておいでなんですよ」

「美人薄命といふやつだな」

「そんなところです。ところでコーヒーをおねだりしてもいいでせうか」

「もう差し上げてあるよ」

ドアを開けると、たしかに香ばしい匂ひがした。ともゑさんが立つて、

「根津へ歸りましたら、ちやうど一足ちがひでした。それでご迷惑とは思ひましたが、こちらで待たせていただいてをりました」

「ちよつと遠回りしてきました。昭和通りの片づけが始まつたやうですよ」

「さうですか」

お座なりな相づちを打ちながら椅子にかけ直す。その拍子に兩側に垂らした三編みのお下げが華奢な肩のあたりで小さく搖れた。前髪は引つ詰めてをり、そのせゐで廣く見える額に青白い冷たさが漂つてゐる。

「顏色がすぐれませんな」

机の上のガリ切り用の鐵板を棚へ移しながら訊いた。このひとの前では始終、動いてゐないと照れくさい。

「無理をなさつてゐるんぢやないですか」

今度は轉がつてゐた鐵筆を机の引き出しに仕舞ひ込んだ。

「これをどなたかに賣つていただけませんでせうか」

焦茶のカーディガンの下の格子縞のシャツのポケットから、ともゑさんは紙包みを出した。

「お顏の廣いのにすがつて、恥を忍んでお願ひいたします」

手入れの行き屆いた指が震へながら動いて紙包みを解く。中に、梨型の、大きな黑眞珠の指輪が夜露のやうに光つてゐた。

「ほう、これは珍しいものですな」

「姑が亡くなるときに、あたしに譲つてくれました。いはば山本家の家寶のやうなもの」

「そんな大切なものを。なぜ……」

お金には困つてゐないはずである。仕事柄もあつて、煙草にウイスキー、それからチョコレート、アメリカのものならたいてい手に入る。それを闇市に横流しにすれば、ひよつとしたら小さな家ぐらゐ建つのではないか。

「ある人が、賭けポーカーで借金を作つてしまつたんです。相手は芝琴平町の松田組……」

「松田組といふと新橋驛前のマーケットを仕切つてゐる、あの……？」

ともゑさんは寂し氣に頷いた。

「銀座通りの千疋屋が進駐軍兵士のためのキャバレーになつてゐませう。その隣りに松田組が祕密の賭場を持つてゐて、あの人はそこに引つ掛かつてしまひました。相手が惡かつたんです。あんたが拂へないんなら、あんたの司令官に拂つて貰ひたいつて脅かされてゐます。日本人を相手に賭けポーカーをしてゐたと知れただけで營倉行きですわ。それなのに三萬圓も借りを拵へてしまつて。大慌てでお金を拵へてゐるんですけれど、まだ半分しか出來てません。それで……」

「そのある人といふのは、アメリカ軍の將校かなんかですか」

「ちがひます」

ともゑさんがハンカチを左右に小さく振つたので、化粧水の匂ひが網のやうにこちらへかかつてきた。

「オーストラリアの人です。シドニー郊外の牧場の三男坊ですつて。今はキャンプ・エビスのイギリス聯邦軍のMPなんです。目黒に海軍大學校があつたでせう。あすこに駐屯してるんですよ」

とつさに昨日からしつこく付きまとつてきてゐる姫田氏の顔が浮かんだ。イギリスのでもMPはMPにちがひない。

「イギリスの兵隊たちが松田組の賭場に出入りしてたんです。それを捕まへに行つてゐるうちに、ミイラ取りがミイラになつてしまつて……」

氣の荒いことでイギリス兵は聞えてゐる。やはり血の氣が多いので評判のアメリカ工兵隊と新宿あたりで喧嘩ばかりしてゐるやうだ。「廳內通信」にも始終その報告が載る。きつと喧嘩と同じぐらゐ賭け事が好きなんだらう。

「それで、そのキャンプ・エビスのMPは、ともゑさんの何なのです」

「デヴィッドはあたしを連れてシドニーへ歸るつもりでゐるやうですけど。あ、彼の名前、デヴィッド・バッドハムつていふんですよ」

「すると、戀人以上の間柄といふわけですか」

ともゑさんの頬にほんのりと赤味がさし、その分こつちは青くなつた。

「さうでしたか」

「でも彼が歸國するときが別れるときですわ。わたしの方が十二も年上ですし、子どもたちやおぢいちゃんのこともありますから。ただ彼が日本にゐる間は、できる限り一緒にゐたいと思つてますけど」

ともゑさんのお相手が不特定多數だつた間は氣を揉んだりしなかつた。それに自分には妻があり、あるからには、ほかの女は高嶺の花よ、水に寫《うつ》つた三日月樣よ、を掟に淡々とつきあつてきたから、ともゑさんにこつちの心の內を氣取られたことはない。ところが特定の男と戀をしてゐると聞いて俄かに心が騷ぎ出したのは妙だ。

「どうかなさいましたか」

氣がつくと机ががたがた鳴つてゐる。こつちの震へが机に傳はつてゐたのだ。

「この眞珠が賣れなかつたら、たとへ賣れても千か二千にしかならなかつたら、どうします」

「心中でもしませうか」

ともゑさんが笑つていつた。

「冗談でもそんなことをいつちやいけません。お子さんやおぢいちやんが悲しみます」

「それは分つてますけど」

「とにかく短気を起しちやいけません。打つ手がないわけぢやないんですから」

自分は姫田氏ともう一度、會ふことに決めた。想ひ人《びと》のなやみを解消して差し上げる。これこそ至高の愛といふものではなからうか。

「ただし、ちよいと危い橋を渡らなければなりませんが」

「危い橋……?」

ともゑさんは目を炬火のやうに光らせて机越しに顔を近づけてきた。ともゑさんの目の中に、自分がゐた。

「もつともその橋は五分もしないうちに渡れますがね。あなたの戀人デヴィッド君は品川警察署へジープで乗りつけて署長にかうい へばいいんです。『一月十七日の未明、六郷土手で、この署員がトラック五臺分の物資を押收したはずだが、あの物資輸送を命じたのはキャンプ・エビスに駐屯するイギリス聯邦軍である。さつそく運送店に返しなさい』とね。署には通譯がゐるはずですから、英語でさうい へばいい」

「それだけでお金になるんですか」

「二萬ぐらゐになりませう」

この科白だけはデヴィッド君にしつかり覺えて貰ふ必要があるから、刷り損ひの「廳內通信」の裏に書いて上げた。姬田氏の事情も丁寧に說明した。

「デヴィッド君といつ連絡が取れますか」

「お晝に、すぐそこの日比谷ドライブインで落ち合ふことになつてますけど」

MPの仕事のことならよく知つてゐる。一日中、ジープで都內を巡回し、日に何囘か各所の進駐軍用のドライブインで休憩するのだ。日比谷ドライブインは、十日前に出來たばかりで、ここから步いて五分とかからないところにある。

「それぢやデヴィッド君に、新橋烏森の天華俱樂部といふダンスホールに來るやう傳へて下さい。都合がつくなら、あなたもいらつしやればいい。わたしの方も晝食をすませたら、そこへ行つてゐますから」

「これ、山中さんのネクタイピンに直せないかしら」

ともゑさんが眞珠をこつちへそつと押し出してきた。

「お禮がしたいの」

「あたしは團扇屋のおやぢですよ。いふなら職人の大將です。職人がネクタイをしますか」

眞珠を向うへ押した。

「いつかお子さんにお渡しなさい」

「それではあたしの氣がすみませんもの」

「だいたい、かみさんに知れたらたいへんです」

「をばさんにはあたしからいつておきますから」

「それでも痛くない腹を探られる」

さうやつて眞珠を押したり押されたりしてゐるうちに、ともゑさんの指がこつちの指にふれた。からだ中を電氣が走つて時が止まつた。

「それぢやそのうちにセーターでも編んで差し上げます」

ともゑさんは勢ひよく立ち上つた。

「あてにしてゐて下さいね」

「何もいりませんよ」

コートを抱へて出て行くともゑさんの背中へさういつたが、聞えたかどうか。

そのまましばらくぼんやりしてゐたが、今の、指先に走つた電氣のことをどうあつても日錄に記しておくべきだと思ひつき、急いで風呂敷包みを解き、日記帳を取り出した。晝までに、まだ二時間はある。

（十九日の項未完）

現在《いま》の東京でもつとも人出の多い盛り場はどこかと問はれれば、百人が百人とも、

「それは新橋さ」

と答へるにちがひない。ではなぜ新橋にそれほど人が集るのかと再び問はれれば、やはり十人中十人までが、

「露店街《マーケット》には物資があふれかへつてゐるし、なによりも新橋は安全だからね」

即座にさう答へるはずだ。ではなぜ新橋が安全なのだらうか。誰に訊いても、

「うーん……」

と詰まつてしまふ。だが、警視廳の官房文書課で「廳內通信」といふ、內輪の日刊新聞のやうなものを製版印刷してゐる自分は、自信をもつてかう答へることができる。

「關東松田組といふやくざの一家が、新橋驛から虎ノ門へかけての一帶をしつかり仕切つてゐるから、まあ、安全といへば安全なのだ」と。

關東松田組のことはよく「廳內通信」の記事になる。本部は芝の琴平町の燒けビルにあるが、その屋上に舊陸軍の輕機關銃を備へつけ、特攻くづれらしい飛行服の若い組員が交替で初中終《しよつちゆう》、澁谷の方角を睨んでゐるさうだから、警視廳としても彼等の動靜から目をはなすわけには行かない。もちろん輕機關銃などといふ物騷な代物を野放しにしてはおけないから、時折、警官が踏み込むが、そのときはもう屋上は空つぽ、組員がラッキーストライクを煙にしてゐるばかり。

輕機關銃の銃口が澁谷を向いてゐるのは、彼等が、澁谷一帶を仕切る臺灣省民の一團と對立中だからである。赤坂あたりで新橋の組員と澁谷の臺灣省民が擦れ違つたりすると、その瞬間に二人の間にパチパチと火花が散つて、煙草を差し出すと火がつくほどだといふ。それぐらゐ劇《はげ》しく對立してゐるのだ。

發端は、昨年の秋、臺灣省民の露天商が新橋驛前に屋臺店を出したことにあつた。屋臺を叩き毀しながら組員がかう怒鳴つた。

「近頃の貴樣たちは生意氣がすぎるぞ。なにかといへば、八月十五日からおれたちは解放されたのだ、もう日本人ぢやない、それどころかおれたちは戰勝國の人間なのだとほざいて、勝手放題なことをしやがる。そんなことをいふ第三國人の連中に店なぞ出させてやるもんか。澁谷へ歸れ。いつそのこと臺灣へ歸りやがれ」

三日後、その組員は數寄屋橋の掘割に死骸となつて浮いてゐた。かうして兩者は一氣に一觸卽發の狀態に入る。新宿の親分、尾津喜之助が仲裁に立つて、そのときは「戰爭」には立ち至らなかつたが、鎌倉の旅館での手打式會場に現れた關東松田組の親分を見て、澁谷の連中も新宿の大親分もアツとばかりにのけぞつたといふ。新橋の親分といふのが、三十代後半の女ざかり、瓜實顔に卷髮の、じつに艶やかな美人だつたからである。澁谷の一團は、女親分の濃厚な化粧の匂ひにすつかり醉つぱらひ、

「今後、臺灣省民の露天商は澁谷一帶を主な繩張りとし、新橋には一切立ち入らない」

といふ不利な條件をうつかり呑んでしまつたさうだが、その氣持はよく分る。近頃の東京はどこへ行つても小便と澤庵と物の焼けた臭ひばかりが陰氣らしく垂れこめてゐるから、いきなり白粉の匂ひを突きつけられたりしたら誰でもわけが分らなくなるにちがひないのだ。こんな御時世では、ピストルや輕機關銃よりも美人の白粉の方が斷然、強い。

ところで最近の「廳內通信」で、警視總監が次のやうにいつてゐる。

「現在、小さないざこざはあるものの、新橋も澁谷も落ち着いてゐる。關東松田組と臺灣省民とが、それぞれ自分のシマをしつかり守り固めてゐるからである。都內の警察官の絕對數が不足してゐるといふ事實を考へれば、しばらくの間は、警察官がはりに彼等に、新橋と澁谷の平和と秩序を任せておくのが上策と思はれる。今後の方策についていへば、我が方の體制が整ひ次第、緊張狀態にある兩者の間にこちらが火を放つて暴發させ、兩者が戰鬪に入つたところを、聯合軍憲兵隊の支援なども仰ぎながら、暴徒鎭壓ならびに秩序回復の名目のもと、二個所の盛り場を一擧に抑へ込み、闇市を解散させて、新地《しんち》にするのがよいと思はれる」

かうなると、美人の白粉よりは、やはり警視總監の方がずつと強いやうだ。

この女親分の、バラック建ての新橋事務所があたりを睥睨してゐる烏森の通りに、姫田三郎氏の指定したダンスホール「天華倶樂部」があつた。焼け焦げた東京都の乗合自動車を住宅用に改造したやつが二十臺以上も連なつた通りに一個所だけ急造のバラックが何軒か竝んでゐるところがあり、天華倶樂部は、酒樽を卓がはりにしたシチュー屋兼喫茶店と「蟲下しあります」といふ貼紙を下げた藥局とに挾まれて建つてゐる。

油紙を貼つた腰板障子を開けると、電氣蓄音機が鳴らすフォックストロットと切ないほどの木の香とが、いつぺんに耳と鼻とへ飛び込んでくる。バラックであれ新築にはちがひないので木の香がしてゐるのである。レコードはだいぶ擦り切れてゐて、針の擦《こす》れる音の方が高いぐらゐだ。

廣さは國民學校の教室を二つ合せたほどもあるが、薄板の床はダンサーや客の體重を支へかねて低い波を打つて彈んでゐる。中央のフロアで踊つてゐるのは三組、ダンサーはいづれも木製のサンダル履きだ。どう見ても三流どころのダンスホールである。右手の、薄暗いカウンターの中から、

「いらつしやい」

と聲がかかつたのでそつちへ行くと、陸軍の臺襟《だいえり》シャツを着た、暗い目つきの若い男が水を出した。

「あいにく晝どきで、ダンサーたちが食事に出てをります。飲物はなにを上りますか」

「なにがあるのかね」

「コーヒーとビールと芋焼酎であります。ただしビールと芋焼酎は午後五時からになつてをりますが」

だつたらコーヒーしかないぢやないか。どうもをかしなバーテンである。首を傾げてゐると、若い男の目が一瞬、キラッと光つた。

「なにか氣に入りませんか」

「別に氣に入らないといふことはありませんよ」

「いや、あんたはチラッと目を險しくした。さうでせうが、旦那」

「それならいふが、今の君の科白、『晝はコーヒーしかお出しできませんが、よろしいですか』といふのがより正確でせうな」

「ほう、あんたはうちのやり方にケチをつけたいつてわけだ。上等だよ」

若い男は手にした布巾をいきなりこつちへ投げつけると、カウンターを飛び越えた。そしてアッといふ間もなくこつちの上着の襟をつかんでねぢ上げた。それまでの平凡だが安全な日常が急に懷しいものに變つてはるか彼方へ遠ざかつて行き、かはりに安全以外のことならなんでもありの、恐ろしい、歪んだ時間の中に引きずり込まれてしまつたといふ感覺、簡單にいへば、なにかきな臭い感じ、空襲警報を聞くたびにこの手の感覺に襲はれたものだが、久し振りにそれがきた。

「焼きを入れてやる。裏へこい」

これは毆られるな、でもどうしてこんな目に遭はなくちやならんのだ、と頭の中で問答しながら、奥へ引きずられて行つたが、そのとき、

「おれのお客さんだよ、健ちやん」

といふ聲とともにフロアから姫田氏が飛んできた。

「本物の砂糖のたつぷり入つたコーヒーをさしあげてくれ」

「小隊長のお客さんでしたか」

「さうだよ」

「失敬いたしました」

健ちやんと呼ばれた若い男はこちらの襟に寄つた皺を丁寧に伸ばしてくれてから、スイングドアを押してカウンターの中へ戻つた。姫田氏の相方のダンサーが正面奥の柱にもたれてラッキーストライクを咥へてこつちを見てゐる。

「向うの方が落ち着けます」

姫田氏に導かれて、フロアを挾んでカウンターと向ひ合つてゐる窓際のテーブルに坐つた。

「亂暴きはまる男ですな」

「それは仕方がない。客に文句をつけさせておいて喧嘩へ引きずり込み、財布を取り上げて追

ひ返す、それが彼の仕事なんですから」

「そんな……。やくざのやることぢやないですか」

「やくざがやつてゐるんですよ。ここの經營者は松田ふみ。名前ぐらゐは御存じでせう」

「關東松田組の女親分ですな」

「さうです。さういふ經營方針ですから素人が寄り付かない」

「そりや一度で懲りますな」

「つまりここで遊ぶのは身内の者ばかりです。したがつてここでどんな話をしても外へは漏れない。いはば關東松田組の會議室兼娯樂室のやうなものですがね」

姫田氏から貰つた名刺を思ひ浮かべた。八月十五日の玉音放送を千葉縣茂原の第二五二航空基地で聽いた守備隊小隊長。基地の備蓄品で部下と米國商事といふ闇屋を始めた目端の利く復員軍人。そしてまた部下と力を合せて映畫館を二館、建てようとしてゐる事業家……。

「部下の中に、自棄をおこして、もうシヤバには戻りたくない、太く短く生きたいなどと駄々をこねる者が大勢をつて、その連中を十人ばかりこちらの組に預かつてもらつた。さういふ縁でここを事務所がはりに使はせていただいてゐるわけですよ」

こつちの心の中を讀み當てたか、姫田氏がさう説明した。聞きながら例の劍呑なバーテンが運んできたコーヒーに口をつける。本郷バーのおやぢさんが淹れてくれるのと同じぐらゐおいしいコーヒーだつた。

「それで山中さん、例の件はどうしました。ＭＰがをりましたか」

「博打に手を出して深みにはまつたＭＰがゐます。彼の戀人といふのが、私のよく知つてゐる日本人女性でして……とにかく彼女の話では、そのＭＰは銀座の賭場に數萬もの借金をこしらへて青くなつてゐるらしい。キャンプ・エビスに駐屯する英聯邦軍のＭＰですが」

「こつちはＭＰの腕章で品川署を引つ掛けようといふ作戰だ。ＭＰでさへあればいい。國籍は問ひません。もつとも黑人のＭＰではなんとなく貫祿不足ですが」

「バッドハムといふオーストラリア軍人で、實家はシドニー郊外で牧場をやつてゐるさうです。英聯邦軍のＭＰですから、御存じのやうに赤いベレー帽かなんか被つてゐますがね。ひよつとしたら鼻の下にヒゲを生やしてゐるかもしれません。しかし白人であることはまちがひありませんよ」

「それはありがたい」

姬田氏は劍呑なバーテンにビールを言ひつけた。

「祝ひませう。それで彼はＭＰのジープに乘つてきてくれるんでせうね」

「もう間もなく本人がここへくるはずです。そのとき本人に直に念を押されたらいい」

「恩に着ますよ、山中さん」

運ばれてきたビールをこつちのコップに注ぎながら、姫田氏は片方の手を背廣の内隠しに突つ込むと分厚い封筒を抜き出した。

「二萬、入つてゐます」

「そんなことをされては困る。お金欲しさにバッドハム軍曹を紹介しようといふのぢやないんだ。その日本人女性がですね、どうにも哀れでならん。それで仲介の勞をとつたまでです」

剣呑なバーテンが姫田氏から封筒を引つたくるやうにして取ると、短刀よろしくこちらに突きつけた。

「小隊長に恥をかかせんでください」

「それなら一應お預かりしておきませう。さうだ、ひとつ不思議なことがある。バッドハム軍曹が通つてゐたのは、こちらの關東松田組の銀座の賭場のやうですよ」

姫田氏には不思議でもなんでもないらしい。ひたすらビールでのどを鳴らしてゐる。

「つまり彼は、松田組でこしらへた借金を返すために、松田組に縁故のあるあなたのために働かなければならなくなつた。奇妙な話ぢやありませんか」

「世界は狹い、さういふことですな。ときに山中さんは勤め先の警視廳で毎日のやうにMPが警邏に出るときの様子をごらんになつておいでせう。念のために伺ふが、彼等はいつたいどういふ風に出動してゐるんでせうか」

「彼等は一人では決して警邏に出かけませんよ。必ず二人づつ組になつて出發するもののやうですな」

前にもこの日錄に書き付けておいたやうに、自分の勤務する官房文書課分室は、警視廳本館のうしろの別館の一階にあり、二階と三階は、アメリカ騎兵第一師團憲兵隊の宿舍になつてゐる。それで憲兵隊の日常について、あたかも自分の仕事のやうによく知つてゐるのだ。英聯邦軍憲兵隊にしても似たやうなものにちがひない。

「それで、ジープはいつたん警視廳の正門の前で止まる。正門には都內の各警察署から選拔された優秀な日本人警官が待機してをりますから、彼を後部座席に乘せて、三人で受持區域を巡回するわけです」

「巧妙な仕組ぢやないですか」

姫田氏が膝を打つた。

「やくざと同じだ」

「……といふと？」

「二人づつ組にするのは、たがひに相手を監視させる狙ひがあるからだ。さらに二人のMPは日本人警官を監視し、そして日本人警官はMPの行動を觀察してゐる。さういふ仕組なんですな」

「なるほどねえ」

「それで、警邏の手順はどうなつてゐるんです」

「東京は聯合軍の管理下におかれてゐる。そこで彼等の任務は東京の治安を保持することにある。各警察署を回つて、英語のできる警察官や通譯に、『なにか困つてゐることはないか。なにか特別な事件は發生してゐないか』と訊ねるわけです。たいてい何もありませんな。つまり、よほどのことがない限り、どこの警察署も、何もないことにしてしまふ」

「なぜです」

「いちいちくちばしを突つ込まれたんぢやかなひませんからね。仕事がやりにくくて仕方がない。そこで彼等は警察日記にサインをして、次の警察署へ向ひます」

「警邏といふよりはドライブだな」

「ところがさうでもない。脱走兵の探索がある。聯合軍部隊が移動する際にはその先導役を務めなければならない。日銀から市内の銀行へ現金を輸送するときはその護衛に當る。それから氣象觀測用氣球の回收……どうしました？」

姫田氏は途中からこつちの話を聞くのはやめて、じつと宙を睨んでゐた。

「ＭＰがもう一人、必要だ。それから日本人警察官も要る」

「私には、そこまでは手が回りませんが」

「あなたもここまで足を突つ込んだんだ。どうです、いつそのこと、MPになつてくれませんか」

「冗談ぢやありませんや」

思はず飛び上つた。

「日本人ですよ、私は」

「二世に化けるといふ手がある」

「こんな老《ふ》けた日系英人の憲兵なんぞゐるわけがないでせうが。だいたいが、私は役者ぢやないんだ。姫田さんがやればいいぢやないですか」

「こつちは品川署へ二度も三度も出頭してゐる。すつかり顔を覚えられてしまつてゐるんですよ。MPがいやなら警察官でもいい。制服その他はこつちで用意しますが」

「ことわる」

例の剣呑なバーテンがカウンター越しに剃刀の刃より細い目をしてこつちの様子を窺つてゐる。いいとも、殴るといふなら殴つてもらはう。さう覺悟をきめて、自分は札入りの封筒を卓の上にゆつくりと置いた。

「約束がちがふ。私は降りますよ。姫田さん」

「やあ、あなたが……あの……」

姫田氏の黒いヒゲの中から白い齒がこぼれ、入口に笑ひかけてゐる。振り返ると、ともゑさんに手を引かれて、輝くやうな金髪の上に赤いベレー帽を載せた幕内の關取ほどもある大男がこつちへやつてくるところだつた。鼻下に金色のちよびヒゲ、二の腕には「MP」の腕章。

「信介さん、このひとが私の……キャンプ・エビスのバッドハム軍曹ですの」

大男が英語で何かいひながら抱きついてきた。身體からコーヒーにバターミルクを交ぜたやうな匂ひが立ち上つてゐる。脇の下からともゑさんの顔が見えた。大きな目からぽろッぽろッと玉のやうな涙が床の上に音をたてて(ゐるやうに自分には思はれた)落ちてゐる。

「なにも泣くことはないんですよ、ともゑさん。あなたのためになるのであれば、こつちは、二世だらうが、警察官だらうが、なんにだつてなるつもりでゐるんですから」

「すみません、信介さん」

「あやまるやうなことでもない。こつちは好きでやつてゐることです。とにかく景氣づけに一杯やりませう。おい、ビールだ」

カウンターの劍呑なボーイに言ひつけると、姫田氏がその後へつづけて大聲をあげた。

「それから鮨を誂へてきてくれよ、健ちやん」

(十九日)

三月

神田小川町から日比谷交差點を通り、品川、六郷橋を經て、横濱へと至るAアヴェニュー、つまり第一京濱をはさんで、日比谷公園と向ひ合ふ帝國生命ビルの一階にあるモンキーハウスから、今朝、自分は、二ケ月ぶりに根津宮永町のわが家へ歸つてきた。モンキーハウスといふのは通稱であつて、正しくは、聯合國軍東京地區憲兵司令部留置場である。それにしても、CIEのホール言語課長のやつめ……だめだ、今日はこれ以上、ガラスペンを動かす氣力がない。

（十六日）

「今度の、罪狀といふんですか、それ、正直なところいつたいなんだつたんです」

鰺の干物を箸でほぐしてゐるところへお勝手から飯櫃を持つてきた妻の和江が訊いた。

「もちろんおほよそのところは文子や武子から入つてきてましたけど、それでもいちわうはあなたの口から正確に伺つておきませんとね」

ぼそぼそいひながら和江は打豆をまぜて炊いた糅《かて》めしを山と盛つてよこした。

「なにしろあなたは五十六日間もうちを留守にしてたんですからね」

「聯合國軍の占領目的を妨害した疑ひ、ださうだ」

汁の實は若布《わかめ》である。

「豪勢ぢやないか。今どきこれほど贅澤な朝飯を食べてゐる日本人はおれぐらゐなものだな」

横の新聞を箸で指して若布汁をすすると、なぜだか新婚旅行で行つた逗子の海が、口の中によみがへつてきた。あのときは食事のたびに若布汁を喰はされて閉口したものだが。

「新聞社が都民の御飯事情を調査したら、日に三度、米の御飯を食べてゐるのはたつたの十四パーセントださうだ。それで、日に一度だけ米の御飯を食べますといふのは七十一パーセント、米が無いから食べませんが十五パーセント。……この鯵、ばかに身が厚いぢやないか」

「小田原産の、相模灣の干物。鯵はもとより若布もお米もみんな文子や武子たちのはたらきなんですよ。お父さんはここんところずつとパンとスープで洋食漬けだつたから干物や若布を喜ぶはずよと持つてきてくれました。それで聯合國軍の占領目的を妨害した疑ひつて、どういふ疑ひなんですか」

「おれのやつたことが、どうやらあちらさんのお氣に召さなかつたらしいね」

「ですから、なにをなさつたといふんです」

ともゑさんの頼みで二世に化けて捕まつたと白狀するわけには行かない。

「そのうちに話すよ。お代りをくれないか」

汁椀を突きつけてごまかした。

東京が聯合國軍の管理下にあることを目に見える形で表してゐるのが、毎日行はれるMPによる都内の警察署の巡回だ。二人一組になつたMPがジープに日本人警察官を同乗させて警察署を巡回するのである。MPは、署長やその代理の警察官に「ここにはなにか特別な事件がないか、なにか問題はないか」と訊く。聯合國軍が介入してくると厄介だから、よほどのことがないかぎり「ゼアリズ・ノー・トラブル・サー」と答へることになつてゐる。するとMPは書類に「ナッシング」と書き入れて署名をし、次の署に向ふのである。

「よほどのこと」といつたが、自分が作つてゐる警視廳のガリ版刷りの日刊「廳内通信」に載る記事などがその「よほどのこと」にあたるのかもしれない。たとへば、酒臭い「十三文の大靴をはいた大男」や「色の黒い大男」が日本娘を執拗につけ回してからかつたり、あるいは日本人家屋にづかづかと入り込んできて金をねだつたりするやうなこと。また政府や舊軍部や軍需會社が隱してゐる隱匿物資を公平に分配せよと叫んで人民糾察隊といふやうなものが役所へ押しかけてきたときにMPに威嚇發砲をしてもらふことなどもさうである。それから都下の農家にむりに供出米を出させようとするときなどにも、警察署長はこの巡回MPに「ゼアリズ・ア・ビッグ・トラブル・サー」と訴へて、米軍の東京地區憲兵隊にお出ましを願つたりする。

ここまで書いてきて思ひ出したことがある。今年の一月八日だつたか、目黒署が巡回MPに

「ビッグ・トラブル・サー」と訴へた。

「焼け殘りの校舍のやうなところに朝早くから二千人近くの若い娘たちが集つて叫び聲をあげてゐる。はなはだ不穩な氣配であるので、MPの出動をお願ひしたい」

MPがジープで乘りつけて調べてみると、人だかりは米よこせの主婦暴動でもなければ學園民主化を叫ぶ女學生の示威集會でもなく、杉野學園といふ洋裁學校へ娘たちがわんわん集つてきてゐるだけだと分つた。學園側が「焼け殘つた園長宅の日本間を教室にささやかな再出發をしようとしてゐるところで、生徒は三十名以內にしたい」と途中で受付を打ち切らうとしたので、娘たちが悲鳴まじりに騷ぎ立ててゐるのだつた。MPのあとからおつかなびつくりについてきてゐた日本人警察官たちに娘たちが口々に叫び立てた。

「戰爭中は着るものがなくて苦勞した。これからはせめて自分や家族のものだけでも仕立てるやうにしたい。だから私はぜひ入學しなければならない」

「いくらかでも洋裁ができたら、疎開先でも賃仕事ができたし、物資もどんなに手に入りやすかつたか知れやしない。これからも闇でものを賣り買ひする時代がつづくと思ふし、そのためには洋裁の技術が必要だ。どうしても入學したい」

「和服では動けないことが戰爭でよく分つた。これからは洋裁の時代だから、なにがあつても入學するつもりだ」

「私は戰爭未亡人であり、隣りの方は戰爭によつて婚期を逸した娘さんである。どちらも自活の手段を持たねば生きて行けない。自活には洋裁が一番であるので、ぜひとも二人に入學をお許しいただきたい」

ＭＰが間に立つて話し合つた末、學園側は、「半年以内に假校舎を建てること」および「三部授業、四部授業體制をとつてでも、半年以内にこの日の應募者を全員入學させること」の二つを約束させられたといふが、この一事を見ても巡回ＭＰがべらばうな力を持つてゐることが知れる。

だからこそ、千葉縣茂原の第二五二航空隊基地の守備隊小隊長であつた姫田三郎氏がこの巡回ＭＰに目をつけたのでもあつた。彼は、賭博地獄に嵌まり込んでゐた英聯邦軍キャンプ・エビスのＭＰ、デヴィッド・バッドハム軍曹を金で誘つて東京南部地區の巡回ＭＰに仕立てあげ、品川署に押收されてゐた米三十俵、麥十三俵、軍隊毛布五十枚その他をそつくり取り戻さうと考へたのである。姫田氏はそれらの闇物資で木材を手に入れ映畫館を二軒建てて七名の舊隊員とその家族五十名の暮しを立ててやらうとしてゐた。自分は氏のこの心意氣に動かされて協力することにしたのだが。

……いや、綺麗事はよさう。日記に嘘を書いてもつまらないから正直にいふ。バッドハム軍曹の戀人がともゑさんだつたから危い橋を渡る氣になつたのである。バッドハム軍曹を正道に引き戻すことで、ともゑさんにしあはせになつてもらひたかつたのだ。秘めたる戀といふやつで、ともゑさんさへ喜んでくれるなら五十六日間の留置場暮しなぞ苦勞のうちに入らないのである。

「あなたの一年は七百日ぐらゐはありさうですね」

こつちが箸を擱《お》くのを見て和江が飯茶碗に茶を注いでくれた。本物の焙茶だ。

「それとも八百日かしら」

「だれの一年も三百六十五日に決まつてゐるぢやないか。まつたくわけの分らないことをいふやつだ。せつかくのお茶がまづくなる」

「ずいぶんうちを空けてゐるのに一年が八百日もある人みたいに平然としてゐるから、さういふんですよ。この一年のうち、何日、うちにゐましたか。最初が千葉縣の八日市場刑務所でせう」

「ああ、三ケ月もゐたかしらん」

「正確には百十二日間でした。次が警視廳本館地下の獨房……」

「丸二ケ月は放り込まれてゐたな」

「六十七日間でした。そして今度の東京地區憲兵司令部地下の留置場が五十六日間でせう。都合二百三十五日間ですよ。一年のうちの三分の二も家を空けてゐなさつた。これから馬鹿な眞似はなさらずに、うちに居ついてくださいね」

「わかつてゐる。それにしても、留守の日數をよく覺えてゐたものだ」

「お留守の間にあなたの日記にあたつてかぞへたんですから正確ですよ」

「日記を默つて讀むやつがあるか」

勢ひよく茶碗を置いたのでお茶が飯臺《はんだい》の上に飛び散つた。

「泥棒猫みたいな眞似をするな」

「日記はあなたの大事な寶物。その寶物に何かあつちやいけないと思つて枕許に置いて大切にしてたんですよ。そのうちにすつかり面白くなつちやつて……」

「お前を面白がらせようと思つて書いてゐるわけぢやないぞ。なにをいつてゐるんだ、まつたく」

「それで、ともゑさんのことなんですけれどね」

だから困る。我が思ひ姫の名を女房なぞに知られては思ひが叶はなくなる。

「腹ごなしに權現樣へでも行つてくるか。これでも氏子だからね。無事歸還の報告をしておかないと罰があたる」

勢ひつけて立ち上つた。こんなときは逃げるに限る。

「ついでに女房が日記を讀んだりしませんやうにとお百度でも踏んでこよう」

「ともゑさんに岡惚れなさるのは、なさるだけ無駄ですからね」

「いつまでもそこで馬鹿をいつてゐろ」

土間へ下りて新品の下駄を突つかけた。

「いいかい、おれにはともゑさんも大事なら、古澤の時子ちやんも黒川の芙美子ちやんも牧口可世子ちやんもみんな大事なの。みなさん他家からお預かりしてゐる女《ひと》たちなんだからね。そこんところを勘違ひするから馬鹿だといふんだよ。權現様から上野へ出て闇市で馬鹿につける藥でも買つてきてやらう。もつとも賣つてゐればの話だがね」

はいてゐた紺足袋が新品で、新品下駄の鼻緒とは相性が悪い。なかなか足の先が入らずもたもたしてゐると、飯臺の上を片づけてゐた和江が思ひついたやうにいつた。

「お散歩もいいけど、ほどほどに切り上げてくださいよ。四月一日にあなたのお部屋を祝言で使ふことになりさうですから、本や新聞を片づけておいていただかないと。あとのことはあたしがやりますから」

「いま、何ていつた。祝言とかなんとかいつてなかつたか」

「ええ、ともゑさんが再婚なさるんです」

「なんだつて」

振り向いた拍子に下駄の片方を土間の隅まで蹴つ飛ばしてしまつた。

「ともゑさんが、結婚だつて」

「だから岡惚れしても無駄だといつたでせうが」

「ひよつとしたらその相手といふのは外國人なんぢやないか」

「日本人ですよ。それもあなたがよく御存じの……」

「だれだらう」

「四十四歳でまだ初婚……」

「名前だよ、こつちが訊いてゐるのは」

「仕立屋の源太郎さんですよ」

あんまり驚いたので、しばらく石になつてゐた。和江の話が本當なら、ともゑさんには親密以上の間柄の男が二人ゐることになる。ともゑさんのおとなしい印象からは考へにくいことだが、これはつまり女を見かけだけで判斷してはいけないといふことか。

さらに驚いたのはともゑさんの相手が源さんだといふことである。源さんはうちの三軒隣りで親の代からの仕立屋を繼いでゐる。十歳のときに、表通りで遊んでゐるところを荷馬車の下敷きになり右脚を轢かれてしまひ、それからはシンガーのミシンを左脚で踏みながら、たとへていふならミシンをおかみさん代りに仕事一筋でやつてきた職人だ。去年五月二十四日の東京大空襲で燒夷彈の直擊を受けて逝つてしまつた長女の絹子のことを一途に想つてゐたらしく、上等の生地で娘用のオーバーを拵へて贈つてくれたことがある。年の差が二十以上もあるものだから絹子との交際は斷つてしまつたが、艶めいた話はそれぐらゐしかない、眞面目一方の、無口の總大將のやうな冴えない中年男。その源さんがともゑさんにどんな顔をして求婚したのだらう。これまた男も見かけだけで判斷してはいけないといふことか。

「源さんは、ひところのおれのやうなものだな」

やうやく自分は下駄をはくことに成功した。

「かはいさうに」

「どこが、かはいさうなんです」

「だからお前は鈍だといふのさ。源さんは、ともゑさんが日本水道株式會社の精算事務所に勤めてゐると信じてゐるにちがひないんだ。ところが本當のところは……」

あとは口の中で（米軍高級將校と寢臺の上でダンスを踊つてゐる）と苦く呟いた。

「知つたら狂ふよ、源さんも。たちまち破談にするだらうね」

「萬事承知の上で申し込んだのよ。お子さん二人と入院加療中の義理のお父さんを抱へてこんな御時世を生きなければならないのだし、ましてや御婦人の身なのだから、なにがあつたつてをかしくはない。源さんはともゑさんにさういつたんです。恰好いいぢやありませんか」

「講釋師ぢやあるまいし、見てきたやうなことをいふんぢやない」

「源さんはこの茶の間でともゑさんに結婚話を切り出したのよ。あたし、お茶を淹れながら見てました」

「……ともゑさんの答へは」

「わたしの仕事も三月で終ります。四月からは穏やかな暮しに戻らうと思つてをりました。あなたのやうな方のそばで靜かにお仕事のお手傳ひができたらどんなにいいでせうつて」

「なんだか小説のやりとりみたいだな」

「ええ、田中絹代と上原謙の映畫を見てるやうだつたわ」

「田中絹代といふよりは園井恵子だらう、ともゑさんは。源さんの方は上原謙ぢやなくて丸山定夫だな。源さんに紺の腹掛けをさせて人力車でも牽かせてみな、文學座の『富島松五郎傳』で觀た丸山定夫の無法松とそつくり生寫《しやううつ》しだから」

玄關の細長紙を格子にして貼つたガラスの向うで生絲より細い春雨が降つてゐる。もはや爆彈の爆風でガラスが吹つ飛ぶ世の中ではなくなつた。雨に濡れて風邪を引いたりしてはつまらないから、今日はガラス戸の紙剝がしでもしてゐようか。

「源さんの方は一目惚れだつたんですつて。ともゑさんもこの間あたりから源さんのことが氣になり始めてゐた。それで話は一氣にまとまつたわけなのね」

「この間あたりつていつあたりのことだ」

「三月の初め、ともゑさんのお子さんたちが伯父さんに連れられて小名濱からうちに泊りにきたのよ。五日も泊つて行つたかしら。二人とも來た明くる日から源さんのところで遊ぶやうになつて、そりやもうとてもよく懐《なつ》いてゐたわ」

「將を射んとすれば馬つてやつだな。大方、お菓子かなんかやつて買收したんだらう」

ガラス戸に爪を立てて細長紙を剝がしにかかつた。

「源さんもずいぶん古い手を使つたものだ」

「小名濱へ歸る日の朝、源さんが學童服を二着、持つてやつてきて、ともゑさんにかういつたんです。サージのいい生地が手に入つたので縫つてみました。坊やたちがいま着てゐるのは繼ぎがひどいから雜巾にでも下ろしませうやつてね」

「これまた見え透いた手だ」

「そのお返しにともゑさんが進駐軍の罐詰や煙草を持つて行つたり、御飯を作つてあげたり……」

「お定まりの筋書きだね。面白くもない」

「ともゑさんはもともとお針の名人でせう。そのうちにちよくちよく源さんとこの裁縫臺の前に坐るやうになつて、まるで十年も二十年も夫婦をやつてゐるやうに呼吸《いき》が合ふ」

「いつまで下らないことを喋つてゐるんだ」

思ひ切り力を入れてガラス戸を外した。

「この紙切れを剝がすことにした。手桶に水を汲んで持つてきなさい」

「まだ春なのに雷が落ちた」

「タハシを忘れるんぢやないぞ」

「さうさう、源さんがあたしたちに媒酌人をやつていただければありがたいといつてましたよ」

「勝手にくつ付けばいいぢやないか、二人とも大人なんだから」

あまりものを考へたくない日である。夕方遅くまで家中のガラス戸を洗ふことに専念した。

（十七日）

自分が放り込まれてゐたのは東京地區憲兵司令部の留置場、つまり日比谷交差點の東南の角に燒け殘つた帝國生命ビルの一階の奥、半地下の通稱「モンキーハウス」の一房である。閉ぢ込められてゐる間、面會人はただの一人も訪ねてこなかつた。薄情な世の中だ。

占領目的阻害行爲は警視廳本館の第一會議室を接收して設けられた米軍の軍事裁判所で裁かれるはず、そのときは日比谷から櫻田門にかけての外の空氣が吸へるとたのしみにしてゐたのに、そこへ引き出されることもなかつた。一度だけ二階の犯罪調査部へ連れて行かれて三時間ばかり取り調べを受けたが、房外へ出ることができたのはそのときがただ一度、あとはとにかく五十六日間、ひたすらコンクリの薄汚れた壁と睨めつこしてゐた。しまひには、壁が自分か、自分が壁か、なにがなんだかわけが分らなくなつたほどだ。こんなことを九年もやつた達磨大師はやはり偉い。

留置場から放たれる段になつても出迎へてくれる者はゐなかつた。さういふ次第で、二ケ月前と同じやうに自分がまだ警視廳臨時雇のガリ版切りなのか、そしてまだ民間情報教育局（CIE）の言語課雇員なのか、皆目分らない。

さて、今日は月曜日である。自分の身分がどうなつてゐるのかをたしかめるために、朝の七時半に根津宮永町の自宅を出た。前の日の丹精でぴかぴかのガラス戸を閉めたとき、ふつとあの、果報者の源さんの様子を見てやらうと思ひつき、表通りへは少し遠回りになるけれど、左へ行くことにした。源さんの家は左手の三軒先にある。

「やあ、お久し振りですな」

お向ひの高橋さんの表戸ががらりと開いて、新聞社に出ておいでの御主人が國民帽をあげてゐる。

「遠くへお出かけだつたやうですね。奥さんがさういつておいででしたが」

「ええ、まあ、ちよつと……」

あいまいに答へてゐるうちに大事なことを思ひ出した。

「たしか二ケ月前の、さう、一月十八日だつたかな、高橋さんに聞いていただきたいことがあつてお宅へお邪魔しました」

「家内から聞きました。出張から帰るとすぐお宅へ參上したんですが、今度はあなたが留守だつた。じつに目茶な出張でしてね。あんな出張ならいつそ斷つて山中さんのお話でも伺つてゐた方がよかつた。もつとも占領軍のお聲がかりですからさう簡單に斷れませんがね」

「占領軍のお聲がかり?」

「ええ。アメリカの通信社から直に指名されて、アメリカ人記者を長野から秋田にかけての農村に案内せよと仰せつかつた。そこまではいいんですが、夕方に話があつてその夜すぐに發てといふ」

「たしかにそれは目茶だ」

「移動はすべて進駐軍專用列車と地元の進駐軍キャンプから差し回しのジープ、宿はその土地の一流旅館、毎日毎晩、御馳走攻め……」

「うらやましい話ですな。このところ天皇さんはさかんに地方へ巡幸とやらに出ておいでのやうだが、その一天萬乘の君にさへできない大名旅行ですよ」

「ですからかへつて氣味が惡いんですよ。しかもそのアメリカ人記者は日本の農地改革などにこれつぽつちも興味を持つてゐないんです。お座なりの視察、紋切り型の取材、型通りの質問、半日もしないうちに、こいつ、新聞記者ぢやないなと分つた。私も記者ですからね、自分の同類か否かは匂ひで嗅ぎ當てる」

「さういふもんですか」

「さういふものなんです。さらに奇妙なのは、そいつがこつちの行動をなんとなく監視してゐることでした。たとへば、旅館の電話を借りて東京本社へその日の連絡を入れますね、そんなときは必ずやつが近くに立つてゐる。後架《こうか》へ立つ私を座敷からじつと見てゐる。本當に後架に用があるのかどうか探つてゐるやうな氣配がある……」

源さんの家の前にさしかかつたので横目で店内を見た。仕立屋はガラス戸の向うで一心不亂にミシンを踏みながら二秒に一回ぐらゐの割でニヤツと思ひ出し笑ひをしてゐた。この仕合はせ者め。こつそり毒づいてから、高橋さんの話に注意を戻した。

「……そこで私はかういふ結論に達したのです。ひよつとしたら自分はこいつの案内役として地方へ出てきてゐるのではなく、じつは自分こそがこいつによつて東京から連れ出されてゐるのではないか。出發の際のあの慌ただしさを考へると、だれかさんは大急ぎで私を東京から連れ出す必要があつたやうです」

「だれかさん、といふと?」

「占領軍でせうか」

「なぜ邪魔なんでせうな」

「それがいまだに分らない。もつとも私はただの新聞記者。占領軍が相手にするほどの大物ぢやありませんから、少し考へすぎかもしれません。あれ、話に夢中になつてゐるうちに遠回りをしてしまつた」

表通りは上野驛へ急ぐ勤め人たちでごつた返してゐた。燒け殘つた根津一帶に戰前の人口の五倍以上も人間が集つてきてゐるのだから仕方がないが。

「それで、あのとき、山中さんがこのわたしにしたかつたといふのは、どんなお話だつたんです」

「世紀の特ダネでした」

「……ほう」

高橋さんが立ち止まつた。すぐ後ろを歩いてゐた泥鰌髭の中年男が高橋さんを避けようとして體勢を崩し、その彈みに中折れ帽を飛ばした。

「……馬鹿者が」

泥鰌髭は甲高い聲を放つて中折れを拾ひあげた。

「不意に歩調を亂してはいかん」

高橋さんと二人で詫びをいひ、それからは道の端を拾つて歩くことにした。

「いくら中折れでごまかしても軍人口調は隠せませんな。あの聲の甲高さから見るに、陸軍の少佐か中佐といつたところでせうかね」

「山中さん、その世紀の特ダネの話をつづけてくださいませんか」

「日本語をローマ字化するといふ計畫がある。CIE言語課が立案したんです」

「なんだ。その話なら山中さんから何度も伺つてゐるぢやないですか」

「ところがこの計畫は正式に聯合國總司令部の占領政策として採用されることになるはずです。といふのは、ちかぢか米本國から教育使節團なるものがやつてきて、日本の教育制度を根本から立て直すことになつてゐます。そこで……」

「ちよつと待つてください。教育使節團はもうとつくに日本へ到着してゐますよ」

「あれ、さうですか」

「一行三十數名、二手に分れて、三月五日と六日に飛行機で東京に着いてゐる。現在は各團員が日本全土に散つて、全國各地の教育事情を視察してゐる最中ですが」

面壁五十六日ですつかり浦島太郎になつてしまつた。

「せつかくですが、教育使節團來日のニュースは特ダネになりませんね」

「米國教育使節團はたしか一ケ月間、日本に滯在して、教育事情を視察調査し、日本を離れるに際して聯合國總司令部に報告書を提出するといふことでしたな」

「ええ。その報告書に基づいて日本の新しい教育方針が立てられることになつてゐますが」

「米國教育使節團の報告書は、かつての詔敕のやうなものでせう。つまり絶對的價値を持つ」

「仰る通りです」

「ですから、その報告書の中にCIE言語課が立てた日本語ローマ字化計畫が盛り込まれることになつてゐるんですよ」

「まさか」

「私は高橋さんにこのことをお話ししたかつたんだ。できれば記事にしてほしかつた」

「占領軍による検閲がありますから、さう簡單には行きませんが、しかし事實としたら大變なことだ」

「嘘ぢやありません。なにしろ言語課の一員なんですよ、私は」

「山中さん、お願ひがあります」

高橋さんがまた立ち止まつた。危ふくぶつかりさうになつた若い娘が、蒼い顔で立ちつくしてゐる高橋さんを横目で睨んで通りすぎた。

「今日はお家で待機してゐてくださいませんか。調べのつくことは全て調べつくしてから、もう一度、お宅へ伺ひます」

高橋さんの重たい石のやうな聲に氣壓されて、そこから自分は家へ引き返した。現在の時刻は夜の十時半、高橋さんはまだ歸つてきてゐない。

（十八日）

日比谷交差點にある聯合國軍の東京地區憲兵司令部の留置場、通稱「モンキーハウス」を出てから今日でもう四日になるけれども、自分はまだ、二タ月前の一月二十日に品川警察署で起きた（正しくは、自分たちが起した）あの事件のことが書けないでゐる。日記に嘘を書いてもつまらないから、「今日こそは」とペンを執るのだが、途端に頭のどこかで、「いやだ。思ひ出すだけでも、いやだ」といふ叫び聲があがる。それで今日まで事件にはふれずにすませてきた。しかしやはりはつきりした記憶のあるうちに書いておくべきだと思ふ。午前中勤務の警視廳臨時雇のガリ切りも、また午後に勤めてゐた民間情報部（CIE）の言語課雇員も、ともにお拂ひ箱になつてしまつたにちがひないから（占領目的を妨害した疑ひで留置場に叩き込まれてゐたのだから、馘になつて當然だが）時間は腐るほどある。おまけに、かうやつて縁側へ持ち出した文机に寄つてペンを動かしてゐると朝日が背中を溫めてくれてゐて、まことに氣分がいい。これならあの日のことが書けるかもしれない。

一月十九日の、新橋烏森のダンスホール「天華倶樂部」の打ち合せで、自分は次のやうに主張した。

「どうやらこのわたしが二世のMPか目黒署の警察官に化けなければならないらしいが、やはりどう考へても、この自分に二世なぞやれさうにない。どうか考へ直してもらひたい」

この主張は受け入れられた。デヴィッド・バッドハム憲兵軍曹がキャンプ・エビスの英聯邦軍から、だれか金に困つてゐさうな英兵を仲間に誘ひ込むことに決まつた。

自分はさらにかうつづけた。

「警察官に化けるにしても覺悟がいる。またそれなりの準備も必要だ。都合のいいことにわたしは本廳の總監官房祕書課でガリ切りの臨時雇をしてゐる。その傳手《つて》で目黒署のことをなにかと調べることができるから、數日間、時間をもらひたい」

この主張は、ともゑさんの、

「明日は大安吉日ですわ」

といふ一言で輕く斥けられた。

「大安なんですもの、きつとなにもかもうまく行きます」

姫田三郎氏は陸送中に押收された闇物資（米三十俵、麥十三俵、軍隊毛布五十枚その他）を出來るだけ早く品川署から取り戻したいと考えてゐたやうだし、もう一人の共謀者であるバッドハム軍曹は初めからお仕舞ひまでともゑさんの言ひなりだから、二人とも一も二もなく二十日決行に賛成した。

翌日は日曜日。

ふたたび天華倶樂部で落ち合つて、姫田氏が調達してきた警察官制服、白縁《しろぶち》の肩章が付いた黒の詰襟へ着替へた。ダンスフロアの姿見の前に立つて、黒の制帽をかぶり、左腕に「目黒署」と記した腕章を付けると、なんとはなしに警察官らしく見えてきた。馬子にも衣裳といふやつだ。

英聯邦軍憲兵の乗物もジープである。運轉はバッドハム軍曹がキャンプ・エビスから連れてきたアテンボローといふ若い憲兵だ。彼もまた松田組の銀座の賭場で給料の大半を擦つてゐる口らしい。バッドハム軍曹は助手席に腰を下ろし、自分は後部座席に坐つた。

うららかな春の空の下を走ること約十分、南品川宿は南馬場の品川署に着いたのは午前十時三十分ちやうど。

入口を固めてゐた警官が鐵砲玉よろしく飛んでくると、まづ自分に向つて、

「都内警邏ごくらうさまであります」

と敬禮し、のつそりとジープから下りたバッドハム軍曹へは、

「ゼアリズ・ノー・トラブル・サー」

と上擦つた聲を放つた。それからもう一度、こつちを向いて、

「あ、MPさんにサインをしていただかなくてはなりませんですね。ちよつとお待ちを。ただいま警察日記を持つてまゐります」

と入口へ取つて返さうとした。ここから自分の出番、出來るだけ落ち着いて彼の背へ聲をかけた。

「警邏ぢやありませんよ」

「とおつしやると？」

彼が引き返してきた。

「なにかトラブルでも……？」

「さう、おたくの署がトラブルの種子を蒔いたやうです。早く刈り取らねばなりませんな。でないと今に大騷動になりますからね」

バッドハム軍曹が後ろから合ひの手がはりになにかいつた。

「あのMPさん、今、なんていつたんです？」

「英語の話せる警官はいないのかといつてます」

「日曜なもので出勤してをりませんのですが」

そこがこつちのつけ目でもある。

「品川署は大きい。これぐらゐの署になると通譯官がゐるはずですよ」

「慶應出を商事會社から引き抜いたばかりのところです。この人はじつによく英語が出來ますよ。もつともその通譯官も日曜は休みでして……」

「よろしい。本官が通譯いたしませう。あ、自分は目黒署の山田です」

もちろん僞名を使つた。

「自分は小森であります」

彼も名乘つた。

「この品川署で經濟係を擔當してをります」

「經濟係が入口警備ですか」

「はあ。近く戰後初めての總選擧が行はれることになつてをりませう。その選擧に立たうといふ人間がそろそろ事前運動を始めてをります。うちの署でも大半の者がそつちへ狩り出されてをりまして、手が足りないものですから……」

マッカーサーは今度の總選擧にはずいぶん肩入れをしてゐるやうである。このあひだも、『廳內通信』に、「日本警察は新選擧法に違反して買收その他の違反行爲をなす者を嚴しく檢擧すべし」といふ總司令部からのお觸れを載せたばかりである。

「今囘から御婦人も投票するといふんですから、いろいろと大變ですな」

「それで、そのトラブルといふのは？」

「三日前、一月十七日の未明のことですが、品川署員が多摩川手前の六郷土手で、トラックを五臺、押收した。トラックの行先は愛知縣の刈谷町。押收されたものはトラック五臺のほかに米三十俵、麥十三俵、軍隊毛布五十枚……」

「その一件でしたら、自分も擔當した一人であります」

「あ、さうか。經濟係でしたね」

「あれでしたら、明らかに經濟統制令違反です。殿《しんがり》のトラックの運轉臺にゐた男が、これは自分たちの荷ではない、主人に賴まれて運んでゐるだけだと喚き立てるから、ぢやあその主人の名前を明かしてみろと迫ると、今度は默《だんま》りを決め込む。見え透いてますよ。あれは舊軍の連中です。敗戰のどさくさに紛れて軍の物資をちよろまかしたドブ鼠どもにちがひないんだ」

「それがさうぢやない」

「あの顏、あのものの言ひ方、あれはまちがひなく陸軍です」

「いや、ちがふ。あれは英聯邦軍の戰略物資だつた。それも特別な戰略物資なんですな」

さういひながらバッドハム軍曹を振り向いて、

「命令書を彼に見せて上げてくれますか」

といふ意味のことを、かつて明治專門部の商科で仕込まれた英語でしやべつた。ま、なんとかそれらしく聞えたから、やはり勉強はやつておくものだ。

バッドハム軍曹が英文タイプで打つた書類を小旗のやうに振つてみせる。前夜、バッドハム軍曹がキャンプ・エビスのオフィスに忍び込んで作つた代物で、書式その他、體裁は本物である。

「返還命令書です」

自分はその書類をバッドハム軍曹から品川署の經濟係へ中繼してやつた。

「それで問題のトラックはどこにあるんです。裏ですか」

姫田氏は品川署員に顔を見られてゐるので、裏方に回つた。一時間前に五人の運轉手を引率して新橋を出發、署のすぐ北側を流れる目黑川の向岸で待機してゐる。

「おつつけ運轉手たちも到着するでせう。さあ、トラックを受け取りませうか。もちろんこれ以上、事を荒立てたりはいたしません。それは本官が約束しませう。じつをいひますとね、あの物資で愛知の木材を手に入れて映畫館を建てるんですよ」

「映畫館、ですか」

「さう。英聯邦軍の司令官のコレが……」

經濟係に小指を示した。

「名前はいへませんが、東寶のさる女優でしてね。ある夜、彼女が司令官に映畫館をおねだりしたんですな。そこでわれわれはかうやつて日曜を返上して働いてゐるわけです。でも、いいぢやないですか。われわれの働きで東京に映畫館が一つ出來るんですから」

納得した經濟係が自分たちをトラックの置場所に案内する。そのときは目黒川に向つて手を振る。それで仕事はお仕舞ひ……のはずだつた。ところが脚本はここからまつたくちがふ方角へ發展して行つたのである。經濟係がかういつたのだ。

「ちよつと待つていただけますか、署長と相談してまゐりますから」

「署長……?」

「一介の部下にすぎないわたくしがこんなことを申すのはまことに口幅つたいことでありますが、うちの署長はじつに勤勉なお方でして、去年の八月十五日以來、日曜休日一切返上で頑張つておいでなんであります。からだにお毒ですよと申し上げると、お答はかうです。わたしが一日休むと品川署管内の悪人どもが一日餘計に生き延びる……」

經濟係は電氣にでも打たれたかのやうにぴしつと姿勢を正してゐる。よほど署長を敬つてゐるらしい。意外な伏兵の出現。こつちは棒を呑んだやうにただ突つ立つてゐるほかなかつた。どうした、なにが起つてゐるのだと背後で騒ぎ立てるバッドハム軍曹を、自分は後ろ手で制した。決して慌ててはいけない。

「……しかもですよ、署長は配給だけで生活しておいでで、品川署管内では、生ける孔子様と呼ばれていらつしやいます。さうさう、署長は多少の英語を解されますから、そちらのMPさんにもお世辞の一つや二つは、おつしやれるはず。この英語にしても敗戰後にお始めになつたんですが、連日徹夜の猛勉强、たつたの五ケ月でものにされたんであります。なんと凄い話でせうが。では、應接室へご案内いたします。應接室とはいふものの、空襲で焼夷彈の直擊を喰ひまして、荒れるだけ荒れてをりますが、まあ、お茶ぐらゐは差し上げられます」

邪魔な所へ北村大膳といふやつだ。しかしここで尻尾を卷くやうでは、どうして我が思ひ姬、ともゑさんの信任に應《こた》へることができやうか。自分は勇躍、虎穴に入つてやらうと決めた。どうもシナリオとちがふと、腰が引けてゐるバッドハム軍曹に、分らずとも元々と小聲の日本語で、

「元はといへばなにもかも、お前さんの蒔いた種子ぢやないか。やくざの賭場なんぞでうろうろするからこんなことにもなるんだ。さあ、蒔いた種子は自分で刈り取れ。わたしも傍《はた》から助けてやる」

といひ、それから英語（らしきもの）で大聲に、

「彼はわれわれを日本茶パーティに招待するといつてゐる。それから彼はわれわれにここの署長を紹介するともいつてゐる。一緒に行つて、その招待を受けようではないか」

かう言ひ添へておいてから、經濟係の後にしたがつた。粗末な板や焼けトタンを打ちつけて

空爆の跡を隠した署内を通つて二階へ上りながら、なに、五分かそこら署長と適當に話をして書類を収めてもらへばそれですむのだと、筋書を書き替へた。

應接室の、坐り心地の悪い木の丸椅子に腰を下ろして、バッドハム軍曹に、

「署長との話はわたしがするから、心配ない。そちらはただ偉さうにしてゐればいいのだ」

と何度も言ひ聞かせてゐるところへ、お茶が來た。運んできたのは五十凸凹《ぜんご》の泥鰌髭。丸まるとしたからだを黒の詰襟制服へむりやり詰め込んでゐる。ぴかぴかに磨かれた五つの金ボタンが内側からの壓力で今にもそこら中に彈《はじ》けて飛んでしまひさうだ。

「署長の大河内だが……」

縁の缺けた湯呑茶碗を二つ、卓の上に置いた。鱈子かなんかのやうに太い指だ。どう見ても配給だけで生きてゐるやうには見えない。署長はその肥えた手をバッドハム軍曹に差し出しながら、

「お目にかかれてナイスである。ウエルカム」

と英語で、しかし純日本式の發音で挨拶した。英語の實力は部下が考へてゐるほどではない。

「山田くんだつたかな」

署長は胸のポケットから例の書類を引つ張り出した。

「この書類にはなんの不備もない。押收したトラックその他の物資は、さつそくお返しする」

「神速のご決斷、ありがたうございます」

「ただし、それには條件がある」

「……とおつしやいますと?」

「コレつて、だれなんだい」

泥鰌髭がいきなり目の前へ迫つてきた。

「ほれ、英聯邦軍司令官との寢物語に映畫館をねだつたといふ東寶の女優のことだよ。うちの小森くんにさういつたんぢやなかつたのかね」

「英聯邦軍のトップシークレットです。申し上げるわけにはまゐりません」

「それなら押收物資は返さない」

「そんな……」

聲を張り、目を光らせた。

「ま、半分は冗談だが。ね、おいひよ」

「他言は必ずご無用に願ひたいのですが……」

ここを早く切上げなければならない。そこで自分は木暮實千代と竝んで大好きな山田五十鈴の名を上げた。

「ふうん、英聯邦軍司令官も案外、日本趣味なんだな」

署長はむやみに感心してゐる。

「しかし本官ならば斷然、高峰秀子を指名するのだが」

出るなら今、署長が妄想を逞しくしてゐる間にさよならするのだ。自分はすつと立つて、

「失禮いたします」

と小聲でいふと出口へ歩き出した。

「ご苦勞さん」

署長の聲を背中で聞いて思はずほつとしたとき、二の矢が來た。

「あ、ちよつと。目黑の自警會《じけいかい》騷動だが、その後、どうなつてゐるのかな」

「……自警會？」

「目黑署にゐて、自警會騷動を知らんのか」

「もちろん、承知してをりますが……」

かつと駈け上つてくる血をどうにか押し止めておいて頭を忙しくはたらかせた。自警會については、『廳內通信』で時折お目にかかるから凡そのことは承知してゐる。手早くいへば、警視廳傘下の警察官の女房連の組織する互助會のやうなものだ。しかし目黑署の自警會騷動といふものは知らぬ。やはり前もつて探つておくべきだつた。

「きみのかみさんはどつちの派なんだね」

「……どちらかといへば、ま、賛成派といつたところでせうか」

「すると、かみさんはアカの一味だな」

「いや、その……」

「きみはどつちかね」

「アカぢやありません」

「つまり反對派か」

「ま、そのへんでして」

「となると、毎朝毎晩、家庭争議だな。どうやらきみのところも夫婦別れが近さうだね」

このとき、四日前の『廳內通信』の、ある記事が頭をよぎつた。

〈一昨日、すなはち十四日に執行された長野縣下伊那郡上鄕村の村會議員選擧で、定員十八名中、共産黨員が十二名も當選した。しかも最高點者も第二位の當選者も、ともに共産黨員であつた。これは戰後、もつとも早く執行される前哨戰的選擧の一つで、その意味で注目されてゐたが、この共産黨の壓倒的な進出には、今後、注意深い監視が必要である。なほ、聯合國軍總司令部からも、昨日、「上鄕村の動きを全國的な潮流にしてはならぬ。とりわけ首都東京の潮流にしてはならぬ」といふ極祕の指令が警視總監のもとに屆いてゐる。〉

目黒署の警察官の奥さんたちも、ひよつとしたら、かういふ全國的な風潮に毒されさうか。

てゐるのかしらん。署長の言葉を基に推測すれば、奥さんたちが二つに分れて争つてゐる……。

「たとへ夫婦別れをしようと、自分は自分の信ずる道を行くだけです」

暗闇で物を探すやうな心もとない氣持でいふと、署長は大きく頷いて、

「えらい」

それから髭をいぢりながら、

「いくら薄給で生活が成り立たないからといつて、警察官の妻ともあらう者が夫を唆《そそのか》して勞働組合を結成させ、賃上げを謀《はか》らうなどは前代未聞の珍事だ。女どもが亭主の仕事に口を出すなど、まつたく世も末だな」

と深い溜息をもらした。

「同感です」

これで虎口は脱した。不安さうに成り行きを見てゐたバッドハム軍曹に、早く行きなさいと、目顔で合圖しておいて、

「われわれ警察官が組合を結成して賃上げを要求する。そして賃上げストライキを打つ。だれが喜びませうか。喜ぶのは悪人や悪漢だけではないですか」

と話を合せた。

「はつきりいつて、夫に組合結成を唆してゐる目黒自警會の奥さん連中は考へ違ひをしてをり

ます」

「あたしもさう思ふ。それで河野くんは、その後、どんな鹽梅なんだらうね」

「……は？」

「署長だよ。きみんとこの」

「とりあへず元氣に指揮を執《と》つてをられます」

「指揮を執つてゐる……？」

「はい。今朝ほども、英聯邦軍司令官の例の物資のこと、よろしく頼んだよとおつしやつてをりまして……」

「河野くんは夫婦別れがもとで神經衰弱になつて目下休職中なんだがね。郷里の福島飯坂で溫泉治療をしてゐるはずだ」

「さうですとも、溫泉治療ですとも、だいぶ經過はよろしいやうです。ええと、今朝、よろしくとおつしやつたのは副署長で……」

「副署長といふと、古橋くんかね」

「はい」

「奥さんは相變らず元氣なんだらうな」

「ええ、もう、今朝も赤旗を振つてゐました」

「のやうに見えたんですが、ひよつとしたらちがふかもしれません」

「赤旗だと？」

「ちがふに決まつてゐる。古橋くんの今度の奥さんは婦人警察官一期生として、現在、警察講習所で勉強中なんだよ。警官の卵が赤旗なぞ振るか」

「……あの、ちよつと色盲の氣味があるものですから。振つてゐたのは洗濯物だつたかな」

「山田くん」

署長がぱんと高く手を打ち鳴らした。

「目黒署の警官の名前を、上位から順にいつてみたまへ」

「河野署長、古橋副署長……」

「それから？」

それまでずうと細かつた署長の目玉が、飴玉より大きくなつた。

「どうした、山田くん。それとも山田は僞名か」

「……申します」

もう焼けくそだつた。

「若林忠志、藤本英雄、笠松實、清水秀雄、內藤幸三……」

「全然、ちがふ！」

ちがふはずだ。自分が唱へたのは最後の職業野球、二年前の昭和十九年の個人投手防御率五傑なんだから。

「岡村俊昭、黒澤俊夫、坪内道則、呉新亭、藤村富美男、坂田清春、山田傳、本堂保次……」

今度は同じ年の個人打擊率二十傑を唱へながら後退した。出口へ辿り着いたら、一氣に階段を駈け下りる計略だつた。バッドハム軍曹のジープへ着くことができたら、占領軍の威光でなんとかなる。

「藤本英雄、上田藤夫、塚本博睦……」

十一位まででこの小さな逃走劇は幕になつた。出口に警官が三人、通せんぼをしてゐたからだつた。

「野球が好きなんだね、山田さん」

さつきの經濟係が手錠を掲げて待つてゐた。

「取調室で、先づ本名から吐いて貰ひませうかね。今度は茶は出ませんよ」

さつき署長がぱんと手を鳴らしたのが警官出動の合圖だと氣が付いたけれども、もう後の祭である。

これが「事件」のあらましである。どんなことがあつても、ともゑさんの名前を出してはならないと思つたから、本名と住所のほかはなに一つ、明かさなかつた。その日のうちに、日比谷にある聯合國軍東京地區憲兵司令部の留置場へ移され、「聯合國軍の占領目的を妨害した疑ひ」といふ札を貼られたまま、五十六日間、なに一つ尋問されないで放つておかれたのだつた。しかし、かうして事細かに記録してみると、書くそばからいくつもの疑問が湧いてくる。ぼんやり考へてゐるだけでは到底思ひ付かないやうな疑問が、かうして日記文を書いてゐると次から次へと吹き出してくる。やつぱり書いてよかつたと思ふ。

今度の事件は、千葉縣茂原第二五二航空隊の元隊員姫田三郎氏がトラック五臺分の闇物資を品川署員に押收されたことにその端を發してゐる。闇物資には隊員仲間のこれからの生活がかかつてゐた。どうしても品川署から取り返さねばならぬ。そこで姫田氏は民間情報教育局（CIE）言語課の雇員であるこの山中信介に目を付けた。お金に困つてゐさうなMPを紹介しろと、こつちをしつこく付け回した。MPの威光で品川署員にウンといはせるのだといふ。自分は「お金に困つてゐるMPなぞ知らぬ」と逃げ回つた。ところがそこへともゑさんが英聯邦軍憲兵バッドハム軍曹を伴つて現れた。軍曹は松田組の銀座の賭場で借りを拵へ身動きできなくなつてゐるといふ。お金が欲しいといふ。さう、ここが奇妙である。お金に困つたMPを探してゐるところへ、待つてましたとばかり、お金の欲しいMPが現れる。話があんまり旨すぎやしないか。これが第一の疑問である。

次に、そのときのともゑさんは「バッドハム軍曹はわたしの戀人」といつてゐたはずだ。もちろん軍曹もともゑさんを愛人のやうに扱つてゐた。ところがその同じともゑさんが來月、この町内に住む仕立屋の源さんと所帯を持つといふ。さうだとするなら、ともゑさんは二股を掛けてゐるわけだが、これまた奇妙な話だ。ともゑさんにそんな大それたことが出來るとはどうしても思へない。これが第二の疑問である。

ここで連想の絲はお向ひの高橋さんがいつたことに絡みつく。ちやうどこの事件が始まつた頃、高橋さんは聯合國軍のお聲がかりで奇妙な出張を命じられた。信州から東北にかけての農地改革の實情を視察するアメリカの新聞記者の案内役をしろといはれたのである。ところが、旅行中、その新聞記者はかへつて高橋さんを監視する風であつたといふ。

「ひよつとしたら自分はこいつの案内役として地方へ出てきてゐるのではなく、じつは自分こそがこいつによつて東京から連れ出されてゐるのではないか。出發の際のあの慌ただしさを考へると、だれかさんは大急ぎで私を東京から連れ出す必要があつたやうです」

高橋さんはさういつておいでになつたが、だれかさんとはだれなのか。なんだか氣になる話である。

さらにさかのぼると、姫田氏が自分の前に現れたのは……、さう、上司の言語簡略化擔當官ロバート・キング・ホール課長と口論した翌日のことだつた。口論の原因は、彼が、

「わたしが書き上げた日本語ローマ字化についての覺書を三月に來日する教育使節團に提出する。もちろん教育使節團はわたしの提案を取り上げてくださるはず。さうなれば日本人は日本語をローマ字で書くことになります」

と得意さうにいふから、自分が、

「そんな馬鹿なことをされてたまるか。どうあつてもそんなことはさせないぞ」

さう啖呵を切つたことにあつた。そして日本語をローマ字化しようといふ大陰謀があることを、新聞記者の高橋さんに傳へようとした。だが、高橋さんはすでに例の奇妙な出張旅行へ出かけてしまつてゐた……。

「お晝ですよ」

そこまで考へを進めたとき、茶の間で妻の聲がした。

「以前から疑問に思つてゐたんだが、なぜお前さんは留置場へ面會に來なかつたんだい」

茶の間へさう聞いた。

「お前さんばかりぢやない、文子も武子も美松家のお仙ちやんも、だれも姿を見せなかつた。ずいぶん薄情ぢやないか。下着の一枚も差し入れてやらうと思ふ。それが夫婦の情、父娘の情つてものぢやないか」

「面會は禁止されてゐたんです」

「だれが止めたんだ」

「ですから文子や武子がですよ」

實の娘がどうして……。また謎がふえた。

「うどんが伸びちやひますが」

「切りのいいところまで書いたら行くよ」

（十九日）


今朝、警視廳の官房祕書課分室へ様子を見に出かけて行つた。若い娘さんが小氣味のよい音を立てながら原紙を切つてゐる。

そのわきで彼女の手もとを覗き込んでゐた梅谷事務官がこつちを振り返ると、

「これはこれは特別課報員の御歸還だ」

右手をさしだし、

「武勇談の方はいづれゆつくり聞かせてもらふことにして、こちらは小川俊子さんだ。これで信介さんにも部下が一人できたわけですな」

といつた。

「今日からは『廳内通信』をあなた方二人でやつてもらふことになる。仲よくやつてくださいよ。しかし孔版文字にかんしては小川さんの方が技量《うで》は上かな」

見ると、たしかに止め跳ねのはつきりした行儀のよい明朝文字である。ガリ版の溝を必要以上に悪用した自分のゴチック調のごまかし文字とはちがふ。

「さういふわけだから山中さんは印刷の方を受け持つたらいいでせう」

「くび、ぢやなかつたんですか。なにしろ五十六日間、無届缺勤ですから……」

「休暇願ひは出てゐましたよ」

「わたしは出してをりませんが」

「いや、CIE言語課の言語簡略化擔當官、ホール海軍少佐から提出されてゐる。たしか、言語課雇員の山中信介は占領目的の遂行のために長期間にわたつて特別任務に従事することになつたウンヌンと書いてありましたな」

をかしい。

この山中信介、今年五十五歳の根津宮永町《ねづみやながちやう》のもと團扇屋は、〈占領目的を妨害する諸行爲を犯したるに因《よ》る罪〉といふ罪狀の下に、五十六日のあひだ日比谷の角の憲兵司令部のモンキーハウスに叩き込まれてゐた。占領軍軍事裁判所の法務官がはつきりさう宣告したし、自分でも、僞警官になりすまして英聯邦軍憲兵が企んだ物資詐取を手傳つたのは、やつぱりまづかつたな、と思つてゐる。ところが同じ占領軍の一課長がそれを、〈占領目的遂行のための特別任務だ〉

といふ。

どちらかが嘘だ。

「アメリカさんがあんたを借りたいといふんだから、こちらとしては何もいへないぢやないですか。ただしそれでは『廳内通信』の發行が停まつてしまふ。それで小川さんに來てもらつたわけです。もつとも分室には二人ゐてもいいでせう。なにしろ『廳内通信』の分量もふえてゐますからな」

少し前から隣りの憲兵連絡室の厨房からコーヒーのいい匂ひがただよつてきてゐる。梅谷さんが壁の向うへ聲をかけた。

「庄司くん、わたしにも一杯、御馳走してくれないか」

「どうぞ」

太い聲が遠いこだまのやうにのんびり返つてきた。

「あれ、本郷バーのおやぢさんはどうしたんです」

「十四、五人相手の料理番からいつぺんに二千人の苦竹《にがたけ》キャンプの料理長に出世しましたよ。部下がつくつてきた獻立に目を通すだけで給料はこれまでの五倍といふからすごいぢやないですか」

「苦竹つてどこです」

「仙臺です。東京以北で最大の米軍駐屯地ださうだ」

「いつです、おやぢさんが仙臺へ行つたのは」

そのとき小川といふ娘さんが字を書き損じたらしくマッチを擦つた。

「話が持ち上つたのは一昨日ですわ」

原紙のその個所にそつと火を近づけて蠟を溶かしてから、

「それで、昨日の朝七時に、占領軍専用列車で發ちました。わたし、出勤前に東京驛まで送りに行つてきました」

溶けた蠟を鐵筆の尻で手早く伸ばしてゆく。あざやかな手さばきだ。

「山中の信ちやんにひとこと挨拶して行きたかつたんだが、とおつしやつてらしたわ」

「そりやどうも。しかしいかにも急ですな」

「本郷バーのをぢさんも同じことをいつてゐました。連中ときたら荷物をまとめる暇もくれやしない、と怒つてましたから。連中といふのは、ホームでをぢさんを待つてゐた進駐軍の将校たちのことですけど」

「アメリカさんがわざわざおやぢさんに付き添つて行つたんですか」

「ええ、まるで重罪人をどこかへ護送するやうな険しい雰圍氣でしたわ」

「そいつは妙ですな」

「とにかく大出世にはちがひない」

梅谷さんが出口の戸を引き開けながらいつた。

「なによりも占領軍の専用列車で旅ができるといふのがうらやましい。速いんださうだ。八時間かかるところをその半分の時間で行つちまふさうです。それも二等車級のビロードの椅子にゆつたりと腰を落ち着けてですよ。まつたくいまどき豪勢な話だ。信介さんは占領軍の特別課報員で、隣りのおやぢさんは大キャンプの料理長。この秘書課分室からはぞくぞく出世する人が出る。小川さんもそれをたのしみに精をお出しなさいよ。いまに飛んでもない玉の輿に乗れるかもしれない」

一時間後に『廳内通信』が刷り上つた。

「みごとなもんですな。どこで仕込まれたんです」

溜息まじりに訊くと、

「文部省です」

とのことである。白金三光町の香蘭女學校の二年生のときに學徒動員で文部省の女給仕になり、字のうまいのを見込まれて官房秘書課へ引き揚げられたのだといふ。そこには孔版をよくする七十歳の老囑託がゐた。なんでも十八歳で日清戰役の平壤總攻擊に謄寫版兵《とうしやばんへい》として參戰し、功七級の金鵄勳章をもらひ、六十五圓の年金を受けてゐるほどの名人だつたさうだ。

「謄寫版兵つて、司令部付きの兵隊さんで、いろんな指令をすぐ孔版印刷にして各部隊へ配る役目なんですつて。當時は電信電話がなかつたから、さうやつて指令を傳へてゐたんですね」

なるほど、金鵄勳章組の謄寫版兵から教はつたんだもの上手になるわけだ。

小川さんの傑作を本廳舍に届けてから、內幸町の東京放送會館へ行つた。五階の言語課にはだれもゐない。庶務兼雜役係のミス栗田の隣りに置かれてゐる自分の机に坐つて煙草に火をつけた。目の前の壁に表のやうなものが貼つてあつた。小川さんのみごとな明朝文字を月か金魚とすればスツポンか日高以下のへたくそな字で、こんなことが書いてある。

アメリカ教育使節團視察日程表

十五日（金）使節團、夜行で京都へ出發

十六日（土）午前、西本願寺見學、龍谷大學視察（龍谷大學長による「日本人の生活と教育における佛教の意義」といふ講演あり）、知恩院見學

午後、金閣寺、龍安寺、嵐山、桂離宮などを見學

夜、琵琶湖ホテルにて、奈良の名所や寶物についての説明、起草委員會は報告書大要草案を作成、琵琶湖ホテル泊

十七日（日）午前、奈良帝室博物館、奈良公園見學
午後、奈良女子高等師範訪問、春日神社、三月堂、東大寺見學
夜、京都祇園にて日本舞踊鑑賞、琵琶湖ホテル泊
十八日（月）午前、京都ホテル入り、總會のあと、委員會別に日本人教育者と會談
午後、京都帝國大學訪問、同大學總長主催歡迎會、茶會
夜、能樂鑑賞、祇園にて日本舞踊鑑賞
十九日（火）午前、委員會ごとに京都市內の學校を視察、第一委員會（府立一高女、生祥國民學校、市立一商）、第二委員會（男子師範、桃園國民學校、平安女學院）、第三委員會（府立一中、三高、美術專門學校）、第四委員會（同志社大學、大谷大學、纖維專門學校）
午後、平安神宮、京都御所、二條城見學
夜行列車で東京に向けて出發
二十日（水）歸京、帝國ホテル入り、午前、各委員會は報告書作成討論、なほ、フリーマン、デイマー兩團員は、安倍能成文部大臣と會見
午後、吉原見學
夜、ストッダード團長とボールス、アンドリュース兩團員、マッカーサー總司令官と會談
二十一日（木）午前、各委員會、報告書についての討論、日本語簡略化分科會は午前十一時

より帝國劇場で歌舞伎見學（菊五郎・吉右衛門合同公演）
午後、巣鴨刑務所視察、日本語簡略化分科會は芝區三田の慶應義塾大學豫科で入學願書受付事務を視察
二十二日（金）午前、各委員會、報告書作成
午後、新橋、澁谷、新宿、池袋、上野、淺草の闇市視察、日本語簡略化分科會は午後三時より有樂座で現代喜劇見學（エノケン一座、笠置シヅ子特別出演）
夜、日本語簡略化分科會、報告書討議……

ここまで讀み進んだとき、ドアが外れたのかと思ふほど威勢よく明いて、長い髪を吹き流しの鯉のやうになびかせた女が入つてきた。厚い唇は、今しがたひとを喰ひましたとでもいふやうに赤あかと濡れてゐる。すぐ床に釘で打ちつけられたやうにぴたりと動きを止め、眼鏡ごしに視線を放つてきた。矢よりも鋭い視線だつた。動作がいちいちおほげさで何だか芝居でも見てゐるやうだ。

「どなた」

びつくりするほどの胴間聲で誰何《すいか》しながら女は抱へてゐた書類を、目の前のミス栗田の机に投げ出した。

「特別任務から無事歸還した言語課の特別課報員といつたところでせうかな」

冗談といつしよに吹かしてゐた煙草をミス栗田の灰皿で揉み消した。灰皿の中は赤く染まつた吸殼でいつぱいになつてゐる。

「まじめな話をしませう。わたしは、午前中は警視廳の官房祕書課にゐて、午後はこの言語課に雇はれてゐる山中信介です」

どぎつい口紅のせゐでこれまでその存在を消してゐた低い鼻が少しばかり動いた。

「あなたが山中さんでしたのね」

「今日は二十日だ。日程表では、教育使節團は報告書作成討論となつてゐる。栗田さんはたぶん帝國ホテルで委員にコーヒーでも淹れてゐるんでせうな」

「……栗田?」

女のほうも、質問といつしよに吹き消したマッチを灰皿に放り投げて、

「だれ、それ?」

煙をまつすぐ吐き出してきた。

「だれつて、栗田さんは言語課の庶務係ぢやないですか。ほら、頭の上にパーマでこさへた雀の巣みたいなものをのつけてゐるひとですよ。あんなものを一日中つけて、ずいぶん重いと思ふんだがね、わたしは」

女は咥へ煙草のまま横の書類立てから黒表紙を一冊抜き出すと、はなはだ怠惰に一枚一枚めくり始めた。

「いつも風船ガムをかんでゐる、あの栗田さんですよ。たしか淺草區の柳橋あたりから通つてゐるはずだ。でもちよつと待つてくださいよ。いつたいあんたは何者なんです。栗田さんの書類をさう勝手にいぢりまはしちやいけないな」

「そのひと、廣島のCIE支部へ出向してゐるわね」

女は黒表紙を付けた書類綴りをこつちへ突きつけてきた。

「CIEが廣島に圖書館をつくることになつて、その下準備なんぢやないの」

たしかに栗田晃子《てるこ》と書かれた經歴書が綴り込まれてゐて、そこには、

〈廣島支部へ圖書館開設主任として出向。期間は一年〉

といふ記入があつた。

發令日は一月二十一日。その日付が自分の頭の中の眠り呆けてゐたところに火をつけた。自分が品川署で逮捕されたのが一月二十日。その翌日、ミス栗田は廣島へ榮轉することになつた。そして自分が釋放されるとすぐ本郷バーのおやぢさんが仙臺へ榮轉して行つた。おやぢさんといひ、ミス栗田といひ、この山中信介と密な接觸のあつた人間はなぜか好條件で東京から遠いところへ轉出してゆく。

もう一つ、このところ氣になつてゐることがある。あれは品川署で逮捕される三日前だから一月十七日のことだが、自分はこの言語課で、課長にして言語簡略化擔當官といふ、ふざけた肩書に醉つて張り切つてゐるホール少佐と言ひ争つた。アメリカ教育使節團へ資料として提出する「日本語ローマ字化への早道　日本語二段階改造案覺書」を讀まされた自分は、そいつを糞味噌にけなした揚句「うちのお向ひに新聞記者がおいでだ。そのひとは國語問題についてはわたしのお師匠さんなんだ。お師匠さんの意見も聞いてみるが、とにかく言語課雇の辭令は返上する。馬鹿馬鹿しくてこれ以上つきあつちやゐられない」と啖呵を切つて飛び出したのだ。ところがその晩、そのお向ひの高橋さんが連合國軍のお聲がかりで奇妙な、そしてむやみに長い出張を命じられた。

「口封じ……」

「……その見返り」

しばらく二つの語句が頭の中でぐるぐる回りをしてゐる。やがてそのぐるぐる回りの中から次のやうな文章が立ち現れてきた。

「お前もまた口封じのためにモンキーハウスに閉ぢ込められてゐるではないか。見返りは、たぶん警視廳の雇員としての身分保證……」

つまり自分は途方もない祕密を握つてゐるらしい。その祕密が周圍に洩れるのをおそれて、

自分は世間から隔てられ、そして自分と親しい者は東京から遠ざけられたのだ。その祕密といふのは、

——日本語のローマ字化——

これに係はることにちがひない。やつと頭に油が回り始めた。

「課長に會ひたい」

「今日はオフィスには出てこない」

女は赤い指先を舐めながらまだ書類綴をめくつてゐる。

「帝國ホテルへ行けば會へるな」

「會議室へは、課員のこのあたしでさへ入れない」

「あんたが課員だつて」

「だからかうやつて書類をいぢつてゐるわけよ。CIEの教育課からこつちへ回されちやつて閉口してるところ。まあ、アメリカ教育使節團の接遇は教育課と言語課の擔當だから、今のところ、仕事の中味は似たやうなものだけどね」

「なんて口の利き方だ。ひよつとしたら二世かな」

「去年の今ごろは東京下町大空襲で主人を燒き殺されて泣き暮してゐたものよ」

女はこちらに向けて鏡のやうに書類綴を立てて見せた。それは自分の經歴書でかう記してあ

った。

〈……本郷區根津宮永町三十五番地。團扇職人兼團扇店經營。現在は諸材料不足のため無職。午前中は警視廳官房祕書課分室において廳内印刷物の作成に當つてゐる。

一月八日、日本人の識字能力調査のために臨時採用。一月二十日、聯合國軍の占領目的を妨害する諸行爲を犯したるに因る罪で、品川署で現行犯逮捕。同日付で解雇。〉

頁のあひだに止まつた蚊を挾み殺さうとでもするやうに女は勢ひよく書類綴を閉じた。

「あなたはくび。言語課とはなんの關係もないひと。だから課長があなたに會ふ理由はない。さういふことね。日當は二階のＣＩＥ庶務課窓口でどうぞ」

「こつちには會ふ理由がある」

「あるはずないつて」

「父親が娘婿に會ふんだ、だれに遠慮が要るもんか」

「まさか、まさか」

鼻先で嗤ふと、女は手回し計算器を引き寄せてハンドルをがらがらと回した。ホール少佐と文子の間柄をこの新任の庶務係はまだなにも嗅ぎつけてゐないらしい。こちらからいふ義理もないから、

「明日また寄せてもらひます。課長の釋明を聞くまでは毎日でも通つてきますよ」

さう言ひ捨てて、女がさつきしたやうに、引いたドアを叩きつけるやうに閉めてやつた。中で罵聲が上つた。

かうなると一月二十日に品川署で起つたことも本當かどうか疑はしい。なるほど、事件らしきものがおこり、自分は署長の前でぼろを出して捕まつてしまつた。しかしあれもまた巧みに企まれたものではなかつたか。

それをたしかめに新橋から山手線で駒込へ行つた。品川署に押收された闇物資を、ＭＰの威光をたのんで取り戻すといふあの筋書を最初に持ち込んできたのは姫田三郎といふ男だ。彼の名刺の所書には、

〈本郷區駒込片町三十番地　第三號壕舍内〉

とあつたが、おそらくこれもあてにはならぬ。

駒込驛南口で以前と變らぬものは右手の岩崎別邸の木立ばかり、あとは東京中どこへ行つてもお馴染みの瓦礫の荒野原である。別邸前から都電で三つ目の駒込吉祥寺で降りると、そこが正に駒込片町三十番地だつた。

停留所前のバラックの乾物屋で、

「この番地に防空壕が殘つてゐますか」

と訊くと、店番のばあさんが、

「このへん一帯は防空壕いらずといはれてゐたんだよ」

自慢さうに教へてくれた。

「なにかあれば吉祥寺に逃げ込むことになつてゐた。あすこになら大きな防空壕があるし、駒込病院がすぐ隣りだし、なんにつけても安心だからね」

お禮がはりに買つた乾燥芋を齧りながら、野球ボールを投げ込んで漱石先生を悩ませた生徒たちの母校、郁文館中學を抜けて根津權現の社內にかかつた。このあたりで自分は結論を得たやうに思ふ。たしかに歩くことは頭の働きをよくする。

言語課長にして言語簡略化擔當官のホール少佐から見ると、陰謀の構圖がよく分るのだ。すなはち、この山中信介は「日本語ローマ字化への早道」と題した祕密の覺書を讀んでゐる。言語課庶務係のミス栗田は、二人が覺書について口論する現場にゐたから、おほよそのことは知つてゐると思はねばならない。さらに山中信介は隣組の高橋といふ新聞記者に覺書の內容を話すといつてゐたし、午前中の勤め先の、仲のいい料理番になにか洩らすかもしれない。アメリカから教育使節團がくる前に、覺書の存在が知れてはならない。そこでホール少佐は姫田三郎を使つて品川署に罠をしつらへたのだ。さうしておいて、山中信介が接觸したと思はれる連中の口にアメを突つ込んで遠くへ追ひはらつてしまつた……とまあ、こんなところだらう。

姫田三郎といふのは、たぶんどこかの刑事かなんかだ。ともゑさんがキャンプ・エビスのM

P、バッドハム軍曹の戀人といふのも嘘にちがひない。この自分がだれとだれに祕密を洩らすのか、それをよく知つてゐるのは娘の文子や武子だし、かうなると筋書の背後から東京セブンローズの顏が浮かび上つてくる。

さうするうちに、姫田三郎が名刺を出しながらいつたことばを思ひ出した。

「根津宮永町の青山基一郎はわたしの妻の兄なんであります」

町會長も黒幕の一人だ。

ついでに町會長のところへ寄つた。この食糧難の時代だといふのに、相變らずころころと肥えた奥さんが出てきて、

「デーデーテーのことで都廳へ掛け合ひに行つてをりますよ」

地面にDの字二つとTの字を一つ書いて見せてくれた。

「アメリカの藥ですつて。ネズミ、ノミ、シラミを退治する特效藥なんださうよ」

「それがどうしました」

「それがどうしたつて、あなた、ネズミやノミやシラミを退治できれば發疹チフスも天然痘もなくなるぢやありませんか。全國で毎日、何百人と亡くなつてゐるんですよ。主人は御町內に一日でも早くそのデーデーテーを撒くことができるやうにと區役所や都廳へ日參してますの。この宮永町のためにからだをはつてゐるわけね。身內を褒めるやうでなんですけど、なかなか

できないことですわ。今夜はお役人と呑むんだといつて出ましたから遅くなるんぢやないかしら」

「それぢや明朝早く伺ひますが、ときに奥さん、青山さんには妹さんがおいでですか」

「いいえ、青山のところは女の姉妹はをりませんよ」

「だらうと思つてゐましたよ。では明朝……」

角のお仙ちやんの家へも寄つてみた。ここも留守、東京セブンローズは全員、出はらつてゐた。

お向ひの高橋さんも群馬へ出張中だといふ。

（二十日）

朝、押麥と打豆入りの糅《かて》めしに若布のみそ汁をかけて、そばでも呑むやうに流し込んでゐる自分に妻が釘を刺した。

「よく味はつたらどうなの。御飯粒がちやんと見える御飯なんて寒中の櫻で有り得ないことなんですから。なんてもつたいない食べ方なんだらう」

「急ぐ理由はある。これから寝込みを襲ふのだ」

「だれの……」

「東京セブンローズといふ、ふざけた名前を名乗つてゐる女どもにお仕置してやらうと思つてゐるのさ」

箸を投げ出し下駄を突つかける。妻がなにかいつたやうだが、そのときにはもうガラス戸を後ろ手に閉めて外に出てゐるから、なにをいつたか分らない。どうせ嫌味だ、聞くだけ損だ。

お向ひの高橋さんちの玄關を横目で睨んで東京セブンローズの巣窟、角の家へ競歩選手のやうに半ば走り半ば歩く。高橋さんは三日前、事情をよく調べて報告するといつた切り、自分の家に姿を現さない。きつと新聞社の仕事が忙しいのだらう。今回は自分一人の力で始末をつける。高橋さんからの援軍はあてにしてゐない。

「おはやう、信介さん。このたびは、ともゑさんとわたしのことで、いろいろとお世話になります。どうぞよろしく」

店の前の土に竹箒できれいな目を立ててゐた仕立屋の源さんが頭を下げた。

「この年になつて女房を持つなんて、まつたく世の中のことは分らないものです」

「ともゑさんとは相思相愛の仲ださうぢやないですか。よう、根津で一番の色男」

「いやあ、恐れ入ります」

恥ぢらつて竹箒にすがつてからだをよぢつてゐる源さんをおいて、角の家の戸を開けた。

「お仙ちやん、文子はゐるかい」

「お勤めだよ」

お仙ちゃんは目の前にゐた。玄關の壁に吊るした大鏡に大漁旗のやうに賑やかな服を映しながら茶髪を梳《と》かしてゐる。

「どうしたのさ、信ちゃん、血相かへて」

「そつちこそなんだい、その髪の毛は。日向に永くゐたかなんかして焦げたんだな」

「染めたのよ」

「飛んだ醉狂人だ」

「お金がかかつてんだよ。帝國ホテルのアメリカさん專用の美容室に相當な賄賂を注ぎ込んだんだからね」

「猿が獅子のたてがみを借りて被つたやうだ」

「餘計なお世話だよ。ポールが氣に入つてくれてゐるんだから、これでいいの」

「……ポール？」

「ポール・スチュアート。あたしの彼よ」

「彼、ときましたか。アメリカの將校さんにも物好きがゐたものだ」

「彼は將校さんなんかぢやない。ポールはアメリカ本國からきた國務省の高級お役人よ。今度の教育使節團の事務局長をしてるんだ」

「……ほう」

「使節團の先生がたを動かしてゐるのは、じつは彼なのよね。偉いでせう」

「CIEの言語課長よりは偉さうだ」

「文ちやんの彼のこと？」

「さう、ホール少佐のこと」

「問題外。ポールの方がずつと上。ついでに教へておくけど、ホールは海軍中佐に昇進したわよ。それで文ちやんに何の用なの」

「久し振りにうんと叱つてやらうと思つたんだが、ゐないんぢや仕方がない。……ともゑさんは？」

「やはりお勤めよ。みんな、ここんとこ帝國ホテルに詰めッ切り。あたしはこれを取りに戻つてゐたの」

お仙ちやんは上り口に置いてあつた細長い風呂敷包を胸に抱いた。

その風呂敷の柄に見覺えがある。包んであるのは、去年五月二十三日の夜の大空襲で焼死した兄が命の次に大事にしてゐた小林清親の『東京名所圖』にちがひない。中でも、兄は「根津神社秋色」と題した一枚が大好きで、「本物の權現樣よりも清親の方によほどありがた味があるな。だつて考へてもみろ。本物には境内の隅に立小便ぐらゐできるけど、清親にはそんなことはできねえぜ」といつたふうな罰當りをいつも口にしてゐた。

「嫂さん、それ、清親でせう」

三日おいた團子みたいに口調が硬くなつた。

「それは死んだ兄貴の、……嫂さんからいへば、空襲で不慮の死をとげた愛しい旦那の遺品ぢやないですか。そんなものをいつたいどこへ持ち出さうといふんです」

「ポールは浮世繪の蒐集家なんだつて」

「今、日本へきてゐるアメリカさんの流行《はやり》は一夜漬の浮世繪蒐集家だ。二、三枚買つただけでみんないつぱしの蒐集家面して歩いてゐやがる。笑はしちやいけないよ。それでその清親を敵に差し出すんですか」

「見せるだけですよ」

「いや、差し出しますと顔に書いてある。嫂さん、相手はあんたの旦那を焼き殺したんだよ」

「いつまでも舊弊な分らず屋をいつてゐると人に笑はれるよ」

「……舊弊?」

「信介さんの頭は固すぎるのよ。そんなことぢや新時代に乗り遅れますつて。それにこの清親をポールにプレゼントしてはどうかと言ひ出したのは文ちやんやともゑさんなんだから、あたし一人に尻を持ち込まれても困るわね」

「どうしても文子に會はなきや……」

「なんか唸つてるわね」

「ともゑさんとも話をつけなきやいけない」

「よほど思ひ詰めてるみたいだねえ」

お仙ちやんは赤い唇に白いラッキーストライクを咥へたましばらくなにか考へてゐたが、そのうちに切餅よりも大きな、四角いライターを取り出し、ジポッと火をつけて、

「信介さんが日比谷のモンキーハウスから釋放されたといふことは、なにをどう言ひふらされようとCIEの言語課にとつてはもはや痛くも痒くもないつてことだわね」

とこつちにはよく分らないことをいつた。

「ぢやあ、帝國ホテルに行つてみる？」

「何度もそれは考へたさ。でも、MPに摘まみ出されるのが落ちだな」

「あたしについといでよ」

宮永町の表通りにジープが待つてゐた。お仙ちやんが運轉臺のGIの肩を叩くのを合圖にジープが走り出す。敗戰國の高級娼婦が戰勝國の兵隊を顎で使ふのだから世の中は一筋縄では行かない。

それにしても「新時代に乘り遲れます」は、どこかで聞いた科白である。去年まで一面に重い稻穗を稔らせてゐた不忍池を左に見ながら考へるうちに、六年前の昭和十五年に「バスに乘

り遅れるな」といふ科白がばかに流行つたことを思ひ出した。

「ほんとにドイツは强かつたな」

「今、なんかいつた?」

「あのころのドイツは强かつたといつたのさ。なにしろ瞬く間にフランスを降伏させ、オランダを抑へ、そしてイギリスの降參は時間の問題といふところまで追ひつめたんだもの」

「ああ、そんなこともあつたつけね」

「そのせゐで、フランス、イギリス、オランダなどいづれの國も、本國から遙かに遠い東亞や南洋に兵を出して自分の植民地を守りかためる餘裕がなかつた。その上、突然、ドイツとソ聯が戰さを始めた。つまりわが帝國にとつては、北の、ソ聯の脅威が消えてなくなつてしまつたといふわけさ。さう、そのときだよ、バスに乘り遅れるな、が合言葉になつたのは。この好機逸すべからず、資源獲得のために、佛印、蘭印を手中にすべしといふ南進論が大いに流行した。思ひ出した。國内のことにも、バスに乘り遅れるなといふ言葉がよく使はれてゐたつけ。近衛文麿が新體制づくりを始めたころのことだ」

「あたしも思ひ出した。それ、大政翼賛會のことでせう」

「さう」

「あなたの兄さんと初めて會つたのは、その大政翼賛會の淺草區支部發會祝賀の御座敷だつた。

昭和十五年十月十三日の夜、ところは柳橋龜清樓。そのときのあたしは年増盛りの二十六。浅草で一番の賣れッ妓《こ》だつた」

お仙ちゃんはふつと遠くへ目をやつた。その視線の先に焼け殘つた丸ノ内ホテルがぽつんと見えてゐる。ジープは今、神田橋から大手町へかけての焼跡の中を走つてゐるところだ。

「あのときは猫も杓子も大政翼賛會へ加はつた。それが時流といふやつだつた。政黨も勞働組合も、時流に遲れるな、バスに乗り遲れるなを合言葉にぞくぞく解散、われもわれもと大政翼賛會へ參加して行つた。そして、またぞろ、新時代に乗り遲れるなといふ掛け聲が上つてゐる。どこかをかしくないか」

「どこもをかしくないぢやない」

「さうかな」

「みんな氣持の切り換へがうまいのよ。それに氣持を切り換へなきや生きて行けないぢやない。のろのろしてゐるのは信介さんぐらゐなものぢやないの。まあ、あなたの場合は無理もないけどね」

「無理もないつて、なにが」

「この一年、あなたは三分の二以上も、牢屋にゐたわけでせう。つまりこの世の中にゐた時間がよほど少い」

「まあ、さういふことになるかもしれない」

「だから、その分だけ世の中から遅れてゐるのよ」

言ひ返す言葉を探してゐるうちに、ジープは、進駐軍に接收されてアーニー・パイル劇場になつてゐる元の東京寶塚劇場の眞向ひの、裏玄關に止まつた。

お仙ちやんは小林清親を包んだ風呂敷をこつちに押しつけて持たせると、見張り番のＭＰに日本語式の發音で、

「ヒー・イズ・ウキヨエピクチュア・デーラー」

と告げ、通用口を入つてすぐの、地下階段へさつさと沈んで行く。自分も、

「イエス。アイ・アム・ウキヨエピクチュア・デーラー」

といつて階段を驅け降りる。お仙ちやんの堂々たる態度に誤魔化されたのだらう、ＭＰは身動き一つせずに相變らず怪しい者を見張つてゐた。

階段を降り切つたところに郵便局があつて、そこの壁の大時計がちやうど八時を指してゐた。その隣りが人事課で、入口の横に銅板の額が架けてある。曰く、

帝國ホテル十則

親切、丁寧、迅速。この三者は古くして新しい私共のモットーであります。

協同。各従業員は所屬係の一員であると同時にホテル全體の一員であります。和衷《わちゆう》、協同、もつて完全なるサービスに專念してください。

禮儀。禮儀は心の現れ、ホテルの品位です。お客様はもとより、お互ひ禮儀正しくしてください。

保健。各自衞生を守り健康增進に努めてください。

清潔。ホテルの生命であります。館内外は勿論、自己身邊の清淨に心掛けてください。

節約。一枚の紙といへども粗略にしてはなりません。私用に供することは絶對に禁じてください。

研究。各自受持の仕事は勿論、お客様の趣味、嗜好まで研究してください。

記憶。お客様のお顔とお名前を努めて速やかに覺えてください。

敬愼。お客様の前でひそひそ話や、くすくす笑ひをしたり、身裝を凝視することは、愼んでください。

感謝。いつも「ありがたうございます」といふ感謝の言葉を忘れないでください。

大正十四年制定

銅板の隣りに新聞紙大の貼紙があつて、それに曰く、

このホテルは聯合國軍總司令部直屬の施設である。またここは獨身高級將校專用宿舍であり、宿泊將校用の食料はすべて、アメリカ陸軍野戰口糧部隊が提供してゐる。したがつて、パン一枚、バター一片といへどもアメリカ軍に所屬するものであることはいふまでもない。そこでわたしは當ホテル三百名の從業員に一切の食料の持出し、盜み喰ひ、くすね喰ひの類ひを禁止する。これが帝國ホテル規則の十一則目である。

なほ、從業員が食料庫に入るときは、その從業員は、食料庫にゐる間、絕えず口笛を吹き續けなければならない。これが規則の十二則目である。

一九四五年九月十七日

帝國ホテル總支配人

陸軍中尉　ジョゼフ・M・モーリス

右手の廊下からお仙ちやんが引き返してきて、奥を指さした。

「あたしたちの休憩所はこの突き當り。どうしたのよ、こんなところで考へ込んぢやつたりして」

「絶えず口笛を吹き續けろつてさ」

「盗み喰ひを恐れてゐるのよ。だつて人間は口笛を吹きながらものを食べることはできないでせうが。ここまで日本人を疑ふなんて、ひどいと思はない。あの馬鹿たれ小僧が」

「……馬鹿たれ小僧？」

「モーリスつてまだ二十二歳の若造なのよ。シカゴの肉屋の倅で、ホテルマンの經驗はない。それだもので、なにをやつていいか分らないもんだから、朝から晩まで、芥箱《ごみ》を覗いて回つてゐる」

「どういふお呪《まじな》ひなんだらうな」

「ホテルの従業員といふのはね、世界中どこでも、くすねたものを一旦は芥箱に隠すものなんだつて。身の回りに隠しておくと抜打ち検査で見つかつたときに言ひ逃れが利かないでせう。ところが芥箱においとけば、だれがくすねたのかは分らない」

「なるほどねえ」

「ホテル管理についてモーリス中尉の知つてゐることはそれ一つだけらしいよ。そこで馬鹿の一つ覺えで、初中終、芥箱を嗅ぎ回つてゐるわけね」

お仙ちやんの後について薄暗い廊下を奥へと歩いて行く。まつたく靴音がしない。一瞬、幽靈になつたやうな心もとない氣になつて、足下を確かめると、音がしないのも道理、床にはコルクが敷き詰めてある。

「來るたびに感心しちまふな」

防火演習のときの分列行進を思ひ出して、足を踏み鳴らしてみる。やつぱり靴音がしない。

「細かいところまで行き届いてゐる。たしかに聯合軍が目を付けるわけだ」

「そりやあ、日本最高のホテルだもの」

お仙ちやんは自分の顏立ちを褒められたときより彈んだ聲になる。

「ホテルでの結婚披露宴、クリスマス・パーティ、みんなここから始まつたんだつて。どちらもここが本邦初演つてわけね。それからサービス料一割制はこのホテルから世界中へ廣まつた」

どこかで急にジャズバンドの演奏が始まり、お仙ちやんと自分はその音のする方へ近づいて行く。

「こつちにチップの貰ひやすいドア・ボーイがゐる、そつちにチップと緣の遠い客室ボーイ助手がゐる、これぢや不公平でせう。だいたいチップの行き渡り方に凸凹があつては從業員の士氣に係はる。そこでチップ制をやめる代りに一割のサービス料をいただくことにした」

「で、それを全從業員で分配するわけだ」

「さういふこと。これは妙策といふので、世界中のホテルがここに右倣《なら》へしてゐるさうよ」

「ジャズだね。朝つぱらから景氣がいい」

「これから一階の食堂でドンヂヤカやるの。その音合せよ」

「消化に悪いね」

「それがアメリカさんの胃袋にはいいらしいのよね。さうさう、總司令部がここを直屬宿舍にしたのは、この部屋に仕舞つてある葡萄酒が狙ひだつたといふ話もあるわよ」

「樂士控室」といふ名札の下つた部屋の隣りに「酒庫」と書いた札が出てゐた。

「日本の帝國ホテルにはフランス葡萄酒のいちばんいい出來年《できどし》のものがごつそりのこつてゐるといふ噂が世界中に飛んだらしいの。總司令部はそれを狙つたといふわけね」

酒庫の先で廊下はどん詰まり。その突き當つたところに、どつかの雜誌から切り抜いたと思《おぼ》しき色刷りの薔薇の繪を貼つたドアがある。

「ただいま」

お仙ちやんがそのドアを押した。

「信介さんも一緒ですよ」

教室ほどもある大きな部屋だつた。

眞ん中に未だワニスの香も高い洋風の卓があつて、これも大きい。疊が一帖そつくり載つかりさうである。惜しいことに一端が燒け爛れてゐる。卓の回りに同じくワニス塗りの木製丸椅子が十脚あまり置かれてゐるが、これまた脚や臺などに焼痕がはつきりと認められる。滿足な椅子は一脚もない。

奥に白地のカーテンが張つてある。お仙ちやんがこつちに目顔で椅子を勸めてから、カーテンの向うにまたも聲を掛けた。

「信介さんが見えてるわよ」

「なんか焦げくさいと思はないか」

「去年の五月二十五日の空襲でこの南館と大宴會場が焼けたのは知つてゐるでせう。ここはそのとき焼け殘つた南館地下の家具倉庫なのよ」

「なるほど。それでいい家具が揃つてゐるわけか。カーテンも立派だな」

「あれも焼け殘り。ここの女子從業員さんが着てゐる着物ね、あれは焼け殘りのカーテンを染めたものなのよ」

正面の壁にぴつたり付けて赤葡萄酒色の小卓が置いてある。お仙ちやんはその小卓の上の電熱器に小ぶりな藥罐をのせた。

「コーヒーを溫め直してあげようね」

「それはありがたい。それで女子從業員のことだが、青の着物と桃色の着物と二通りあるね。あれはどういふことだい」

「年長組は青、若い娘は桃色。つまり、青のカーテンと桃色のカーテンが焼け殘つてゐたつてわけね」

そのとき、シヤツと金具の走る音がしてカーテンがドア側から奥へと滑るやうに開き、白い簡單服が横一列になつて卓の方へ歩いてきた。カーテンを仕立てたものらしい。

「お父さん、お元氣？」

文子はアップに結つてゐる。

「白髮が增えたみたいね」

武子はガラガラ聲、首に眞綿《まわた》を卷いてゐる。

「おぢいちやんとおばあちやん、お世話になつてます」

古澤の時子さんは爪の赤いエナメルに息を吹きかけてゐる。

「をぢさん、お久しぶり」

牧口可世子さんはいつの間にか斷髮にしてゐた。

「毎日、お噂はしてるんですよ」

黑川芙美子さんは眉毛を剃り落してゐる。

「これがお好きでしたわね」

眞向ひに腰を下ろしたともゑさんが簡單服のポケットからラッキーストライクを二つ取り出

して、こっちへそっと滑らせてよこした。

「どうぞ」

「あなたは仕立屋の源さんがどういふ男か知っておいでですか」

贈物を向うへ押しやって坐り直し、お仙ちゃんからきたコーヒーを一口飲んで、

「四十男がミシンを踏んでゐると思っちゃいけない。あれはね……」

自前の闇煙草を出して火をつけた。

「……あれは純情可憐がミシンを踏み、馬鹿正直が裁鋏《たち》で生地をたち、天眞爛漫が針を持ち、糞眞面目がアイロンをかけてゐるんです」

「わたしもさう思ってをりました」

「さういふ性格もあって、源さんはこれまで女には縁がなかった。それがどうです、今朝なぞは鼻唄まじりに箒を動かしてゐる。あれは掃除といふより踊りといった方が早い。付き合って四十年にもなるが、あんな源さんを見るのは初めてだ。もうすっかり舞ひ上ってゐる。ともゑさん、これもあなたがいいかげんな媚《こ》びを賣ったせゐです」

「眞剣ですわ。源太郎さんとのことは眞面目に考へてゐます」

「眞剣にも眞面目にもなりやうがないでせう。なにしろあなたにはキャンプ・エビスに戀人がゐるんですからな。ともゑさん、これ以上、源さんを玩具《おもちゃ》にするのはやめていただきたい。で

ないと今に人死《ひとじに》が出る。結句、源さんは不忍池へ身を投げることになる」

「不忍池ぢやむりむり」

武子が口をはさんだ。

「あすこは去年まで田んぼだつたぢやない。膝小僧までしかないのよ、深さが」

「お前は默つてゐなさい。ともゑさん、あなたが源さんとのことを眞劍に考へてゐるといふなら、あのバッドハム軍曹とは緣を切つていただきたい」

バッドハム軍曹は架空の人物である。さう見當はついてゐるが、彼を持ち出したのは誘ひ水。今日はどうあつても眞相を突き止めて歸らねばならない。

「さあ、いかがですか」

ともゑさんがお仙ちやんを見やつた。顏に白粉を叩いてゐたお仙ちやんがパフをコンパクトへ戻しながら、

「洗ひ浚ひ話しちやいませうか。じつをいふと、そのつもりで信介さんを案內してきたのよ」

「さうだわね」

文子が髮を解いてザンバラになる。

「いつまでもお父さんを迷子のまま放つておくわけには行かないものね」

「わたしが迷子だと」

「さうなのよ」

「それはどういふ意味だ」

「わたしたちは大きな作戦地圖を描いた。お父さんはその地圖の中で迷つてゐる」

「よく分らんが」

「この一月十七日、お父さんはボブと口論したわね。正確にいふと、その日、CIE言語課雇の山中信介は、彼の上司であるロバート・キング・ホール言語簡略化擔當官と激しくぶつかつた。覺えてゐるでせう」

「忘れるものか。お前の彼氏のあのボブは漢字と假名を廢止しようと企んでゐたんだぞ。これからの日本人はローマ字で日本語を書くべきだとほざいたのだ。そればかりか、近くアメリカ政府から派遣される教育使節團を通して濠端の天皇に日本語のローマ字化を吹き込まうとしてゐた。マッカーサー命令はかつての敕令よりも力がある。つまり放つておくと日本語の文章がすべてローマ字になつてしまふ。衝突して當然だらう」

「お父さんは、知り合ひの新聞記者に話してくると言ひ捨てて、オフィスを飛び出した」

「お向ひの高橋さんにいつて新聞に書いてもらふつもりだつた」

「ボブは慌てた」

「ざまみろだ」

「教育使節團の來日前に計畫が洩れては困る。日本人が騒ぎ出す。さうなると計畫は臺なし、繪に描いた餅で終つてしまふ。ボブはわたしにさう泣きついてきたわ」

「意氣地のないやつだ」

「そのまま放つておいてもいいんだけどね。たとへ新聞社に知れたとしても記事になりさうもないから」

「どうして」

「今の新聞にはアメリカさんのことを記事にする度胸がないもの。あちらが主役を演じてゐる美談ならとにかく、あちらの陰謀を書く勇氣などありやしないし、それでも記事にしようとするなら、そのときは檢閲で差止めにしたらいい」

なるほど、さうだつたか。ひよつとしたら高橋さんは今ごろ上司から「かういふ危い材料は君一人の胸に收めておけ」と小言を喰つてゐるところかもしれない。

「それでもボブは、萬が一といふこともあるから心配だと騒ぎ立てる。たしかにさう、萬が一にも外部へ洩れたら、わたしたちが一番、迷惑する。それでここにゐるみなさんと相談した。時子さんが素敵な案を思ひ付いてくれたわ。話が洩れさうなところへ全部、蓋をしちまへばいいつて」

「をぢさんを日比谷のモンキーハウスへ送り込んだ張本人は、わたしかもしれません」

時子さんは卓の上に赤い爪を揃へて頭を下げた。

「ごめんなさい」

「まづ、ボブは、高橋さんに、農村視察に出かけるアメリカ人記者の案内役を言ひつけた。お父さんから高橋さんを切り離さうとしたわけね」

「もちろん、そのアメリカ人記者は僞者でした」

可世子さんがハンカチを差し出した。意外な話がつづくので、煙草の灰が上着の襟に落ちたのにも氣づかずにゐたのだ。

「ホール少佐がＣＩＥの教育課員を俄《にはか》記者に仕立て上げたんです」

「あの姫田三郎は？」

「元特高刑事ださうです」

芙美子さんがコーヒーを注ぎ足してくれる。

「それぢや、ミス栗田の榮轉も、それから本郷バーのおやぢさんの仙臺行きも、みんなホール少佐、いや、いまは昇進して中佐か。とにかくやつの差し金なんだな」

お仙ちやんが頷いて、

「それからもう一人、バッドハム軍曹に化けたのは、このホテルの、二階フロアのアメリカ軍キャプテンだつた。キャプテンといふのはそのフロアの責任者のことだけどね」

「品川署の連中は？」

「そつちの方もホール中佐が話をつけた」

「なんてことだ。あんた方は全員、ホール中佐とぐるだつたんだ」

「あるところまでは、たしかにさうでした」

ともゑさんが話を引き繼いだ。

「あたしたちはホール中佐の日本語ローマ字化計畫を内部から潰さうと思つてゐました。ですから外部の人間に下手に騷ぎ立てられてはかへつて迷惑します。それで信介さんの口を封じることにしたのです」

「ちよつと待つた。内部から潰すとは、どういふことですか」

「ホール中佐は御自身の計畫にすつかり取り憑かれておいでですわ。ですから、ここからはとても切り崩せない。それぢや教育使節團の日本語簡略化分科會に狙ひをつけたらどうかしら。分科會を牛耳ることができれば、わたしたちの勝ち、ホール中佐の日本語ローマ字化計畫を潰すことができる。さうすれば、もう二度と日本語ローマ字化計畫が採り上げられることはないはず。これがわたしたちの立てた作戰でした」

「馬鹿な作戰を立てたものだ。いいですか。相手は聯邦教育局の局長だの、州の教育長官だの、大學の學長だの、大學教授だの、とにかくアメリカ教育界のお歷々なんですよ。いつたいどうやつてさういふ御連中に食ひ込まうといふんですか」

ともゑさんの形のいい唇から皓い歯がこぼれた。

「もう充分に食ひ込んでゐますわ」

ほかの六人もにつこり笑つてゐる。

ともゑさんがくれたラッキーストライクで一服つけた。

(どうやら自分は途方もない大陰謀の渦の中に巻き込まれてしまつてゐるらしい。ここは落ち着かなきやいかん。よく考へなきやならん)

さう胸に言ひ聞かせながらゆつくりと煙を吹き上げる。焼夷彈の雨から辛うじて焼け残つたこの帝國ホテル南館地下の家具置場の天井は煤で眞ツ黑だ。そのうちに天井へ入口からちらちらと光が差す。茶髪のお仙ちやんを先頭に人の影が六つばかり廊下へ出て行くところだつた。

「朝御飯の時間なんですよ」

ともゑさんは殘つてコーヒーを飲んでゐる。

「お客様をお起しするのが一日の最初の仕事なの。それぞれ一人づつ團員の方のお世話を受け持つてゐるんですよ」

「夜中の面倒は見なくともいいんですかな。ベッドでダンスを踊らうといはれたらどうするんです」

聞くのは辛いが、しかし現實とはつきり直面しなければならない。今の自分に必要なのは現實を直視する勇氣だ。

「お相手しますよ、そのときは」

さすがに四角な物言ひになる。

「それがあたしたちの仕事なんですものね。もちろん文子さんは別ですよ。文子さんにはホール中佐といふ定《き》まつた方がゐますからね」

「それで、ともゑさんのお相手はいつたい何者なんです」

「ジョージ・ストッダードさん」

「どつかで聞いたやうな名だ」

「團長さんですよ、今度の教育使節團の。ニューヨーク州の教育長官をなさつておいでださうですわ」

「ベッドに日本女性を侍らせておいてなにが教育長官ですか。笑はせちやいけない」

「紳士ですよ」

「だからつて、ときには、ともゑさんのその器量に迷つて、いやらしい難題を吹きかけてくることだつてあるでせうが」

つづけて「あたしなら毎晩でも迷ふ」といひさうになり、そつと赤面した。

「一度だけ、ありました」

ともゑさんは低い聲になつた。

「ストッダードさんはもうお年で、だいぶ苦勞なさつておいでででした」

「源さんに聞かせたくない話だな」

「あの人ならなにもかも知つてます。起きたことはぜんぶ話すやうにしてゐますから」

「いかに佛《ほとけ》の源さんでも、怒つたでせうな」

「年季明けのおいらんを待つ間夫の氣持がよくわかるといつて、寂しさうに笑つてました」

ともゑさんの表情がいきなり變つた。兩の眼が涙でみるみる潤みはじめたのだ。

「こんなこと、早くお仕舞ひにしたいわ」

ともゑさんは卓上のハンドバッグからハンカチと四つに疊んだ紙の束を一緒に取り出すと、ハンカチで眼を抑へながらこつちへその紙の束を押しつけるやうにして寄越した。

「一週間前、この十三、十四日の二日間、教育使節團の全團員による總會が開かれたんです。それはそのときの會議録の一部です」

紙の束を膝の上にひろげて皺を伸ばすと、それは謄寫版による刷り物で、全部で五枚、ガリ切りの技量は相當なものだ。表紙に大きく、

「日本語改革案」

その横に中くらゐの大きさの字が長々と竝んでゐる。

「GHQ民間情報教育局言語課長兼日本語簡略化擔當官ロバート・キング・ホール海軍中佐」

さらにその横に短く、日本人の名もあつた。

「前臺北《たいほく》帝國大學總長安藤正次」

日本人が加擔してゐるとは思はなかつたから、しばらくぼうつとしてゐた。

「ホール中佐の講義は英語で、安藤先生のは日本語で行はれたさうですわ。ホール中佐の講義は外務省のお役人が譯して、全體を文部省がまとめたものがそれなんです。全國の有識者に配るんださうですよ」

「それで、わたしにどうしろといふんです」

「ひとわたり目を通しておいてください。その間に團長さんをお起ししてまゐりますから」

かすかな香水の風をおこしてともゑさんが出て行き、そしてだれもゐなくなつた。ただ遠くの食堂でジャズの樂隊の音がしてゐるばかりである。刷り物をきつちりと卓の上に置いて坐り直し、もう一服つけた。

日本語簡略化擔當官の教育使節團の全團員にたいする講義は、

「日本語の表記法は、四世紀の中國文化の導入に始まる」

といふ一行から說き起されてゐた。彼によれば、なんでも日本語は、

「音韻組織は世界でも類のないほど單純だが、いつたんそれを表記するとなると、突然、信じ難いぐらゐ複雑になるといふまことに不思議な言語である」

といふ。

「まづ、文字に、漢字、片假名、平假名、そしてローマ字の四種があつて、しかも短い一文の中にこの四種が同居するなど日常茶飯のことで、その煩はしさは言語を絶するものがある」

なにをいつてやがると、思はず知らず聲が出た。こつちは、大和言葉は平假名で、漢語は漢字で、そしてヨーロッパ語は片假名でと、ちゃんと使ひ分けてゐる。

「その上、文體にも、口語體、文語體、候《さうらふ》文などの各種があり、これまで日本を訪れた西歐人は一人の例外もなく異口同音に、『これこそは悪魔が發明した言葉だ』といつたといふが、まさにその通り、とにかく複雑怪奇である」

さういふ言葉で讀み書きすることのできる日本人は頭がよくて偉いとは、もちろん書いてゐなかつた。

「かういふ書記言語を簡略化しないうちは、彼等は決して國際社會の一員になることはできないだらう」

中佐はさういつてゐた。

「とくに漢字は、難解を通り越して滑稽ですらある。例へば『和尚』といふ漢語は、天臺宗ではクヮショー、眞言宗ではクジョー、禪宗や淨土宗ではオショーと讀む。一般の日本人にこの讀み分けはできないから、彼等は、オショー、ボーサン、あるいはボンサンと呼んでなんとなくごまかしてゐる。しかも、その上、彼等はそれぞれ自分の專門分野ごとに勝手な言葉を捏《こね》上げて平然としてゐる。一例を擧げよう。英語のコンスタントに、數學界と物理學界は『常數《じやうすう》』といふ譯語をあててゐるが、これが工學界では『定數《ていすう》』と譯され、化學界では『恆數《こうすう》』になる。なんといふ珍奇な民族であらうか」

日本人ならだれでもこれは詭辯だとわかる。一つか二つ、特殊な例を擧げて、「だから日本語はすべてこの通りだ」と、悪く一般化するのはインチキな小刀細工だとわかる。しかし、イロハのイの字も知らないアメリカ人が、日本語の達人と稱する同國人から自信たつぷりさう斷言されたらどうか。「なるほど、さうか」と思ひ込むそそつかしいのが大勢出てくるにちがひない。

「餘談になるが、日本語に星の名が少いのは注目に價ひする事實である。火星、金星、土星、海王星からはじまつて北極星にいたるまで、星の名はすべて中國からの借り物である。日本人自身が命名した星の名は一つしかない。すなはち、冬の宵、彼等の頭上に輝く牡牛座のプレヤデス星團を『すばる』と命名したのが唯一の例外である。思ふに、日本人は、星空を仰いで永遠なる宇宙に想ひを馳せるといふ崇高な習慣を持たぬ世にも珍しい民族なのだ。彼等は決して遠くを見ない。日本人の考へ方が、ときとして近視眼的になるのも無理からぬことである」

嘘をつけ、それでは九十九里濱の、あのをばちやんたちは日本人ぢやないといふのか。思はずさう叫んで刷り物を床に叩きつけた。

海の近くの八日市場刑務所で服役してゐたころ、毎日のやうに、近くの漁村から通つてくるをばさんたちと鰯の蒲鉾を作つたが、彼女たちはあのへんの言ひ方で星の名をよく口にしてゐた。漁師が星を見ずにどうして海で働けるものか。ただ、全國的に「あの星はかう呼ぶ」といふ取り決めをしなかつただけの話ではないのか。

さういへば、夜空にきらめく星々を測つて、つひに日本全國の實測地圖を完成したあの伊能忠敬先生も九十九里濱の生れだつた。日本人だつて星ぐらゐ見る。

「もう一つ餘談をいへば、日本語には植物名がきはめて豊富である。とくに長い葉を持つ草の名が多い。タケ、ササ、シノ、アシ、カヤ、ススキ、スゲなど、枚擧に暇がないほどである。これは長い葉を持つ草で屋根や壁を作る習慣があるからで、彼等は草の家に閉ぢ籠つたまま、星も見ずに一生を終へるのである。ちなみに、アメリカ軍による空襲で日本の家屋の多くが燒失したが、これは草の家だつたからであつて……」

ガリ版文字の上に、空襲で命を斷たれた長女の絹子や兄の顔がにじむやうに浮かび上つてきた。市民に對する、あの容赦のない爆撃は國際法違反である。それを「草の家」のせゐにするのは卑怯だ。そこから先は、腹が立つて口惜しくて視線が文字の上を滑つて行くだけだつた。

「漢字の難しさの一つの例として、漢字に訓讀みと音讀みの二種のあることを强調したい。現に、今の文部大臣の名前を漢字で『安倍能成』と書くが、この『能成』が、ノーセイか、ヨシナリか、だれに聞いてもはつきりした答は得られない。しかも驚くべきことに、本當はヨシシゲと讀む。このやうに、世の中でもつとも大切な人名さへも、曖昧なままに放置しておいて平氣なのが日本人である。彼等の顏が曖昧で不可解な微笑で鎧《よろ》はれてゐることは廣く知られた事實であるが、その一因を、漢字の讀み方のこの曖昧さに求めてもよろしからう。さらにいへば、名を曖昧にしたままで正確な思考を進めて行くことは不可能であつて、彼等の思考法が曖昧なのはここに端を發するといつてよい」

ぶるぶる震へながら目を走らせて行く。知らぬ間に煙草を二、三本、喰ひちぎつてゐた。

「漢字を用ひて日本語を書き表すには、『やま――山』『かは――川』のやうに、意味上の對應關係を持つ漢字を使ふのが普通だが、對應する漢字がない場合、便宜的に、そして、ここが注目すべき點であるが、その場で思ひつくままに、ある漢字の音や訓を借りて書き記す。これが『當《あ》て字』といふ珍現象である。『素敵（すてき）』『兎角（とかく）』のやうに漢字音を借りて和語を記すもの、『背廣（せびろ）』のやうに漢字の和訓を借用して外來語を表記するもの、『矢張（やはり）』『出鱈目（でたらめ）』のやうに漢字の和訓を借用して和語を表記するものなどがあり、實際には『型錄（かたろぐ）』のやうに、これらの用法が組み合はされることが多い。日本人のだれもが誇りにしてゐる夏目漱石といふ作家は、日本の最高學府、東京帝國大學の出身者で、イギリスに官費留學を命じられたほどの、當時最高の知識人であるが、じつは彼の作品には、例へば『馬穴（ばけつ）』の如き、その場で思ひつきの當て字が頻出する。漱石ですらさうなのだから、他は推して知るべしで、漢字はこのやうに、日本人の刹那的な、その場しのぎの、獨りよがりな性格を育ててきた……」

背廣を脱ぎ、臺襟《だいえり》のシャツを脱ぎ捨てた。怒りの炎で五體が燃えるやうだ。

「第一次大戰の戰禍を目のあたりに見て、戰後、平和と軍縮に最高の價値をおく思潮が國際社會にひろまつた。この好ましい思潮を制度化しようとして國際聯盟が誕生したのは周知のところである。ところが大日本帝國は、滿洲帝國の扱ひを巡つて國際輿論と衝突し、當時、常任理事國といふ重責を擔つてゐたにも拘はらず、つひに聯盟を脱退した。日本に倣つてドイツ、イタリアの脫退が續き、それらが今次大戰を引き起す重大な原因の一つになつたことはまだ記憶に新しい。あの當時、世界中で、『日本人が何を考へてゐるか、まるでわからない』といふ聲が上つたが、日本人のわからなさを養つてゐたのは、じつはこの漢字のわからなさだつた。複雜怪奇で、珍奇で、近視眼的で、草の家に住む日本人。曖昧で、その場しのぎの得意な日本人。かういふ特異で、不可解な性格を有する日本人が今のままで國際社會に復歸するのは不可能といはざるを得ない。このままではとても危なつかしくて仲間に入れることができないだらう。このたびの敗戰を機に、日本人は思ひ切つて一切の漢字を棄て、ローマ字を採用し、その性格を根本から改めながら、國際社會に通用する普遍性を育てるべきであらう」

ホール中佐の講義を毟《むし》つて床に捨てると、靴で散々に踏みにじつてやつた。手には安藤正次元總長の講義が殘つた。講題に「國語と國字に關する諸問題」とあつて、英語が書き添へられてゐた。

On Problems Concerning National Language and Its Characters

「頼みましたよ、總長。ホールのやつの説をこてんこてんにやつつけてくださいよ」

惡者どもに凌辱される寸前の小娘が正義の劍を振りかざす白鳥の劍士の登場をいまや遲しと待つ心境、胸の裡で手を合せて讀みはじめると、なんとホール中佐の説を補強するやうな内容である。

「日本語の文體も複雜である。日本語文體には、大きく二種あつて、一つは敕語や法令のやうな漢字と片假名を併用するもの、もう一つは公用文や私信にみられる漢字と平假名を併用するもの、どちらも話し言葉とは異《こと》なるため、大いに日本語を複雜にしてゐる」

裏切り者め。

「だいたいが、明治初期にも、漢字全廢、假名のみ使用といふ意見があつたし、それよりなにより田中館愛橘《たなかだてあいきつ》ら大勢の論者によるローマ字採用論の華々しい提唱といふ輝かしい歴史を、われわれはすでに持つてゐる。その意味からも、わたしはホール中佐に明治の先覺者たちの面影を見る思ひがするのである」

おべつか使ひめ。

「もつとも、いきなり漢字全廢政策やローマ字採用政策をとつては、大衆が混亂に陷るおそれがある。そこで當面の解決策としては、漢字の數を極端に制限し、その分を假名で補ふやうにする策が有效ではないかと思はれる」

すこし風向きが變つてきたか。

「さういふ過渡期をはさみながら充分に時間をかけて、漢字全廢すべて假名書き、あるいはローマ字の全面使用のどちらかを決斷することが望ましい。そこで結論はかうである。國語改革の目的は日本の兒童生徒の負擔を輕くすることであり、そのためには日本國民すべての協力が必要であらう、と」

大山鳴動鼠一匹式の結論だ。占領軍には逆らへないといふ氣持はわからぬでもないが、いやしくも日本人の代表ではないか。「この日本語があつたればこそ、世界最古の物語、源氏物語もできたのだ」ぐらゐはいつてほしかつた。

床から拾ひ上げた講義錄の皺を伸ばしてゐるところへ香水の匂ひのついた風が吹いてきた。

「午前十一時の歌舞伎見學ぎりぎりまで寢てゐようですつて。團長さん、やはりお年なのね」

ともゑさんが眞向ひに腰を下ろした。

「讀後の御感想はいかがでした」

「この場にホールの野郎がゐたら迷はず摑みかかつてゐたでせうな。そして半死半生の目に……もつとも奴の方が若くてでかいから、こつちがやられちまふかもしれないが、とにかくただぢやおきませんよ。安藤正次センセイからも、びんたを一、二枚、とつてゐたところだ」

「みんな同じ思ひでをりますわ」

「みんな、といふと」

「東京セブンローゼズ」

ともゑさんの、黒いほくろの一つポツリとついてゐる白い頸すぢが見てゐる間に薔薇いろに染め上つて行く。

「B29の落した爆彈で、夫は命を落し、義父《ちち》の氣が狂つた。あなたのお孃さんの文子さんと武子さんは空襲で姉を、お仙さんは大を、時子さんは兩親と兄を、牧口可世子さんと黒川芙美子さんは一家全員を亡くしました。あたしたちを戰さに誘ひ込んだ指導者が惡い、その誘ひに乘つたあたしたちにも責任がある。さういつたことは全部わかつた上で、それでもあたしたちはアメリカを憎んでゐる。さうして、そのアメリカ相手に春を賣つてゐる自分を憎んでゐる。このあたりになると頭の中がなんだかもつれてよくわからなくなつてしまふけど、それでも日本人から漢字や假名を取り上げようだなんてあんまりぢやないかしら。これは東京セブンローゼズみんなの一致した意見なんです」

「その通り。アメリカはやりすぎですよ。いくら戰さに勝つたからつて、こつちの言葉までいぢくることはないんだ」

「なんていつたらいいのか、夫を亡くすよりも漢字と假名をなくす方が骨身に徹《こた》へるやうな氣がする。子どもたちの先行きにひびくからかしら。どうもよくいへないんですけど」

「わかりますよ」

「今になつてつくづく金さんたちに申しわけのないことをしたと思ひますわ」

いきなり話が飛んだので、ぽかんとしてゐると、ともゑさんがいつた。

「あたしは朝鮮の京城育ちで、女學校には金さんといふ親友がゐました。ところが、あるとき から、突然、口を利いてくれなくなつた。それでも聲をかけると、『あなたたち日本人は朝鮮人から言葉を奪はうとしてゐる』といつて怒つてゐた。彼女のお父さんは言語學者で、何年もかけてせつせと朝鮮語の辭書を作つてらしたのね。でも、その原稿を總督府が沒收してしまつた。『朝鮮人は日本語を使ふことになつてゐる。いまさら朝鮮語の辭書を作つて何になるんだ』といふ理由をつけて……」

「あのころは朝鮮人も日本人といふことになつてゐましたから仕方がありませんよ。ほら、なんとかいつてましたな、皇民化でしたつけ」

「でも、朝鮮人に大日本帝國憲法が適用されることはなかつた」

またもやともゑさんの目が潤んだ。

「朝鮮人も日本人だといふのなら日本の憲法が適用されてしかるべきでせう。それなのに適用されることになつたのはほんの最近、一昨年《おととし》の秋でした」

ともゑさんの顔がいつぺんに白くなつた。ハンカチを顔いつぱいに押し當てたからだつた。

「朝鮮人も日本人、あれは口先だけだつたんだわ。自分の言葉を失ふ悲しさ、いまならわかる、金さんの氣持、いまならわかるわ」

聲が切れて、話も途切れた。なぜ話の穗先が急に朝鮮半島の方へ逸れてしまつたのだらう。なにかそこに謎のやうなものを感じてゐると、

「をぢさん、ともゑさんを泣かしたりしてだめぢやない」

赤い爪をちらちらさせながら古澤の時子さんが入つてきた。

「いつたいなにをいつたの」

「別に何も。ホール中佐と安藤正次先生の總會での講義について話してゐただけさ。ただ、ともゑさんがなんだか感じやすくなつてゐて、いきなり涙をこぼしはじめたんだよ」

「そんならいいけど。それで、話はどこまで行つたの」

「といふよりも、二人の講義に教育使節團がどう反應したか聞きたいと思つてゐたところなんだが」

「しばらくの間、拍手が鳴り止まなかつたんださうよ」

「すると、この先はどうなるんだね」

「二人の意見は正式に教育使節團の報告書に取り入れられることになるわね」

「それから……」

「報告書はマッカーサー元帥に提出されるでせうね。教育使節團を招んだのがマッカーサーだから當然さうなるわよ。そして月末、任務を終へた教育使節團は歸國する」

「その先は……」

「報告書に盛られた内容は日本政府を通して實施されるはず。マッカーサーの指令はかつての敕令より強力だから、だれ一人、逆らふことはできない」

「すると日本語のローマ字化を防ぐことは無理なのか」

「今やほとんど不可能でせうね」

「でも、たつた一人、不可能を可能に變へることのできる人がゐます」

さういひながら、前髪を横一線に切り揃へた牧口可世子がとろけさうな微笑を浮かべながら入つてきた。

「だれなんだ、その人はどこにゐるのかね」

「をぢさまが、その人よ」

くしやくしやにして卓の上に放り出しておいた臺襟シャツと上着を肩へ丁寧に掛けてくれた。

「をぢさま、たいへんなお仕事でせうけど、頑張つてくださいね」

可世子さんは四谷の大きな油問屋で乳母日傘《おんばひがさ》で育つた箱入娘だが、たつた一發の燒夷彈であつといふ間にすべてを失つた。賣物の油が火の回りを速めたから家族はだれ一人助からなかつたのである。萬事におつとりしてゐて、人を擔いで喜ぶやうな娘ではないが、やはりこんな仕事をするやうになると性格も變るのだらうか。

「これでも眞劍に漢字と假名の行く末を憂へてゐるんです。擔いぢやいけませんよ」

「東京セブンローゼズ全員でをぢさまに白羽の矢を立てました。この仕事ができるのはをぢさましかゐないつて。ね、さうですよね」

いつの間にか全員、揃つてゐて、こつちを見て一度ににつこり笑つた。ともゑさんが可世子さんの肩を抱いた。

「可世ちやん、ありがたう。どうしても言ひ出せないでゐたところだつたの。肝腎なところへさしかかると、話をやはり別の方へ曲げてしまふのよね。揚句には泣いちやつたりして。助かつたわ」

それにしてもこの山中信介になにができるといふのだらう。團扇作りとガリ版切りしか能のない五十五歳の半失業者になにをしろといふのだ。長女を空襲で失ひ、妻からは冷たくあしらはれ、次女と三女をアメリカ軍將校の慰み者にされ、長男には家出をされた初老の男に、いつたいなにをしろといふのか。

「作戰はあたしが立てました」

椅子をこつちの眞横に持つてきて時子さんが坐つた。

「基本は美人局《つつもたせ》ね」

この子は東京セブンローゼズの參謀本部らしい。わたしを日比谷のモンキーハウスに叩き込んだのも、この子の描いた作戰のせゐだつた。

「もつといへば、美人局の變奏曲かな」

「なにがなんだかよくわからん。順序立てて、わかりやすく説明しなさい。その上で、承知か不承知か決める」

「でも、聞いたら逃げられないわよ」

お仙ちゃんが恐ろしいことをいふ。いやな豫感がして腰を浮かせた。

「それぢや聞く前に歸らせて貰ふよ」

「さうは行かないの」

お仙ちゃんと武子がこつちの肩を押さへ込んだ。

「どうでも聞きなさいな」

「選擇の餘地なしといふことか」

「さういふことね」

「これが教育使節團の團員一覽よ」

時子さんがハンドバッグから紙を出して卓の上に置いた。右から順にゆつくり見て行く。總勢二十七名。中に赤丸の付いてゐるのが三名ゐた。すなはち、
ハロルド・ベンジャミン（米聯邦教育局國際課長）

ウィラード・ギブンス（全米教育協會事務局長）

ポール・スチュアート（米國務省、教育使節團事務局長）

最後の名前に記憶がある。たしかお仙ちゃんの「彼」だつたはずだ。

「この三人には三つの共通點があるのよね」

時子さんの赤い爪が三人の名前を輕く彈いた。

「それがなにか、わかつて？」

「わたしに聞いたつて仕方がない。なにしろこつちは一度も會つたことがないんだからね」

「そりやさうよね。では、第一の共通點。他の團員さんは大學の教育學の先生とか、州の教育長官とか、みなさんが教育の専門家なのに、この三人は高級なお役人なの。それも能吏といふ評判よ。つまり實力があるんだわ」

「なるほど。この三人になにか仕掛けようつてわけだな」

「をぢさんたらわかりが早い」

時子さんがこつちの額にキスをした。

「御褒美よ」

「そんなことをされてもちつとも嬉しくない年になつてゐるんだがね。餘計なことはしないで話を先に進めなさい」

「第二の共通點。三人とも女性が大好き。現にこのギブンスつて人はあたしの彼なんだけど、そりやもうなんていつていいか、あたし、しよつちゆう寝不足よ」

「第三の共通點は、なんだね」

「三人とも毎日、必ず本國へ手紙を出す。だれに宛てて書くか、わかるかしら」

「わかるわけがないでせうが」

「奥様宛てに書いてゐるの。つまり三人とも凄い恐妻家なのね」

「なるほど。恐妻家だからこそ、本國では恐くて出來ないことを遠く離れた極東で盛大にやつてゐるわけだな」

「さう。だからあたしは考へたわけよ。この三人が裸になつて日本娘と羽目を外してゐるところを寫眞に撮つたらおもしろいだらうなつて。その寫眞を本國の奥様に送るといつたら、きつと三人とも震へ上るわよ。それだけはやめてくれつて、土下座するわよ。なんでもするからやめてくれつて、泣いて頼むわよ」

「少し呑み込めてきたぞ」

「でせう」

「それでね、今夜、あたし、ギブンス君に、『ちよつとおもしろいことしませんか』つて、誘つてみるつもりよ。三組一緒になにをしたらさぞかしなにでせうつてね。彼、さういふの馬鹿に好きなの」

「その最中をパチリと撮るんだな」

「さうなの」

「それで、本國の奥様に寫眞を送られたくなかつたら、ホール中佐や安藤先生の意見を報告書に盛るのは見合せてくれと頼む。といふより、はつきりいへば脅すわけだ」

「さうなのよ」

「それで基本は美人局なんだね」

「考へたもんでせう」

「それはどうかな。この三人、さうやすやすと寫眞を撮らせるかな。いや、撮らせないだらうね。證據が殘るやうなことをやらせるわけがない」

「だからをぢさんが撮るのよ」

「なんだつて」

「洋服簞笥の中からこつそりと、ね」

ともゑさんが部屋の隅にある茶箱の中から黑光りするカメラを取り出してきた。上部には丸くて小さな銀色の傘が取り付けられてゐる。

「お向ひの高橋さんが貸してくださつたんですよ。新聞社のライカなんですつて。シャッターを押すとこの傘の眞ん中の球がパッと光つてあたりが眞晝のやうに明るくなる。ですから誰がシャッターを切つても眞裸の男女六人の姿がはつきりとうつるわけですわ」

カメラはともゑさんから美松家のお仙ちやんの手へ渡つた。

「夜の九時に北館二階の二四四號室へいらつしやい。ベッドルームの洋簞笥の中にこのカメラを置いとくからね。信介さんも戰前はずいぶんカメラに凝つてゐたやうだから拔かりはないだらうけど、これがシャッターだよ。わかつてゐるわね」

　金縛りにあつたやうで口さへ動かない。いまカメラのシャッターを切つたらたぶんブレのない立派な寫眞が撮れるにちがひない。

「午後八時にもう一度ここへきてちやうだい。芙美ちやんが信介さんを二四四號室へ案内することになつてゐるから迷はずにすむはずよ。さうさう、二四四號室のことをちよつと説明しておかなくちやね。これはこの帝國ホテルに十六しかない特別室の一つで、ベッドルームに應接間の付いた續き部屋《スヰート》になつてゐるのよ。それでそこがわたしの彼、教育使節團事務局長のポール・スチュアートの部屋……」

「ちよつと待つた」

　やうやく口が動くやうになつたが、舌がもつれてゐる。

「いくつか聞きたいことがある」

「なんだかもうすつかり怖《お》ぢけづいちやつたみたいね」

「ああ、こはいね。おしつこが漏れさうなぐらゐこはいね。まづ芙美ちやんが案内してくれるのはいいとして、いつたいどうやつてその二四四號室に忍び込めばいいんだ。そこにはお仙ちやんの彼、ポールとかいふアメリカ國務省の高級役人がでんと陣取つてゐるわけだらう。いつときますが、わたしは猿飛佐助ぢやありませんよ。忍術は使へませんよ」

「をぢさま、そんなのお茶の子よ」

芙美子さんは剃り落した上にいつの間にか三日月のやうな眉を描いてゐた。

「お部屋の鍵をお仙ねえさんも持つてゐるわけだし、それに今夜はお隣りのアーニー・パイル劇場でボブ・ホープの實演があるの。教育使節團のみなさんは一人のこらずそつちへ行くことになつてゐるから、忍び込むのは朝飯前、三つの子どもにもできるわよ」

「ボブ・ホープだと。なんだいそりや」

「いまアメリカで日の出の勢ひの喜劇役者で、日本占領中のGIたちの慰問にきてゐるんだつて。今夜の帝國ホテルは、七時から九時までの間、きつと空っぽになるわね。だつてそりやもうすごい人氣なんだもの」

「よからう、いかにも忍び込みませう、男女六人入り亂れての酒池肉林に向つてシャッターも押しませう。だが、そのあとが問題だ。ポールも、それからウィラード・ギブンスにハロルド・ベンジャミンの二人のお役人も、フラッシュの閃光で我に返るにちがひない。そこで次に聞きたいのは、さうなつたらどうするかだ」

「そのときのポールたちは眞つ裸なんだよ」

お仙ちやんは赤く濡れた口から紫の煙を天井に向けて吹き上げた。

「アメリカにだつて、裸で道中なるものかといふ諺ぐらゐあるんぢやないの。だから三人はパジャマかシーツかなんか身につけようとして、ばたばたすることになるわけね。信介さんはその隙に部屋から飛び出せばいい」

「そのまま廊下を北へ、銀座のある方角へ走つてくださいね」

可世子さんが手でさし招く仕草をした。

「すぐプライベイトと英語で書いた札の下つたドアにぶつかりますから。そのドアのところであたしが手招きしながら待つてゐます。そこまでくればもう安心、そこからは従業員専用の通路、追つ手を氣にせずに地下まで降りられますし、降りたところから右に回つても左に回つてもこの部屋の前に出ます。ドアには薔薇の繪が貼つてあるからすぐわかる。だいたいがわたしが案内に立つんですから、なんの心配もいりませんわ」

「さうとも、なんの問題もありやしないさ」

お仙ちやんが新しいラッキーストライクに火をつけた。

「それはこのあたしが保證するよ」

「それなら、あんた方がなにもかも自前でやればいいものを、なんでこんな初老の男に大役を振るのかね。途中で息切れでもして捕まつたらどうする氣だ」

「あたしたちは顔を覺えられてゐるんですよ。すぐに尻が割れちまふぢやないですか」

なるほど、それはさうかもしれない。カメラを受け取つてファインダーに右目を當てがつた。

遠眼鏡を逆さに覗き込んだときのやうになにもかも遠くへ去り、白く厚塗りした七つの顔が七輪の白薔薇のやうにも見えた。

「このカメラのことだが、こいつをお向ひの高橋さんから借りたといつてゐたね。といふことは、高橋さんも一味徒黨を組んでゐるんだな」

「一味徒黨以上よ」

文子の顔がファインダーの枠いつぱいになつた。面長な顔が上下にのびて白い馬面になつてゐる。カメラを目から離して卓の上に置いた。

「高橋さんは例の僞の出張のからくりに氣づいて、うちへ事情を聞きに見えたから、ことの成り行きをくはしくお話ししたわ。さうして、この作戰を思ひついたときに、今度はこちらからカメラを借りる相談にうかがつたのよ」

「フィルムの現像や燒付もわたしに任せなさい。なんならネガはわたしが預かりませうつて、高橋さんはさう仰つてくださつた」

武子はさつきからひつきりなしにコーヒーを飲んでゐる。この娘の耳障りながらがら聲はコーヒーの飲み過ぎで喉が焦げたかなにかしたからにちがひない。

「これは高橋さんにぴつたりの役柄ね」

「どういふ意味かな」

「だつて、高橋さんは新聞社にお勤めなのよ。新聞社にネガがあるといふことは、たとへ總司令部の檢閲が睨みを利かしてゐるとしても、あるといふだけで、教育使節團にたいして、無言の、そして強力な脅しになるぢやないの」

「なるほど、考へたな」

「食堂のバンド演奏が終つたみたいね」

古澤の時子さんが耳たぶに眞珠飾りをつけはじめた。

「をぢさま、他になにか質問があつて」

「……ない。もうたつぷりと聞きました」

「ぢやあ、仕事に行つてきます。をぢさま、しつかりね」

七人は去つた。殿《しんがり》のともゑさんがドアを閉めながらこつちを見て微かに笑つたやうだつた。

そのとき、ドアの上に掲げられてゐる時計がゆつくりと九時を打ちはじめた。

帝國ホテルの從業員通用口の公衆電話から數寄屋橋の新聞社にお勤めの高橋さんへ電話を入れて、それから寒さの殘る風が二分に春らしいそよ風が八分といつた氣味合ひの、氣持のいい風にそつと送られながら新橋に出た。闇市で一杯二十五圓の牛丼を二杯奢つた。二杯の中に散見された牛肉らしきものは三片だつたが、白米を腹一杯入れたおかげで日比谷公園へ回つたころにはもつといい氣分になつてゐた。

もう風はやみ、公園中があたたかさとよい香りにみちてゐる。もつとも鼻に神經を集めるとどこかに焦げた土の臭ひも感じられるけれども。音樂堂を左に眺めながら石のベンチに腰をおろすと、陽にあたためられた古い石はまるで行火《あんくわ》のやうだつた。くつきりした樹影が左の方の靴の修繕革に當つてゐる。五、六年前までは、今日のやうな春らしい陽氣になると、淺草橋の問屋へ出掛けて行つて納涼團扇の意匠についてあれこれ打合せをするのが常だつたが、こんどの「仕事」をなんとか爲果《しお》ほせたら淺草橋へでも行つてみようか。

そんなことをぼんやり考へてゐるところへ高橋さんがやつてきた。

「お忙しいところを呼び出したりしてすみませんな」

雜嚢を探つて、ともゑさんに頂戴したラッキーストライク五個のうちから、二個、高橋さんに進呈した。お禮とお詫びのつもりだつた。

しばらくの間、二人で、春のやはらかな陽光に溶けて行く煙の行方をぼんやり追つてゐた。どの石のベンチにも氣持よささうに日向ぼつこをする人がゐる。向ひ側の小道を國民學校初等科のちひさな子どもたちが、木々の小鳥たちの囀りに合せて黄色い歌聲をあげながら歩いて行く。

「極樂ですね」

ぽつんといつて、高橋さんは短くなつたのを地面で擦つて吸殻にしてから大事さうに煙草入れに藏《をさ》めた。あとで煙管で吸ふのだらう。

「春の陽ざしを浴びながらうまい煙草を吹かす。こんな極樂のやうなひとときがくるとは……」

さういへば、去年の夏、この公園のあちこちに空襲で焼死した人たちを積み上げた小山がいくつも竝んでゐたものだつたが。

「情けない」

「なにが、ですか」

「國家と國民とを同じものだと信じ込んでゐたこと、そしてさういふ考へ方をもとに新聞を作つてゐたこと、さういつたことがつくづく情けない。さうは思ひませんか」

「いきなり情けないといはれても、ちよつと面食らひますが」

「大日本帝國といふ國家がなくなれば當然、日本人は存在できなくなる。したがつて、最後の一人になるまで徹底して抗戰し、一億の日本人はみな玉砕するしかない。……さう思ひ込み、さういふ立場で紙面をつくつてゐたわけですよ。だが、ちがつた。たしかに大日本帝國はなくなつた。それぢや日本人が存在できなくなつたかといへば、さうではない。ここにかしこに日本人がゐて、日本語がある。つまりなくなつたのはかつての支配層だつたんです。もつといへば、大日本帝國の實體、その中味といふのは、なんのことはない、當時の支配層のことだったんですな。そんな簡單なことがわからなかつたのだから情けないといつてゐるのです」

「なるほど。じつはわたしも不思議だと思つてはゐたんですよ。國を守るために最後の一人まで戰へ、戰はねばならぬといふのがあの頃の合言葉のやうなものでしたが、もしもその最後の一人が死んでしまへば、國はきれいに消滅してしまふ。國を守るのが本義であれば、生き殘れ、一人でも多く生き殘れといふのが正しいのではないかと、さう思つたりもしてゐたんです」

「さう思ふ瞬間が、わたしにもなかつたわけぢやありません。しかし、その思ひを紙面に映さうとはしなかつたんですよ」

「でも、それは無理だつたんぢやないですか。たとへば……」

「たとへば、讀者にしても、自分たち國民が國家そのものであると信じ切つてゐた。日本の國土、その國土に住む人間、その人間たちの話す言葉、さういつたものは國家體制とはまた別個のものだなどと書いたら、新聞社は打壞しに遭つてゐたでせう。しかし……」

「それよりなにより例の髭つきもいかめしい軍人たちがゐましたよ。あの人たちがありとあらゆる新聞社をすつかり牛耳つてゐた。だから無理だつたんぢやないんですか」

「筆に狸の毛が混じるといふ諺がありますね」

「初耳ですが」

「軍人を化かすべきだつたんですよ。筆の力をもつてね。文章を練りに練つて、軍部にはさうと悟られぬやうに、しかし讀者には眞實を突きつけるやうに、さう書くやり方があつただらうと思ふのです」

「こんどこそ、その精神でお願ひしますよ」

勢ひつけて新しい煙草のためにマッチを擦つた。

「今夜、わたしが撮る寫眞のことですが、そのネガ、そいつをアメリカさんに決して渡してくださるな」

「誓ひませう」

高橋さんは右手を靜かに左胸に當てた。

「なにかのときは、その武器でもつて、教育使節團であれ、CIEの言語簡略化擔當官であれ、容赦なく締め上げてやります」

「三切れで十圓、蒸しパンはいかが」

目の前を、五つぐらゐの男の子を連れたモンペ姿の女が歩いて行く。女は、頸から下げた平笊に黄土色の蒸しパンを十個ばかり竝べてゐた。

「かあさん、お腹が空いた」

平笊にのびようとする子どもの手を女がぴしやりと打ち据ゑた。

「おうちに歸つたら、あなたにもこさへて上げます」

「いま、たべたいんだよ」

「そんな無理をいつてると、ここへ置いてつちやひますからね」

「くれるんなら置いてつてもいいや」

「おい、こつち、こつち」

四つ五つ先の方の石のベンチで兵隊服の若者が手を上げた。

「はい、ただいま……」

女は滑るやうにそつちへ去つた。そのあとを男の子が追ひかけて行く。

「女のひとは逞しいですな」

思はずさう呟いた。

「いまのひとにしても、麹町か麻布あたりの屋敷町にゐさうなひとですが、ああやつて手製のパンを賣つて歩いてゐる」

高橋さんの顔に苦い笑ひがひろがつた。

「戰爭中からこつち、配給、買ひ出し、食べものや着るものの工夫と、生活の實質を支へてきたのは女でしたから、逞しくもなるわけです。引きかへ、男は威勢のいい言葉を發明することばかりに熱中してゐた。いつてみれば、口先三寸で生きてきたやうなものです。そして去年の八月十五日に、男が口先だけだつたことが露見してしまひ、それからは腰を抜かしたままぼんやりしてゐる。選手交代の時期なんでせう。當分、女の天下がつづきさうだ。といふより彼女たちの逞しさにすがるしか、いまのところ法がない」

いつだつたか、妻の和江も似たやうなことを言つていたつけと思ひながら自分はかう答へた。

「……神國日本といふのがありましたな。滅法、威勢のいい言葉でした。その付録が天津日嗣《あまつひつぎ》で、天壤無窮《てんじやうむきゆう》で、金甌無缺《きんおうむけつ》で、八紘一宇で、南進日本で、躍進日本で、七生滅敵で、國體護持で、本土決戰で、一億玉碎で……。さういへば、現人神もはやりました。もつとも、その現人神が、突然、『わたしは人間でした』と仰せ出されたりするんだから、わけがわかりませんがね」

自分の答も、あのときの妻の言つたことと似てゐる。あいつ、案外と偉いやつだ。

「なかでも東京セブンローゼズは逞しい」

高橋さんは石のベンチから立ち上るとズボンの尻をぽんぽんと叩いた。

「なにしろ聯合國軍と正面から對抗して、日本語を奪ひ返さうといふんですから、すごいとしか言ひやうがない。いまの日本の男たちの中に誰一人、あれほどの覇氣を持つ者はをりません。斷然、尊敬します」

「逞しいといふよりは、しつこいんですよ。あの女《こ》たちはアメリカさんに抱いた恨みをいつまでも忘れられないでゐるらしい。今度のことは、アメリカの爆弾で肉親を奪はれた連中の仇討みたいなものです」

「洋服簞笥の扉を開けるときは、決して慌ててはいけませんよ、山中さん」

高橋さんはいきなりこつちへ向き直つた。

「落ち着いて、簞笥の扉をいつぱいに開くんです。敵は、さう急には動けない。いつたいなにが起つたのか、それを理解するのに少くとも二、三秒はかかるはず。いいですか、そこを狙つてシャッターを切るんです」

「わかつてゐます。……わかつてはゐますが、しかし、あなたのやうなプロの中のプロがやつてくださると安心なんですがねえ」

「ホテルの中の地理にお詳しい山中さんしか適任者はゐませんよ。きつとうまく行きますとも」

「だといいのですが」

「むしろむづかしいのは、そのあとです」

「そのあと?」

「セブンローゼズのみなさんが奪ひ返してくれた日本語を、天壌無窮とか、金甌無缺とかいふ、音と形だけはあつても中味が空つぽな言葉をこしらへることに使はないこと。これはよほどむづかしいことです。では……」

インテリさんのいふことは、相變らずむづかしいなと思ひながら、自分は、兵隊マントの裾を勢ひよく飜して日比谷交差點の方へ去つて行く高橋さんを見送つた。

氣がつくと、春の陽はかなりの高みへ昇り、さつきまで足下にあつた樹影がはるか向うの枯芝のあるあたりまで退《の》いてゐる。


（二十一日）

四月

今日、四月十日は新選擧法による第二十二回衆議院總選擧日である。今回から女性も投票權を持つことになつたので、妻はもちろんのこと、仕立屋の源さんの奥さんになつたともゑさん、美松家のお仙さん、それから山中家の娘さんたちも誘ひ、いつてみれば「東京セブンローズ衣料再生株式會社」の社員總出でにぎやかに宮永町國民學校に設けられた投票所へ繰り出した。

投票をすませたあと、みんなと別れて、全山、笑ひさざめいてゐるやうな花盛りの上野のお山の小道を縫ひながら驛の方へ歩いて行つた。どの小道も吹きたまつた花びらで掩《おほ》はれて白や淡紅《うすべに》の布を敷いたやうである。

「國が敗けたつて、こつちにや櫻があらあ」

まだ晝前なのにはやくも醉つた人たちがゐる。

「おまけに今日は酒がある。さあ、どつからでもかかつていらつしやいつてんだ」

「今年の櫻はいちだんときれいだが、これには深いわけがあるんだぜ」

「知つてらあ。去年はお山へ山ほど佛を埋めたから、その佛が櫻のこやしになつてといふんだろ」

「そのとほりよ。死んだ人たちの眼には、いまもこの櫻があのときの炎の色に見えてゐるんだらうな」

「おい、よせ。陰氣な酒はあやまるぜ」

そんなやりとりを心にとめながらお山を拔けて驛に出て電車で有樂町へ着いた。

部屋に入つて行くと、總務の女の子が、

「はやく、はやく、部長さん」

薄手の紙を手旗のやうに振つてゐる。

「進駐軍からの呼出しです。それも今日の十二時に、ですよ」

それは待ちかねてゐた面會許可證だつた。英文タイプで、

〈……新聞社寫眞部長高橋巖に、占領目的を妨害した疑ひで取調べ中の山中信介との面會を特

別に許可する。四月十日正午に、日比谷交差點の聯合國軍東京地區憲兵隊司令部の三階、犯罪調査部へ出頭すること。なほ、面會時間は三十分間とする。〉

と打つてある。

煙草を一本、ゆつくり吹かしてから、米國教育使節團報告書の日本語譯を持つて部屋を出た。十二時までまだ三十分もある。

日比谷交差點の東南の角の帝國生命ビルが占領軍に接收されて東京地區憲兵隊司令部になつてゐる。うちの社會部記者に聞いたところでは、ここの一階の留置場は、醉つぱらつた勢ひで都電の車掌から笛を奪つて吹き鳴らしたり、運轉手を叩きのめして都電を暴走させたり、あるいは煙草やバターを日本人に闇で流したり、强盜や强姦をはたらいたりする聯合國軍兵士たちのために用意されてゐるが、三階はちがふといふ。三階の犯罪調査部へは、占領目的妨害罪の容疑がかかつた者が、國籍を問ふことなく送り込まれるらしい。

ところで、信介さんは、先月二十一日の夜からこの三階に留置されてゐる。

あの晩、十時近くに、洋服簞笥から飛び出した信介さんは、お仙さんたちと全裸でふざけちらしてゐたハロルド・ベンジャミン、ウィラード・ギブンス、そしてポール・スチュアートの三人に向つて、フラッシュを焚き、シャッターを切つた。

そこまではよかつたが、二四四號室から出ようとしたとき、絨毯の繼ぎ目に躓いて、轉倒した。すぐに起き上つたものの、廊下のどつちが北か南かわからなくなり、右に行き、左に戻りしてゐるところを、ポール・スチュアートに組み敷かれてしまつた。スチュアートたちはフィルムを抜き取つた上で、信介さんをホテル一階の東京憲兵隊詰所に突き出したが、じつは寫眞を撮つてゐたのは信介さんだけではなかつた。ともゑさんの手引きで八時半ごろから二四四號室のヴェランダに潜んでゐたわたしも、信介さんの焚くフラッシュに合せてライカのシャッターを押した。信介さんの腕を信用しなかつたわけではない。東京セブンローゼズとわたしは大事をとつただけだ。

「やあ、高橋さん……」

三階でエレベーターをおりて、受付に行かうとしたら、そばの長椅子から聲がかかつた。

「どうしてここにおいでなんです」

「面會に來たんですよ」

受付でアメリカ陸軍の若い憲兵が英字新聞を讀んでゐた。カーキ色のシャツに焦茶のネクタイを締め、ズボンをサスペンダーで吊つた大男である。左腕にMPと染め抜いた腕章をつけてゐる。面會許可證を示すと、輕く右手を上げ、また新聞に目を戻した。

「占領目的妨害罪の容疑者には面會が許されてゐないんですがね」

信介さんは目を丸くしてゐる。

「よく許可證が出ましたな」

「ちよつと裏から細工をしました。それにしても、ずいぶんお元氣さうだ。なによりです」

「モンキーハウス入りは二度目ですからね。慣れてゐるんですよ」

「ここで話をしてもいいんでせうね」

「あのサージャントがなにもいはないところをみると、ここでいいんでせうな。だいたい、ここには面會室もありませんしね」

さういつてから、信介さんはしばらくもぢもぢしてゐたが、やがて長椅子の上に改まつた。

「面目ない。まんまとフィルムを抜き取られてしまつて、……力不足でした」

「さうぢやない。じつは信介さんがうまい具合に囮になつてくださつたんですよ」

わたしは、信介さんの焚くフラッシュに合せてヴェランダ側から寫眞を撮つてゐたことを話した。

「それで、うんと大きく引き伸ばしたやつを一枚、CIE言語課長のホール中佐に送り付けてやつたわけです。手紙も添へました。日本語の改革を日本人自身にまかせないといふのであれば、この寫眞をニューヨーク・タイムズへ送る。また、あなた方の出方によつては、ネガをマッカーサー元帥宛に送りつける手筈もついてゐる。……とまあ、そんな文面でした。面會許可證もホール中佐におねだりして出してもらつたんですよ」

信介さんはウオーッと叫び聲を上げ、それを憲兵がシーッと制した。

「それで教育使節團はどうしました」

「部厚い報告書をのこして、四月一日に歸國しました。これが教育使節團がマッカーサー元帥に提出した報告書です。三日前に發表になつたものですが、第二章の『國語の改革』といふところを讀んでごらんなさい」

新聞の切り拔きをはさんでおいたところを開いて信介さんに渡した。そこには、次のやうなことが書かれてゐたはずである。

〈……國語改良の必要は、日本においてすでに長い間認められてゐた。著名な學者たちがこの問題に多大の注意をはらひ、政論家や新聞雜誌の中には實行可能な方法を種々研究したものが多い。約二十に上る日本人の團體が、今日この問題に關係してゐるといふことである。だいたいにおいて、三つの國字改良案が討議されつつある。第一は漢字數の制限を求め、第二に全然漢字を廢止して、ある種の假名を採用することを要求し、第三は漢字も假名も完全に廢棄して、一種のローマ字を採用することを要求する。

これらの諸案のうち何れを採るべきかは、容易に決定することはできぬが、使節團の判斷では、假名よりもローマ字に長所が多い。

必然的に幾多の困難が伴ふことを認めながら、また多くの日本人のためらひ勝ちな自然の感情に氣づきながら、そして提案する變革の重大性を充分に承知しながら、しかもなほ我々は敢へて以下のことを提案する。
一、なんらかのローマ字方式を是非とも一般に採用すること。
二、どのやうなローマ字方式を選ぶかは、日本の學者、教育權威者、及び政治家より成る委員會がこれを決定すること。
三、その委員會は過渡期の間、國語改良計畫案を調整する責任を持つこと。
四、その委員會は新聞、定期刊行物、書籍その他の文書を通じて、學校や社會生活にローマ字を採り入れる計畫案を立てること。
五、その委員會はまた、一層民主主義的な形の口語を完成する途を講ずること。
六、國字が兒童の學習時間を缺乏させる不斷の原因であることを考へて、委員會を速やかに組織すべきこと。あまり遲くならぬ中に、完全な報告と廣範圍の計畫が發表されることを望む
……〉

信介さんが澁柿でも噛んだやうな顔でわたしを見た。

「やつらはやはり日本語のローマ字化を企んでゐるぢやないですか」

「心配いりません。その次の頁をどうぞ」

信介さんは頁を繰《く》つた。

〈……とはいふものの、國語の形式の如何なる變更も、國民の中から湧き出てくるものでなくてはならない。そこで我々は、適當なる期間内に、國語に關する總合的な計畫を發表する段取りに至るやうに日本人學者、教育指導者、政治家より成る國語委員會が、早急に設置されるやう提案する次第である。〉

報告書から上げた信介さんの眼が潤んでゐた。

「國語改革は、國民の中から湧き出てくるものでなくてはならない。……いい科白《せりふ》ですなあ」

「つまり、たくさん注文はつけたが、結論は日本人が出せといふわけです」

「敵ながら天晴れな名科白だ」

「ですから、その名科白を彼等に書かしめた眞の作者は、東京セブンローゼズの面々であり、信介さんのあの一發のフラッシュであつたわけです」

信介さんの、いまにも溶けさうな笑顔を見ながら、わたしはつづけた。

「マッカーサーはこの報告書にもとづいて教育改革を進めるといつてゐます。といふことは、他の面ではいろんな改革が行はれるかもしれないが、日本語には手をつけないと、さう約束したやうなものです」

「……よかつた」

「もつとも、アメリカの國務省はかんかんになつて怒つてゐるやうですね。日本に教育使節團を派遣した擔當官のベントン國務次官補の談話がこれですが……」

新聞の切り抜きを示すと、信介さんは小聲で讀みはじめた。

「四月八日、ホワイト・ハウスにおける記者會見で、ベントン國務次官補は次のやうに語つた。『日本にたいする國語改革勸告は他のどんな提案よりも重要であると考へる。國語改革が行はれなければ、他の改革は充分にその效果を發揮できないからである。わたし個人としては、敎育使節團の報告書は國語改革についてはもつと強い調子で書かれてもよかつたのではないかと思つてゐる。日本人になんらかの手を打たせるやうに、もつと強力な語氣をもつて挑んでもらひたかつた』……。わたし個人としては、ですか。なるほど……」

「齒ぎしりしてゐる樣子が眼に見えるやうですね」

大男の憲兵がこつちを見てゐる。二人の氣勢が大いにあがつて聲高になつたのをあやしんでゐるやうだ。腕時計に眼をやり、それから壁の掛時計を見上げて、右手をあげた。

「さういへば、來月からCIE言語課の課長が交代するらしいですよ。ホール中佐はコロンビア大學へ戻るさうです」

憲兵の仕草から察するに、どうやら面會時間が切れたやうである。報告書を信介さんの膝の上に置いて長椅子から立つた。

「この報告書、差し入れです」

「どうも。それで、ホールくんは左遷なんでせうか」

「あれほどの學識で助教授といふんですから、たぶんさうでせう。責任を取らされたわけですね。信介さんも四月一杯の辛抱です。ホール中佐は腹いせにあなたをここに置いてゐるやうですから、彼がゐなくなれば、あなたもまたここにゐる必要がなくなる」

「うちの文子などはさしづめ失職ですな」

「文子さんはこのごろはおうちで一日中、ミシンを踏んでおいでですよ。文子さんの方からホール中佐を振つたんぢやないですか。いや、文子さんにかぎらず、東京セブンローゼズのみなさん全員、朝から晩までミシンを踏んでゐる。これまで働いた分をすべて注ぎ込んで、闇のミシンを七臺も買ひ込んださうです」

「いつたいどういふ風の吹き回しでせうね」

「會社をつくつたんです」

「……會社？」

「東京セブンローズ衣料再生株式會社」

「長い社名ですな」

「同感です。もつともそのうちに短くなるでせうね。そんな長い社名をいちいちいつてはゐられませんから、東京セブンローズと短くしていふやうになります。設立してまだ十日もたつてゐませんが、仕立て直しの注文が殺到して繁盛してゐますよ」

エレベーターが來た。

「それから、うちの昭一も清さんと一緒に根津へ歸つてきました。それからもう一つ、ともゑさんから言傳《ことづ》てを預つてきました。いつかお約束したセーター、間もなくあみあがりますつて……」

さういつたときにはもうドアはほとんど閉まりかけてゐて、信介さんの顔は左右から削られて細くなつて行き、最後の隙間から、兩眼にためた泪の玉がほんの一瞬、光つて見えた。

〈完〉

引用参考文献

東京朝日新聞　昭和二十年、二十一年分
東京毎日新聞　昭和二十年、二十一年分
読売新聞　昭和二十年、二十一年分
「昭和」（第七巻）講談社
「戦後日本教育史料集成」（第一巻）三一書房
「終戦教育事務処理提要」（第一集―第四集）文部省大臣官房文書課
「文部行政資料」（第一集―第十八集）文部省大臣官房総務課
日本放送協会編「ラジオ年鑑」（昭和十六年―十八年）大空社
「日本放送史」日本放送協会
放送法制立法過程研究会編「資料・占領下の放送立法」東京大学出版会
「GHQ日本占領史」（全五十五巻）日本図書センター
袖井林二郎・福島鑄郎編「マッカーサー記録・戦後日本の原点」日本放送出版協会

ジェターノ・フェーレイス「マッカーサーの見た焼跡」文藝春秋
山崎一芳編著「マッカーサー元帥」丹頂書房
「マッカーサー回想記」（上下）朝日新聞社
ジョン・ガンサー著、木下秀夫・安保長春訳「マッカーサーの謎」時事通信社
ウィリアム・マンチェスター著、鈴木主税・高山圭訳「ダグラス・マッカーサー」（上下）
河出書房新社
ラッセル・ブラインズ著、長谷川幸雄訳「マッカーサーズ・ジャパン」朝日ソノラマ
週刊新潮編集部編「マッカーサーの日本」（上下）新潮文庫
パシフィカス著、高田元三郎訳「マッカーサー元帥の日本再建構想」トッパン
竹前栄治「証言　日本占領史」岩波書店
竹前栄治・天川晃・秦郁彦・袖井林二郎「日本占領秘史」（上下）朝日新聞社
住本利男（毎日新聞政治部）「占領秘録」（上下）毎日新聞社
文部省編「民主主義」教育図書株式会社
鹿島平和研究所編「日本外交主要文書・年表」（第一巻）原書房
思想の科学研究会編「共同研究『日本占領』」徳間書店
思想の科学研究会編「共同研究　日本占領軍その光と影」（上下）徳間書店

思想の科学研究会編「日本占領研究事典」徳間書店
竹前栄治「日本占領　GHQ高官の証言」中央公論社
竹前栄治「GHQ」岩波新書
トーマス・A・ビッソン著、中村政則・三浦陽一訳「ビッソン日本占領回想記」三省堂
五百旗頭真「米国の日本占領政策」(上下)中央公論社
「治安維持法」(「現代史資料」第四十五巻)みすず書房
田岡良一「空襲と国際法」巌松堂書店
池田文雄「国際航空法概論」有信堂
寺澤一・山本草二・広部和也編「標準国際法」青林書院
『東京大空襲・戦災誌』編集委員会編「東京大空襲・戦災誌」(全五巻)東京大空襲を記録する会
佐久田繁「TARGET TOKYO 日本大空襲　太平洋戦争写真史」月刊沖縄社
平塚柾緒編著「米軍が記録した日本空襲」草思社
日本の空襲編集委員会編「日本の空襲」(第二、三巻)三省堂
添田知道「空襲下日記」刀水書房
教育刷新委員会編「教育刷新委員会建議」(第一集)教育刷新委員会
片山正和「イワシのうた」崙書房

川津晧二『民主主義はジープに乗ってやってきた』辺境社
D・デンフェルド／ミッチェル・フライ著、高斎正訳『ジープ』サンケイ出版
原田弘『MPのジープから見た占領下の東京』草思社
村岡實『日本のホテル小史』中公新書
J・M・モーリス著、服部達訳『帝国ホテル』コスモポリタン社
竹谷年子『客室係がみた帝国ホテルの昭和史』主婦と生活社
「帝国ホテルの九〇年」（「週刊ホテルレストラン」一九八〇年十一月七日号）
小柳輝一「近代飲食業への軌跡」（「週刊ホテルレストラン」連載）
「近代日本の威信を担った帝国ホテル」（「月刊ホテル」一九八〇年十一月号）
五島勉『東京租界』久保書店
五島勉『アメリカへの離縁状』拓文館
水野浩編『日本の貞操』蒼樹社
五島勉編『続・日本の貞操』蒼樹社
藤原審爾『辱しめられても』虎書房
西田稔『基地の女』河出書房
清水幾太郎・宮原誠一・上田庄三郎『基地の子』光文社

猪俣浩三・木村禧八郎・清水幾太郎「基地日本」和光社
神崎清「売笑なき国へ」一燈書房
神崎清「娘を売る町」新興出版社
竹中勝男・住谷悦治「街娼・実態とその手記」有恒社
渡邊洋二「街娼の社会学的研究」鳳弘社
野田惇「性慾犯罪考」日本医学事報社
川崎正子「公娼制度撤廃の是非」婦人新報社
戸川猪佐武「戦後風俗史」雪華社
猪野健治編「東京闇市興亡史」草風社
現代教育学第7「言語と教育第2」岩波書店
国語調査委員会編「国字国語改良論説年表」日本書籍
久保義三「対日占領政策と戦後教育改革」三省堂
鈴木英一「日本占領と教育改革」勁草書房
高橋史朗編「占領下の教育改革」至文堂
安藤正次「国語国字の問題」河出書房
土岐善麿「国語と国字問題」春秋社

「教育刷新委員会要覧」文部省調査局審議課
土持ゲーリー法一「六・三制教育の誕生」悠思社
鶴見俊輔「戦時期日本の精神史」岩波書店
海軍省人事局監修「海軍在郷軍人須知」海軍在郷軍人会本部
極東国際軍事裁判研究会編「木戸日記」平和書房
樋口陽一・辻村みよ子・山内敏弘・篠原一「憲法判例を通して見た戦後日本」新地書房
アメリカ合衆国戦略爆撃調査団編、正木千冬訳「日本戦争経済の崩壊」日本評論社
田中正「うづもれ日記」第六編 -市井人の私製日記)

このほかにも、たくさんの資料から貴重な、知的な贈り物をいただき、そして「別冊文藝春秋」の歴代編集者からは十五年間にわたって温かく励ましてもいただきました。いまここにそのお名前を記して感謝のしるしといたします。阿部達児さん、鈴木文彦さん、湯川豊さん、中井勝さん、高橋一清さん、重松卓さん、そして明円一郎さん、ありがとうございました。

単行本になるにあたってご苦労なさった萬玉邦夫さんと校正者のみなさんに最敬礼いたします。安野光雅先生、すばらしい表紙をありがとうございます。この本を、いまここにお名前を記した皆様と、わたしの妻ユリと四人の子どもたち、そして無能な指導者層の愚劣な施策に苦

しめられたあの頃のすべての人びとに捧げます。

一九九八年十一月三十日

作者

（お断り）

本書は２００２年に文藝春秋より発刊された文庫を底本としております。

あきらかに間違いと思われるものについては訂正いたしましたが、基本的には底本にしたがっております。また、一部の固有名詞や難読漢字には編集部で振り仮名を振っています。

本文中には賣春婦、ダフ屋、テキヤ、小使さん、パンパン、特攻くづれ、紐、闇屋、擔ぎ屋、朝鮮人、闇船、洋パン、黒だの白だの、野良犬、ポリ公、圍ひ者、アメちゃん、其れ者上り、貧民街、看護婦、オンリーさん、手活けの花、浮浪者、想ひ者、走り使ひ、遊女、オンナ、イロ、やくざ、未亡人、アカ、非國民、娼婦などの言葉や人種・身分・職業・身体等に関する表現で、現在からみれば、不当、不適切と思われる箇所がありますが、著者に差別的意図のないこと、時代背景と作品価値とを鑑み、著者が故人でもあるため、原文のままにしております。

差別や侮蔑の助長、温存を意図するものでないことをご理解ください。

井上 ひさし（いのうえ ひさし）
1934年（昭和９年）11月16日―2010年（平成22年）４月９日、享年75。山形県出身。1972年『手鎖心中』で第67回直木賞受賞。代表作に『吉里吉里人』『シャンハイムーン』など。

P+D BOOKS

ピー プラス ディー ブックス

P+Dとはペーパーバックとデジタルの略称です。
後世に受け継がれるべき名作でありながら、現在入手困難となっている作品を、
B6判ペーパーバック書籍と電子書籍で、同時かつ同価格にて発売・配信する、
小学館のまったく新しいスタイルのブックレーベルです。

東京セブンローズ（下）

2020年8月17日　初版第1刷発行

著者　井上ひさし
発行人　飯田昌宏
発行所　株式会社　小学館
〒101-8001
東京都千代田区一ッ橋2-3-1
電話　編集　03-3230-9355
販売　03-5281-3555
印刷所　昭和図書株式会社
製本所　昭和図書株式会社
装丁　おおうちおさむ（ナノナノグラフィックス）

ISBN978-4-09-352397-4

P+D BOOKS